대 온 실

수 리

보 고 서

대온실 수리 보고서

김금희
장편소설

창비

차례

1장
원서동 ——— 11

2장
옮겨다 심은 종려나무 밑 ——— 57

3장
야앵(夜櫻) ——— 124

4장
타오르는 소용돌이 ——— 185

5장
당신은 배고픈 쿠마 센세이 ——— 225

6장
큰물새우리 ——— 284

7장
목어와 새 ——— 346

8장
얘들아 내 얘기를 ——— 367

9장
대온실 수리 보고서 ——— 384

일러두기 405   작가의 말 407   참고자료 412

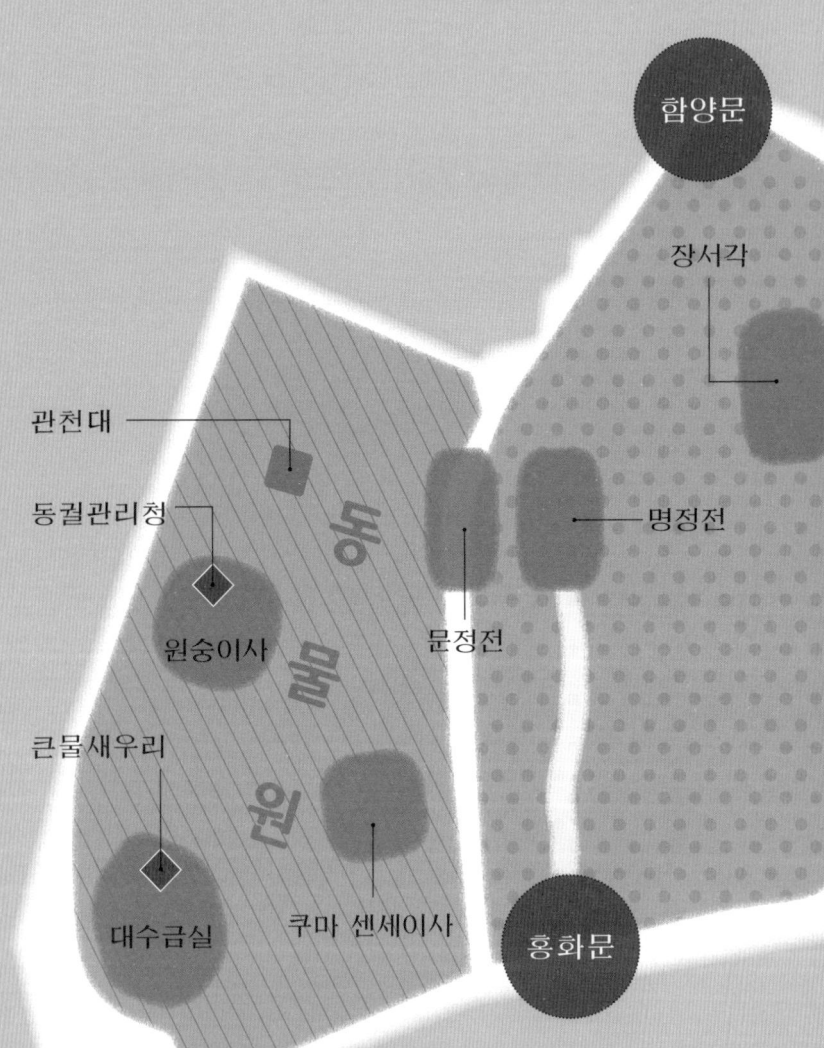

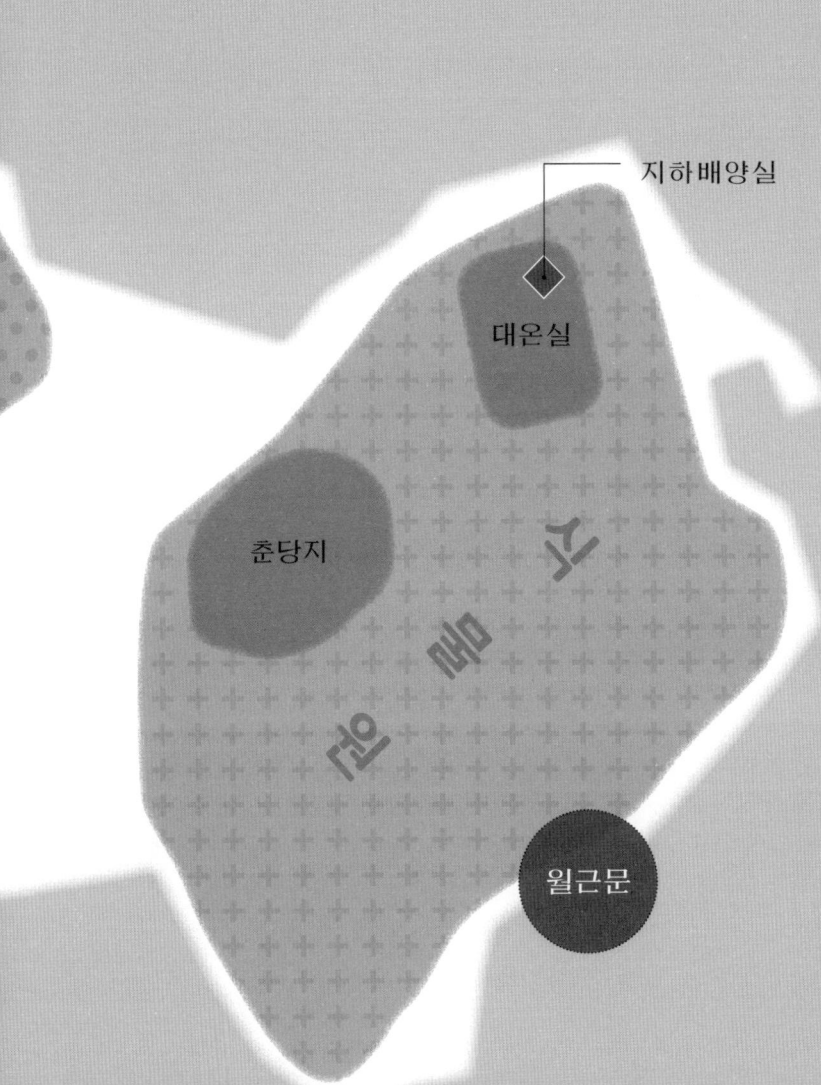

이 열매는 지난해 시월 상달, 우리 둘의
조그마한 이야기가 비롯될 때 익은 것이어니.

작은 아씨야, 가녀린 동무야, 남몰래 깃들인
네 가슴에 졸음 조는 옥토끼가 한 쌍.

—정지용 「자류(柘榴)」 부분

1장
원서동

처음에 배운 건 수리의 종류에 관한 용어들이었다. 중수와 중창과 재건의 차이 같은 것. 면접을 끝내고 받아 온 『고건축용어사전』에서 가장 먼저 찾아본 말들이었다. 면접은 친구 은혜가 소개해준 자리였다. 건축사사무소인데 문화재 공사 백서 기록담당자를 채용하고 싶어한다고.

"내가 너 석모도 헤밍웨이라고 자랑 많이 했다. 저번에 시청이랑 일해서 낸 저서도 보내주고, 그 독수리 책."

시에서 지원을 받아 작업한 그 책은 강화에서 겨울을 나는 철새 흰꼬리수리와 흰죽지수리에 관한 일종의 홍보 자료였다. 같은 맹금류라도 그 둘은 독수리와는 다른 종이고 홍보책자 역시 내 저서라고 할 수는 없지만 나는 은혜에게 애썼네, 하고 인사했다. 나와 여러모로 다른 은혜는 어떻게든 일은 되게 만들어야 한다는 신조로 항상 뭔가를 추진 중이었다. 주로 사람과 사람을 엮는, 녹록지 않은 일을 맡았고 그래서 섬 친구들 사이에서도 별명이 '추진체'였다.

　이력서와 자기소개서를 보내고 며칠 뒤에 파주에서 면접을 봤다. 면접 자리에 나온 사람은 사무소 소장이 아니라 함께 일하는 동업자라고 했다. 동업자라고 해도 회사 내 무슨 직함이 있겠지 싶었는데 그런 건 없고 '소목수'라 부르라고 했다. 커피를 가져다준 젊은 직원도 "소목님, 여기" 하며 잔을 두고 갔다. 이력서와 자기소개서를 낼 때마다 왜 일반 대학이 아닌 학점은행제로 학위를 땄는가를 설명하는 데 많은 시간을 들여왔지만 그는 그런 질문은 하지 않았다. 은혜가 보낸 책자를 무척 재미있게 읽었다고 하더니 줄곧 그 얘기만 계속했다. 특히 어린 흰죽지수리가 교동도 평야에서 다른 수리 떼와 까치, 까마귀들과 경쟁하다 산 정상을 차지하는 부분이 감동적이었다고 했다. 책자를 쓰면서 그저 관공서 유인물로 사용되리라 생각했기 때문에 누군가의 그런 소감을 듣는 일이 어색하게 느껴졌다.

　"살아 움직이는 수리는 아니지만 저희가 하는 집수리도 수리는 수리니까, 이 일에서도 그런 장면들이 발견되지 않을까 기대합니다."

 그는 그 말을, 아까부터 반복하고 있는 두 팔을 활짝활짝 벌리는 과장된 제스처와 함께 했다. 나는 공사 백서를 건조하게 기록하는 일이 감동과 무슨 상관있을까 생각하면서도 감사합니다,라고 고개를 끄덕였다. 소목수의 방은 건축사사무소라고 하면 떠오를 만한 세련되거나 모던한 구석이 전혀 없었다. 그저 너무 많다고밖에 표현할 수 없을 정도로 갖가지 것들이 쌓여 있었다. 철제로 된 선반과 진열장이 공간 대부분을 차지했고 어디서 뜯어냈는지 모를 고목재와 건축 부속품들이 한데 모여 있었다. 아까부터 느껴지던 나무 냄새는 거기서 풍기는 모양이었다.

 "석모도에서, 매일 나오시는 건 아니지만 오가기 어렵지 않으실까요?"

 "이제 다리가 개통돼서요. 서울은 좀 걸려도 여기까지는 한시간이면 옵니다."

 "아."

 소목수는 탄식하듯 말하더니 의자 깊숙이 몸을 기댔다. 나는 뭐가 잘못됐나 싶어 당황했는데 "그러면 이제 예전 석모도가 아니네요" 하는 소목수의 말이 이어졌다. 변화는 대교 공사가 시작되기 전부터도 있어왔다. 교량 건설

소문이 돌고 공사 계획과 무산이 거듭되는 동안 섬에서 그 영향을 받지 않은 것은 모래 한톨도 없을 것이다. 육지와 이어진다는 사실은 기후가 바뀌는 것과 다를 바 없었다. 예측할 수 없는 혼란 아래 섬의 많은 것들이 생기거나 사라졌고 살거나 죽기도 했다.

"하다못해 갈매기들도 곤란하죠. 페리가 안 다니면 뱃전에서 사람들이 주는 새우깡도 못 먹으니까."

소목수가 내 말에 동의하면서 갈매기들도 재취업이 필요해졌네요, 하고 웃지도 않고 대답했다. 나는 백서 작업을 하는 곳이 어디냐고 말을 돌렸다.

"창덕궁이랑 같이 있는 창경궁, 그 안에 대온실 있는 거 아시죠? 그 보수공사입니다."

밑줄을 긋듯 그가 힘주어 대답했다. 모처럼 큰 공사를 맡아서 담당자들이 기대하고 있다고. 이런 대공사와 함께 온 걸 보면 영두씨가 운이 좋은 것 같다고.

하지만 나는 창경궁이라는 말을 듣자마자 아주 축축하고 차가운 이불에 덮인 것처럼 마음이 서늘해졌다. 내가 10대 시절을 보낸 곳이 창덕궁 담장을 따라 형성된 서울의 동네, 원서동이기 때문이다. 빗방울이 떨어져내리면 더 짙고 선명해지던 검은 기와들의 윤기가 생각났고, 하숙집으로 돌아가고 싶지 않아 그 당시 3번 마을버스를 타고 안국역과 빨래터와 정독도서관을 하염없이 돌던 열네 살 때의 막막함이 또렷이 떠올랐다.

빨래터는 실제 정류장 이름이었고 궁에서 흘러나오는 개울이 있는 곳이었다. 여름이면 사람들이 모이고, 동네 고양이들도 목을 축이며 빨래터 수문을 통해 창덕궁을 드나들곤 했다. 비탈을 내려가보면 빨래터 물길은 사람이 허리를 굽히고 걸어갈 만한 지하 통로로 이어졌다. 어린 나는 이 물은 어디로 향하는지 궁금해했고, 그것이 한강으로 강화로, 석모도의 서해바다로 흐르는지를 생각했다.

뜻밖의 장소가 나와 망설여진 나는 기대보다 적은 작업비를 핑계로 들더라도 면접을 이만 끝내야겠다 생각했다. 하지만 소목수는 "차차 배우시겠지만 그래도 요런 사전 정도는 가지고 계셔야겠죠" 하며 자리에서 일어나 사무실을 뒤지기 시작했다.

"작도야, 그거 어딨지? 그거."

아까 커피를 가져다준 직원이 슬리퍼를 질질 끌며 천천히 다가왔고 얼굴만 쏙 내밀어 안을 들여다보았다.

"작도 너 어제도 밤새웠냐?"

작도라고 불린 그의 얼굴에는 불면과 과로 그리고 오

래된 피로가 정확하게 표시되어 있었다. "뭐가 필요하세요?" 그가 고개를 끄덕이며 묻자 소목수는 "내가 할게, 여기 인사드리고" 하며 날 가리켰다. 문간에서 느릿느릿 걸어 들어온 그는 희미하게 웃더니 "제가 대온실 담당입니다" 하며 희미하게 웃었다.

"작도는 제가 작도의 신이라 붙은 별명이고, 은세창 대리입니다."

"세창, 가서 마저 작도해라. 오늘은 집에 꼭 가고."

"어차피 못 가요."

그렇게 남자가 사라지고 나서도 어지러운 사무실을 오가며 뭔가를 열심히 찾던 소목수는 이내 새의 눈처럼 또렷한 옹이가 진 나무판을 들춰내고 책 한권을 꺼냈다. 가죽 양장의 그 책에는 '고건축용어사전'이라는 글씨가 크게 쓰여 있었다.

그날 섬으로 돌아가자마자 은혜에게 연락이 왔다. 면접 결과가 궁금한 모양이었다. 할 수 없이 차를 몰고 은혜네 부동산으로 갔는데 정작 은혜는 오늘 이사 들어온 집이 있다며 바로 또 나가버렸다. 맡을까 말까. 하지 않을 거라면 빨리 연락을 해야 은혜도 난처하지 않을 것이었다.

나는 부동산에 앉아 대교 너머로 해가 지는 광경을 지켜보았다. 붉은 기운이 돌더니 얼룩덜룩한 까치놀이 하늘을 물들이고 있었다.

돌아보면 항상 어떤 장소를 지워버림으로써 삶을 견뎌왔다는 생각이 들었다. 잊어야겠다 싶은 장소들은 아예 발길을 끊어서 최대한 망각할 수 있게 노력해왔지만 이 일을 맡으면 그곳에 대해 생각하고 더 알게 될 것이었다. 거기에는 일년 남짓의 내 임시 일자리가 있었고 600년 전에 건축된 고궁이 있었고 잊지 않으면 살 수가 없겠구나 싶어 망각을 결심한 낙원하숙이 있었다.

"이모, 엄마 또 나갔어요?"

문이 열리더니 은혜의 딸 산아가 헤드폰을 쓰고 들어왔다.

"누가 이사 들어온다고 나가던데 누가 왔니?"

"아, 걘가보네, 우리 반으로 전학 온다더라. 말을 안 하는 애라던데?"

"말을 못 하는 친구라고?"

나는 되물었다.

"아니, 안 한대요. 못 하는 게 아니라 안 한대. 일년 넘게 말을 안 하고 있대. 엄마가 신경 쓰래. 엄만 왜 나한테만 그러는지."

"산아가 어린이회장이니까 그러지."

"아니야, 엄마 부동산 손님들이니까 그러지. 우리 엄마 돈 찐으로 좋아하잖아. 하느님, 용서하소서."

나는 진지한 산아의 표정이 재미있어서 사전을 덮고 웃고 말았다. 은혜가 추진체라면 산아는 그 위에 얹어진 빛나는 인공위성이었다. 똑똑하고 야무져서 선생님과 친구들에게 인기가 많았다. 섬에서 가장 책을 좋아하는 아이였고 그만큼 조숙해서 다른 사람을 헤아릴 줄 알았다. 누군가 전학 올 때마다 그 아이가 잘 섞여들도록 돕는 것도 산아의 몫이었다. 물론 그런 역할이 주어질 때마다 본인은 투덜거렸지만 지금도 말은 그렇게 하고 태블릿 피시로 구글에서 말 안 하는 아이를 검색하고 있었다.

"그 사전은 뭔데, 이모?"

필요한 내용을 찾았는지 한동안 집중해서 읽던 산아가 사전을 가리키며 물었다. 나는 오늘 면접에서 받아 온 옛날 건축에 관한 사전이라 설명하고 몇몇 용어를 알려주었다. 중수는 손질하여 고치는 것, 중창은 다시 짓는 것, 재건은 크게 일으켜 세우는 것이라고. 한옥에서 문은 창살 무늬에 따라 이름이 다 달라서, 세로살을 꽉 채우고 가로

살을 위아래와 중간에만 넣은 건 세살문, 가로살과 세로살을 다 채운 문은 만살문, 문 중간에 빛이 들어갈 수 있도록 사각형이나 팔각형으로 작은 창을 낸 문은 불발기문, '完' 자 형태로 살을 짠 문은 완자문, '亞' 자 무늬가 있으면 아자문이라 한다고. 산아는 정말 흥미가 가는 건지 유심히 듣더니 그러면 이모가 고치는 문은 어떤 거냐고 물었다.

"거긴 유리 온실이라 이런 문은 없어."

"그러면 왜 보고 있는 거예요? 시간 아깝게."

산아의 표정은 꽤 심각했다.

"맞아, 사실 이모 이 일 안 할지도 몰라."

나는 가방에 사전을 넣고 소파 팔걸이에 머리를 대고 누웠다. 은혜가 오지 않으면 산아랑 저녁을 해결해야 할 텐데 외식할 곳도 변변찮은 여기서 뭘 먹나 생각하면서. 섬 식당들은 해가 지면 대체로 영업을 마쳤다. 연륙교가 생기면서 관광객이 늘기는 했지만 여전히 섬에서는 해가 일상을 열고 해가 하루를 닫았다.

"왜 안 하려고 하는데요?"

산아는 태블릿 피시에서 눈을 떼지 않고 물었다.

"모르겠어."

"그럼 하면 되잖아."

"모르겠으면 하면 되는 건가?"

"나는 모르겠으면 그냥 하거든. 아까 인사한 선생님인 것 같은데 또 해야 하나 말아야 하나 싶으면 그냥 해. 자기 전에 양치를 했나 안 했나 헷갈릴 때도 그냥 하고."

"그럼 나도 그냥 해야겠네."

"그래, 해요. 이모는 너무 돈에 관심이 없어. 이모랑 우리 엄마가 반반 섞였어야 했는데."

산아는 일단 일을 시작해보고 자기에게 어떤지 말해달라고 했다. 자기도 그 말 안 하는 아이를 어떻게 대할지 연구해보고 나에게 상의를 하겠다는 거였다. 주일에 미사 끝나고 자기랑 만나서 차를 한잔하자고, 자기는 돈이 없으니까 차는 이모가 사고 대신 자기는 간식을 준비해 오겠다고.

"간식도 이모가 준비할게. 산아는 몸만 와."

"싫어요. 이모가 다 쓰는 거 과소비예요."

과소비는 은혜가 뭘 사주고 싶지 않을 때 산아에게 자주 하는 말이라서 나는 또 피식 웃었다. 은혜가 어디서 났는지 화분 두개를 얻어 들고 부동산으로 돌아왔고 우리는 은혜네 집으로 가 삼겹살을 구워서 저녁을 먹었다. 은혜는 펜션이나 카페 자리를 알아보러 다니는 사람들이 꼭 외지 부동산중개인들을 끼고 와 동네 물을 흐려놓는다고 단단히 화가 나 있었다.

"이제 서울에서 왔다고 매물 좀 보여주시겨 하면 일단은 없시다 해. 딱 그 차림이 있어. 머리부터 발끝까지 번지르하고 인사도 잘하고 싹싹하게 굴다가 이쌈네저쌈네 보여주면 나중에 뒤통수친다니깐?"

은혜가 말했다. 그리고 산아가 자러 가자 작업비는 얼마나 주더냐고 물었다. 매일 출근은 아니어도 교통비 빼면 한달에 백만원이나 남을까 싶다고 하자 실망한 눈치였다. 자기는 괜찮으니 돈이 걸리면 하지 말라고 말렸다.

"나 중학교 때 서울 가서 살았잖아. 거기가 창경궁 근처였거든. 못난 소리지만 그것도 내키지가 않네."

그때 얘기가 나오자 은혜는 조심스러운 표정이 되었다. 출생신고하면서부터 친구였던 우리는 내 전학으로 잠시 위기를 맞기도 했지만 줄곧 친구로서 서로의 삶을 지켜봐왔다. 그런 은혜에게도 서울에서 무슨 일이 있었는지는 정확히 말하지 않았다. 뭘 숨기고 싶었다기보다 어려서는 실패를 인정하고 싶지 않았고 커서는 어떤 일이 일어났는지 정확히 알 수 없다는 마음 때문이었다. 어떤 시간으로 기억되기를 원하는지 알 수 없기 때문에 떠올리거나 반추하고 싶지 않은지도 몰랐다. 생각을 거듭하다보면 그 시절의 모든 것은 결국 창백하게 축소되어 초라해지기만 했다.

"조건 안 맞으면 안 해도 돼. 너 어디 문화센터 강좌 일 시작할지도 모른다며."

은혜가 배웅하며 말했다. 찬 밤바람 속에서도 여름으로의 진입은 분명히 느껴졌는데, 그건 공간이 훤하게 열리는 개방감 같은 것이었다. 세상의 모든 것들이 자기가 원하는 만큼의 에너지를 성성하게 드러내도 될 정도로 공기가 바다가 하늘이 열리고 있었다. 나는 밤의 바다에서 아마도 낚시꾼들을 태우고 나갔을 어선들의 피로한 불빛을 지켜보다가 손을 흔들며 차에 올라탔다.

그 당시 석모도 아이들은 중학교를 마치면 섬을 떠날 수밖에 없었다. 상급 학교가 없어 강화 읍내나 가까운 대도시 인천으로 다녀야 했기 때문이다. 강화 읍내든 인천이든 돈이 드는 건 마찬가지였고, 아빠 형편으로는 도움을 받지 않으면 엄두도 낼 수 없는 일이었다. 내가 중학교 1학년을 마쳐갈 때쯤부터 아빠는 그 일을 걱정했다. 자취방을 나눠 써줄 섬 졸업생을 찾거나 집에서 지내게 해줄

먼 친척들을 수소문해봐야 했다.

그런데 아빠는 엉뚱하게도 서울의 낙원하숙을 떠올렸다. 하숙집 주인인 안문자 할머니는 외할머니의 둘도 없는 친구였고 외할머니가 세상을 떠난 뒤에도 아빠와 연락을 주고받았다. 주로 쌀이나 젓갈, 고구마 같은 걸 주문하기 위해서였다. 강화에도 사셨다고 했지만 내게는 가끔 섬을 찾아와 식사하고 갔다는 정도의 기억이었다. 얼굴이 달걀처럼 갸르스름하고 체구가 작아 마치 아이처럼 느껴지는 노인이었다.

아빠의 고민을 들은 할머니는 의외의 말을 했다. 서울로 고등학교를 다니려면 차라리 빨리 전학을 오라고 한 거였다. 리사라는 이름의 자기 손녀도 초등학교 6학년 때 서울로 전학 와서 그나마 적응이 빨랐다고. 나는 할머니가 우리 집 형편을 모르고 하는 얘기라고 생각했다. 엄마가 사고로 세상을 떠나고 더이상 배를 타지 않는 아빠는 섬에서 손 닿는 대로 일하며 지냈다. 불성실했다는 얘기가 아니다. 안정적이거나 주기적이지 않았다는 말일 뿐이다. 아빠는 봄가을에는 새우 건조장에서 일하고 관광객이 많은 여름에는 횟집에서 주차 관리를 하거나 때론 외포리 모텔촌에서 공사 인부로 일하기도 했다. 엄마의 옛 친구가 하는 염전에서도 가끔 트럭으로 소금 배달을 했다.

"낙원집 할머니가 공부를 많이 하셨더랬거든."

어느 날 아빠는 우리의 가장 큰 문제 — 돈의 없음 — 는 건너뛰고 그런 뜬금없는 얘기를 꺼냈다.

"그럼 오잘머니랑 할머이서껀 학교 친구였나봐."

나도 싱겁게 응수했다. 누가 들으면 쓸모없게 느껴지는 얘기를 하면서 핵심을 적당히 피해 가는 데 우리는 죽이 잘 맞았다. 그렇게 눈앞에 놓인 너무 어렵고 뜨겁고 슬픈 문제는 에두르고 각자 할 수 있는 만큼의 걱정을 했다.

"영두야, 섬에서 학교 나온 할머이가 어딨냐? 건저 시장에서 일만 하는데 학교를 언제 갈 수가 있어?"

하기는 그랬다. 외할머니도 다른 마을 할머니들처럼 포구에서 하루를 보냈으니까. 마을 할머니들은 거기서 바다에서 끌어 올려진 죽은 것들과 싸우고 있었다. 엄청난 양의 새우며 밴댕이며 하는 것들을 옮겼고 소금 포대를 쏟아부었다. 포구에 나가보면 그런 할머니들이 신고 다니는 고무장화와 고무앞치마 그리고 고무장갑에서 뻐걱뻐걱 소리가 들려왔다. 어느 밤 풀숲에서 들리는 두꺼비 소리나 여름 바다를 차지한 민어 떼의 우렁찬 울음과도 비슷한 소리였다. 물론 그렇게 우는 민어들은 외할머니가 들려준 젊은 시절 이야기 속에만 있었다.

"영두는 근데 서울은 좋아하나?"

"서울이 뭐 사람인가 좋아하게."

"서울 가면 잘할 수 있나? 혼차?"

"지금은 뭐 혼차 아닌가. 아까 아침에 아빠 들어오는 거 보고 나 어서 오시겨 인사할 뻔했잖아. 옆집 아저씨인 줄 알고."

"아부지가 낯이 없네."

"낯 없는데 어떻게 말은 하네."

대화하는 동안 우리는 마당 장대에 널려 건조되고 있는 가오리를 올려다보았다. 연처럼 꼬리가 긴 그 생선은 밑에서 쳐다보면 눈코입이 늘 웃는 듯 보여서 문제였다. 마주하고 있으면 많은 것들이 시시해졌다. 바람이 한번 불고 지난 뒤의 모래사장처럼 마음의 표면이 평평하게 균형이 맞춰지는 게 느껴졌다. 고작 그 시시함으로.

"너 서울 가서 잘할 수 있지?"

이윽고 아빠가 진지하게 물었다.

"돈이 어딨어서 내가 거길 가서 살아?"

지금 생각해보면 그날의 대화 어디에도 가고 싶지 않다는 말은 없었다. 그러니 아빠는 내 마음을 읽었을 것이다. 내가 해보고 싶어한다는 걸, 수면에 드리웠던 낚싯대를 들어올려 아빠와는 다른 미래를 낚고 싶어한다는 걸.

"돈은 아부지가 알아서 할 테니 걱정 마시거."

아빠는 누구에게도 전학 얘기는 말라고 당부했다. 당연히 그럴 생각은 없었다, 안 믿었으니까. 하지만 아빠는 노력했고 트럭을 몰고 서울을 몇번이나 오간 끝에 나는 낙원하숙으로부터 받아들여졌다. 그렇게 결정된 날, 안문자 할머니가 직접 전화를 걸어왔다. 차분한 어조였지만 노인이라 목소리는 떨렸고 에, 음, 하며 자주 말을 끊었다.

"차멀미를 하는가?"

그게 첫 물음이었다.

"아니요."

할머니는 손녀 리사와 방을 같이 써야 한다는 점, 학교는 3호선을 타고 한시간 정도 가는 강남에 있다는 점, 새벽 여섯시에는 일어나 등교를 준비해야 늦지 않는다는 점, 그리고 주말에는 하숙집 일을 좀 도와주어야 한다는 점을 알려주었다. 나는 어쩌면 그게 내가 서울에서 지내기 위한 방법이구나 싶어 서글퍼졌지만 뒤이은 할머니 말에 마음이 풀렸다.

"내가 몸이 예전만 못해 주말에만 아주 조금 도와줬으

면은 좋겠다는 거야. 다른 날에는 딩여사가 와서 문제가 아니지만."

나는 어차피 집안일이야 섬에서도 지겹게 하니까 상관없다고 마음먹었다.

"그런데 영두는 음…… 말이 많은가?"

"……네."

나는 할머니가 마음에 들어할 답이 뭘까 고민하다가 사실대로 말했다.

"별명은 깨죽이고요."

"깨죽?"

"네, 주근깨가 많아서요."

나는 나에 대해 뭔가 설명이라는 걸 하고 싶어 허둥대다가 맥락도 없이 고백했고, 할머니는 조금 웃었다.

"명랑한 구석이 있는 친구라서 잘됐어. 리사는 너무 말이 없어서 시토시토 이렇게 조용하게만 말을 하거든. 둘이 반대면 좋지."

할머니는 서울에 오면 처음에는 힘들어도 좋은 일이 많으리라고 덕담하며 전화를 끊었다. 차가운 돌이라도 삼년을 앉아 있으면 따뜻해지는 법이니까. 나는 나중에서야 시토시토가 비가 내리는 모양을 가리키는 일본어라는 것을 알았고 할머니가 리사에 대해 잘 알지 못했다는 생각을 했다. 리사는 비보다는 눈에 가까운 아이였고 그 침묵은 얼음에 가까운 것이었다.

지금도 리사를 생각하면 한번도 본 적 없는 LA의 한 빙상장이 상상된다. 낙원하숙을 떠나 유학을 간 열여덟의 리사가 비행기에서 내린 지 48시간 만에 스케이트 부츠를 신고 묵묵히 얼음을 지치는 장면. 무릎을 굽히고 주먹을 쥔 채 빙상장 얼음 끝을 쏘아보는 리사에게는 당연히 말도, 웃음도 없다. 그렇다고 음울함이 드리워지지도 않았는데 그런 건 리사의 영향권 밖에 있는 것들이기 때문이다. 자주 침울해지기는 했지만 리사의 우울에는 뭐랄까, 위축된 서글픔 같은 게 없었다. 내면의 커튼을 열어젖히면 흐느껴 울고 있는 여린 영혼이 아니라 히치콕의 영화 「사이코」에서처럼 무법자가 달려들 듯한 공격적인 우울이랄까.

하지만 할머니는 내가 낙원하숙을 떠나와 소식을 영영 알 수 없게 된 결말의 어느 장면에서도 리사를 그렇게 생각하지 않았을 거였다. 그런 회상을 하며 나는 시동을 끄고 한동안 차에 앉아 있었다. 그 시절을 돌이키는 것도 오랜만이었지만 할머니를 떠올리는 것, 내가 할머니를 아주 잘 알고 있는 듯 짚어내는 것 모두 너무 오래고 아득한 일이었다.

그해 12월 섬을 떠나게 된 나는 가장 친한 은혜에게 그 사실을 먼저 알렸는데, 그러자마자 절교를 당하고 말았다. 나는 걔의 돌연한 분노가 도저히 이해 가지 않았다. 은혜는 지루한 학교 일과를 내게 편지 쓰는 일로 견딘다는 애였기 때문이었다. 우리는 메신저와 전화로 싸워대다가 성당 앞에서 만났고 그런데도 화해하지 못한 채 뒷산에서 불어오는 칼바람을 맞으며 절교를 확인했다. 뭔가 말을 하려 할 때마다 눈가가 따끔따끔했는데 그것이 눈물 탓인지 바람 탓인지는 알 수 없었다.

"친구 하려면 무조건 한동네에 살아야 하는 거야?"

나는 따졌다.

"그래야 한다고 말 안 했는데, 물정 모르는 애 취급을 하네."

은혜는 내 얼굴은 보지도 않은 채 비꼬는 투로 답했다.

"그러면 뭔데? 왜 나랑 절교하는데?"

은혜는 해송들 위로 낮게 비행하는 쇠기러기들을 말없이 지켜보았다. 앉을 생각이 있는지 없는지 날개를 길게 편 채 호를 그리고만 있는 새들.

"이달에 가는데 니는 이달에 말했지. 남겨지는 사람에 대한 예의가 없었다. 매정하기가 쏜물 같은 년이다."

우리는 주먹다짐만 하지 않았지 그렇게 서로의 마음을 녹아웃시키고는 각자 집으로 돌아갔다.

나는 학교 친구들이 모여 있는 '버디버디'에서도 탈퇴하고 의기소침한 채 12월을 보냈다. 영원한 친구가 되자며 매일같이 맹세하던 애에게 그런 모진 말을 들으니 다른 애들이 나를 어떻게 볼지 알고 싶지도 않았다. 할 수 있는 일이란 겨울이라 해가 더 일찍 지는 해변에 나가 추위를 참으며 노을을 바라보는 것밖에 없었다. 그러다 입을 벌려 소리를 좀 질러보는 것. 그렇게 끙끙 앓다 새해가 되어 이삿짐을 쌌고 낙원하숙으로 올라왔다.

*

면접 때는 자세히 보지 못했는데, 건축사사무소는 홈페이지 소개에 나온 대로 책장을 형상화한 건물이었다. 1층은 창고였고 2층부터 사무실이었다. 겉은 나무 마감을 했는데 거기에 한켜 한켜 붙인 목재들이 책의 페이지들을 연상시켰다. 계단을 밟고 올라가는 동안 디딤판에서는 내

내 삐걱삐걱 소리가 났다. 누가 드나드는 걸 소리로도 충분히 알 수 있을 듯했다.

오전에 업무 소개를 비롯한 절차들을 마치자 출판사에서 일했던 때가 떠올랐다. 신입사원 채용을 했는데 오전에만 일하고 바로 그만둔 사람이 있었다. 들은 얘기지만 동료들은 그가 어딘가에서 걸려온 전화를 받으며 가방을 챙기기 시작했고 대체 뭘 하려는 건지 다른 사람들이 눈치챌 겨를도 없이 그길로 나가버렸다고 했다. 그 직원을 뽑고 기분 좋아하던 사장도 낙담했지만 남은 직원들도 의문의 일격을 당한 기분이었다. 그런데 첫 출근 날 갑자기 그 사람을 이해할 수 있을 것 같았다. 업무에 대해 알면 알수록 도망쳐,라는 경고가 머릿속에서 점멸했고 그때마다 부루퉁한 표정으로 오늘도 어린이회장직을 수행하고 있을 산아가 떠올랐다. 아무리 그래도 이번 주일에 가서 한주 만에 포기했다는 말을 전하고 싶지는 않았다.

수리 보고서 작성은 단순히 수리 과정 자료를 취합하면 되는 일이 아니었다. 실측과 현황조사에도 참여하고 역사적 고증 같은 전문학예사의 영역일 듯한 부분도 스스로 방향을 정해 진행시켜야 했다. 오전에 출근했을 때도 여전히 새집 같은 머리로 모니터를 보고 있던 은세창은 회의가 끝나자마자 내 책상으로 와서 고백하듯 말했다.

"영두님 오셔서 너무 좋아요. 너무요."

은세창은 그동안 사람이 없어 보고서 제작을 사실상 혼자 해왔다며 신세한탄부터 늘어놓았다. 보고서에는 공사시방서나 설계도면 같은 건축 설계상의 정보와 함께 수많은 썰 — 은세창의 표현이었다 — 을 풀어내야 하는데, 완전한 이과 인간인 자신은 사실상 그 부분을 위키 검색으로 겨우 해왔다고 고백했다.

"위키요?"

나는 문화재 고증을 어떻게 인터넷 검색으로만 작성했나 싶어서 되물었다.

"네, 우리 모두의 백과사전."

"아."

"저는 종이로는 뭘 오래 읽지를 못하거든요. 종이는 연봉계약서 쓸 때랑 사직서 낼 때만."

나는 차에 시동을 걸고 자유로를 달려 강화로 가는 48번 국도를 타는 상상을 했다. 은세창은 사실 수리 보고서 작업은 설계사무소가 아니라 시공사에서 담당하는 경우가 더 많다고 했다. 건축사사무소에서는 시공 전 필요한 설계도서까지만 공급하지만 이번에는 최종 수리 보고

서까지 발주처로부터 수주받았기 때문에 나를 뽑게 되었다고. 대온실 공사는 그 건물이 처한 상황이 복잡했기 때문에 고증 작업이 중요해졌다고 설명했다.

"대온실이 국가등록문화재이긴 한데 좋은 마음으로 안 보게 되잖아요. 일제 잔재라고. 창경궁 복원공사 때 다른 시설 다 철거되는데 겨우 살아남았죠. 생존 건물인 셈이에요. 기관에서는 그런 면을 꼭 써달라고 하더라고요."

"살아남은 거요?"

"네, 그리고 실측이 진행 중인데 지하 공간이 발견됐거든요. 좀 흥미로워졌어요."

"그 공간이 뭐였는지 제가 알아내야 하는 거예요?"

"아니요, 저랑 같이 알아내시는 거죠. 일단 발주처에서는 좋아해요. 예산 들여 수리공사하는데 성과 많으면 좋으니까."

"자문회의 같은 것도 없이 저희가 그걸 한다고요?"

"자문회의는 예산 때문에 최종 검토 때나 열게 돼요. 그게 뭐 특별한 공간 같지는 않아요. 창고나 보일러실이었을 것 같은데, 걱정 마세요. 제가 작도의 신 아닙니까."

그건 작도와는 전혀 상관없는 영역으로 느껴졌지만 힘을 내자는 사람에게 찬물을 끼얹고 싶지는 않았다.

그때 사무소 문이 열리더니 두 사람이 들어왔고 직원들이 "소장님 오셨어요?" 하고 인사했다. 이목구비 선이 굵고 얼굴이 약간 각진 여자 소장은 오십 정도 된 듯 보였고 키가 큰 편이었다. 어딘가 이국적인 인상을 풍겼는데 가무잡잡한 피부색 때문에 더 그래 보였다. 긴 팔을 들어 직원들을 향해 허위허위 인사한 소장은 바로 소목수 방으로 들어갔고 흥분에 차 이야기를 늘어놓기 시작했다. 같이 들어온 젊은 여자 직원은 무거워 보이던 여행용 색을 책상에 놓더니 정수기에서 물을 따라 벌컥벌컥 들이켰다.

"못 잡았네, 못 잡았어."

은세창이 그렇게 중얼거리더니 볼펜으로 자기 팔을 가볍게 쳤다. 그리고 물을 다 마신 여자 직원이 자리로 돌아오자 "제갈도희님, 여기 와서 인사해. 이번에 우리랑 대온실 작업해주실 분이야" 하고 불렀다. 짧은 커트 머리에 앞머리를 길게 길러 히피펌을 한 그 직원은 앉은 채로 자기 의자를 발로 굴러 가까이 왔다. 그리고 명함을 내밀며 "제갈도희 디자이너입니다" 하고 인사했다. 동그란 안경을 쓰고 있어서 그런지, 호기심과 장난기가 깃든 눈빛 탓인지 어딘가 캐릭터적인 인상이었다.

"이름이 길면 제도라고 부르시면 됩니다. 저분은 작도,

저는 제도."

그 말에 나는 "강영두입니다" 하고 웃으며 인사했다.

"줄이면 저는 강도가 될 텐데 그건 좀 그렇네요."

"아니요, 좋은데요. 파괴될 때까지 견디는 응집력이 건축에서의 강도니까. 단위로는 파스칼, 1평방미터에 1뉴턴의 힘을 받을 때의 압력." 제갈도희가 답했다.

"대온실 모형, 최종은 어딨지? 소목님 방에 있나?"

"지금은 소목님 방에 들어갈 수 없습니다."

제갈도희가 고개를 저으며 단호하게 말했다. 그리고 폼보드로 제작된 대온실 외형 모형을 자기 자리에서 가져왔다.

"강릉 일은 어떻게 됐는데?"

"모두 도망갔습니다. 미장도 도망, 싱크대도 도망, 외장도 도망."

제갈도희가 한마디씩 할 때마다 배경음처럼 소목수 방에서 소장의 욕설이 들려왔다. 공사 대금만 받고 도망간 하청업체 인간들을 잡는 날에는 자르고 부수고 갈아버리겠다는 내용이었다. 은세창은 사실 자기네 일이 흥신소랑 다를 바 없다고 비유했다. 다만 그 주체가 건물일 뿐, 사람이 살면서 별의별 일이 다 일어나듯 건물에도 각종 신상 문제가 동일하게 일어난다고. 탄생부터 죽음까지, 그러니까 설계부터 완공을 거쳐 건물로서 사는 내내 좋은 일도 나쁜 일도 다 겪는다고.

"어떻게 보면 사람보다 더하죠. 사람은 백년을 살지만 건물은 그쯤은 우습게도 사니까요."

"오, 대리님, 철학 하시네요. 가우딘 줄."

제갈도희가 얼굴에 마른세수를 하며 농담했다. 그리고 대온실 모형을 손으로 가리키며 "정부 도급이니 요 공사는 괜찮겠지" 하고 가라앉은 목소리로 중얼거렸다. 나는 모형을 살펴보았다. 기억 속 모습 그대로였다. 장방형 건물 정면과 양쪽에 돌출된 출입구가 나 있고 뒤편에는 작은 부속건물이 곁붙어 있었다. 실제 수백개 창문의 창살들까지 자세하게 표현되어 있었다. 저걸 하나하나 작업하다니 시간이 얼마나 걸렸을까 하는 감탄이 나왔다. 창틀 꼭대기의 모스크형 창살과 건물 용마루의 오얏꽃 장식이 진짜처럼 생생했다.

나는 모형에서 출발해 지금 여기에는 표현되어 있지 않은 대온실 앞의 전경을 떠올려보았다. 프랑스식 정원과 대리석 분수대를. 거기를 지나 좀더 가면 긴 8자형 연못인 춘당지가 있고 바람이 크게 불면 흰 가지를 연못물에 씻는 버드나무들이 있었다는 것을. 겨울이면 얼음이 두껍게 얼어 마치 연못이 닫힌 듯하지만 더 가까이 들여다보면 천천히 움직이는 잉어들이 그 폐쇄의 풍경에 빗금 같은 균열을 내고 있었음을.

춘당지 빙판은 리사와 내가 우리 앞에 나타난 불행을 해결하기 위해 마지막으로 어떤 '모색'을 함께해본 장소이기도 했다. 그 괴로웠던 해의 마지막 장면에 리사는 어느 밤 나를 깨웠고 스케이트를 들고 따라오라고 했다. 나는 리사를 믿을 수 없었다. 그런 일을 벌여 나를 곤경으로 몰아넣은 너를 믿다니. 하지만 나는 점퍼를 껴입고 조용히 스케이트를 챙겨 리사를 뒤따랐다. 하숙집 나무계단에서 언제나 소리가 났기 때문에 우리는 최대한 무게를 싣지 않고 내려갔다.

대문으로 나간 리사는 말없이 앞장서 걸었다. 한쪽 어깨에 멘 스케이트가 리사의 등에서 흔들렸다. 밤의 도시는 너무 조용해서 마치 하나뿐인 촛불이 꺼져버린 뒤 같았다. 우리를 전혀 알아채지 못하는 듯 느껴졌다. 리사와 내가 겪고 있는 이 이상한 불행에 대해서는 아무도 상관하지 않을 것 같았다. 그래서 도시의 밤길을 걷는 어린 우리에게는 출구가 없고 결국 서로를 완전히 나쁜 미래로 몰아넣을 날들만 남은 것 같았다. 그런 내 무거운 마음과는 상관없이 리사는 성큼성큼 걸었고 관광객들이 표를 사는, 하지만 밤이니까 당연히 닫혀 있는 창경궁의 홍화문을 지나 주차장 쪽으로 한참 갔다. 대체 어디까지 가야 해, 소리치고 싶어질 무렵, 리사가 주차장 관리부스를 지나 '월근문(月覲門)'이라고 쓰인 문까지 갔다. 평소에도 닫혀 있는 그 문은 관람객에게는 개방되지 않았다. 하지만 리사는 어깨로 나무문을 밀었고 문은 열렸다.

"어떻게 한 거야?"

먼저 말 걸고 싶지는 않았지만 묻지 않을 수 없어서 물었다.

"마법."

리사가 말도 안 되는 농담을 하더니 자기도 배운 거라고 말했다.

"주차장 관리 노인네가 여기로 화장실을 드나들거든. 그러다보면 열어두기도 하고."

누구한테 배웠는지는 말하지 않았지만 할머니일 것 같았다. 리사에게 동네의 그런 사정을 가르쳐줄 사람은 할머니밖에 없으니까. 월근문을 통과한 우리는 솔숲을 지나 간밤에 내린 눈이 솜털처럼 내려앉은 춘당지까지 갔다.

소나무가 심긴 작은 섬을 중심으로 얼어붙은 연못 빙판에는 어떤 힘이 있는 듯 느껴졌다. 차고 얼어붙는 것에도 힘이라고 표현될 수 있는 것이 있다면, 추위와 동결이 만들어낸 막을 수 없는 기세가 느껴졌다. 연못 가까이 걸어간 리사는 둔덕에서 스케이트를 한발씩 갈아 신기 시작했다.

"뭐 하는 거야?"

찬바람에 오소소 돋는 살결을 느끼며 물었다.

"빠질 수도 있어. 하지 마."

하지만 리사는 스케이트 줄을 꽉 잡아당겨 묶은 다음 연못으로 발을 내밀었다. 나는 리사가 원망스럽고 미운 가운데에서도 저러다 정말 빠지기라도 하면 어쩌나 싶어서 불안했다.

"무서워?"

리사가 연못이 텅 울릴 정도로 크게 물었다. 밤에도 궁을 지키는 사람이 있을 텐데 들키면 어쩌나 싶었다. 리사는 빙판을 긁는 소리를 내며 조금 갔다가 멈춰 선 다음에 다시 말했다.

"그 정도 용기도 없으면서 학교를 그만두겠다는 거야? 다시 강화도로 가겠다는 거야?"

그렇게 말하고 리사는 내가 서 있는 연못가에서 멀어

졌다 가까워졌다 했고 나중에는 내 말소리가 들리지 않을 만큼 스케이트를 치고 나갔다.

"이렇게 된 건 다 네 탓이잖아."

나는 항변했다.

"뭐라고? 안 들리잖아."

리사가 곡선을 그리며 뒷걸음으로 다가와 말했다. 나는 가방에서 스케이트를 꺼내 신고 얼음판으로 내려갔다. 그리고 빙판을 지치고 나갔다. 연못가에 서 있던 리사가 움직이기 시작했고 나는 그애를 앞질러 나아갔다. 다리에 힘을 주어 양발을 교차해 나아갔다. 사각거리는 불행의 촉각을 느끼며 나아갔다. 여기에 남는 것과 강화로 돌아가는 것 그 둘 중에 무엇이 더 큰 불행인지 가늠해보고 싶었다. 이 연못이 한가운데까지 완전히 얼어 있는 것과 아직 어딘가는 얼어붙지 않았을 수 있다는 것. 그에 대한 긴장과 두려움을 모두 느끼며 질주했다. 구름이 달을 통과하자 달빛이 쏟아졌고 거기서 떼어낸 투명한 빛들이 내가 달리는 방향으로 내려앉기 시작했다.

낙원하숙은 원서동 초입에서 창덕궁 담장 쪽으로 난 골목길에 있었다. 골목에는 여러 가구가 모여 사는 단층집들이 연이어 있고 그 맞은편이 낙원하숙이었다. 원서동의 집들이 대개 그렇듯 그 집 또한 아주 오래된 건물이었다.

나는 자려고 누웠다가 일어나 책상 앞에 앉았다. 그리고 종이를 꺼냈다. 그날 내내 손으로 설계도면을 그리던 제갈도희가 점심시간에 밥도 안 먹고 체력단련실로 달려가 러닝머신을 뛰던 게 생각났다. 뛰는 소리는 사무실까지 들렸는데 아무도 이상하게 여기지 않았다. "쟤, 스트레스 받아서 저래요." 은세창이 내버려둬도 된다고 알려주었다.

"대체 현장에서 쓰지도 않는 손 도면은 왜 그려야 하는 거냐고요!"

땀에 젖은 머리칼을 하고 제갈도희가 은세창 자리로 오더니 항의했다.

"글쎄, 나랏일이라서?"

"그럼 다른 작업도 손글씨로 하라고 그래요. 영두님도 붓글씨로 보고서 써요."

나도 모르게 풋, 하고 웃었다가 제갈도희의 심각한 얼굴을 보고는 표정을 수습했다.

"어차피 건축사자격증 시험 보려면 연습해야 하잖아. 좀 포지티브하면 안 되니?"

"저 건축사 딸지 안 딸지 모릅니다."

"택시운전사가 면허증 안 따겠다는 얘기네. 철없는 소리 좀 그만해."

캐드 프로그램으로 충분한데도 발주처에서는 손 도면을 요구한다고 했다. 간이 실측을 한 뒤에 작성하는 손 도면은 앞으로의 계획을 짜는 데 필수요소라고 은세창이 다시 설명했다.

"이런 게 적폐잖아요. 적폐, 요식행위."

제갈도희는 그러면서도 다시 제도판 앞에 앉았다. 퇴근 무렵 제갈도희가 야근을 위해 식사를 하러 가다가 갑자기 "아, 맞다" 하면서 종이봉투를 내밀었다.

"환영 선물요."

집에 와서 꺼내보니 알루미늄과 나무가 어우러진 15센티미터짜리 자와 포켓용 붓펜이었다. 쪽지에는 '아까 억지 부려 죄송합니다. 절대 붓글씨로 쓰시면 안 돼요'라고 웃음 표시와 함께 적혀 있었다. 낮의 일이 마음에 걸린 모양이었다. 그러고 보면 제갈도희는 곤줄박이와 비슷한 사람 같다고 생각했다. 새 가운데 아마 가장 인간 친화적일 곤줄박이는 사람과 사람의 집을 궁금해해서 조금만 친해지면 아예 집 안으로 들어와 날아다니기도 하니까. 머리의 흰줄, 목덜미의 감색 깃털, 아담한 몸까지 정을 주지 않을 수 없는 그 새를 닮아 있었다.

나는 선물받은 자와 붓펜을 보고 있다가 낙원하숙의 몇가지 장면들을 그려보기로 했다. 그 집은 일제강점기 북촌에 우르르 생겨났던 개량한옥과는 다르고 일본식 적산가옥과도 달랐다. 그 집의 특징이라고 한다면…… 나는 기억을 해내기 위해 팔짱을 끼고 책상에 기대 머리를 숙였다. 이렇게 머리를 떨구면 생각이라는 것이 진득한 꿀처럼 떨어져내리는 듯하니까. 동네 집수리를 도맡아 하던 태동설비 아저씨가 떠올랐다. 내가 살고 있는 동안에도 고칠 곳이 많아 아저씨가 노상 들락거렸는데, 귀한 2층 한옥이라 지원금 신청을 하면 보조금이 나올 거라고 종종 조언했다. 하지만 할머니는 손을 내저으며 거절했다.

"관청에는 안 알려요."

"등록만 하면 돼요, 어르신."

태동설비 아저씨는 나라에서 나오는 돈이 적지 않은데 왜 굳이 개인 돈을 쓰냐며 혀를 찼다. 기왓장 고치는 돈도 다 나온다고. 할머니는 들은 척도 하지 않았다.

"이러다 기와 다 내려앉아요."

아저씨는 마당에 서서 낙원하숙의 지붕을 올려다보며

걱정했다. 2층 지붕은 함석이고 1층 지붕만 다갈색 기와였는데 부풀듯이 일어난 부분이 많았다. 그때의 낙원하숙이란, 나는 생각하다가 책장에 꽂아놓았던 『고건축용어사전』을 펼쳐보았다. 하숙집 건물은 일자 형태였지만 2층으로 올라가는 계단실이 앞으로 튀어나와 있어 전체적인 모양은 'ㄱ'자에 가까웠다. 지붕은 네면이 경사진 우진각 지붕이었고 처마는 다른 한옥과는 다르게 짧고 좁은 홈통이 설치되어 있었다. 건물 전면에 '用'자 모양으로 살을 넣은 네짝짜리 미닫이 유리문이 있고 들어가면 중문과 실내였다. 1층은 입식으로 개조되어 있었고 우물마루가 깔린 2층은 완전한 옛 형태였다. 1층에는 거실과 부엌 그리고 방 세개가 있고 2층에는 마루와, 하숙생 중 유일한 남학생이었던 삼우씨 방이 있었다. 난방이 안 돼서 전기장판을 썼다.

나는 잘 올라가지 않았지만 리사는 2층 마루에서 시간을 자주 보냈다. 마루 한쪽에 깔린 다다미 평상에서 잡지책을 읽거나 라디오를 듣거나 다이어리를 쓰며 자기가 원하는 모든 일들을 했다. 때로는 수면에 떠 있는 사람처럼 팔다리를 벌리고 멍하니 누워 있었다. 자는 것도 뭔가를 생각하는 것도 아닌 무감각한 얼굴로, 가는 살대가 끼워져 있는 일식 창문 너머 창덕궁의 단풍나무들을 건너다보는 것이었다.

우리는 할머니가 한켤레씩 사준 스케이트를 각자 가지고 있었다. 이사 온 지 얼마 안 돼 받은 선물이었다. 마을 논둑에 얼음이 얼면 썰매나 좀 타봤을까, 스케이트를 가져본 건 그때가 처음이었다. 할머니는 얼마나 부자라서 이런 비싼 선물을 줄까 했더니 리사가 기성제품이 아니라 구둣방에서 맞춘 거라고 심드렁하게 알려주었다. 동대문에서 스포츠화와 날을 따로따로 사다 붙이면 싸다고.

"아, 그렇구나."

나는 고개를 끄덕였지만 그래도 선물은 고마운 것 아닌가 생각했다. 구둣방에서 맞췄든 완제품을 샀든, 선물인데. 하지만 그 말까지는 못하고 리사처럼 조용히 눈을 내리깔고 오물오물 밥을 씹었다. 그때까지도 난 젓가락질을 잘 못했다. 강화에서 이사할 때 포크 숟가락도 가져왔지만 책상 서랍에 넣어두고 꺼내지는 않았다. 리사의 시선이 신경 쓰였다.

"몰르면 옆 사람들 적당히 따라 하고, 안 되겠시면 혼차 긍매지 말고 도와달라 그러고."

아빠는 서울에서의 생존법을 그렇게 알려주었지만 조

력을 구하려 해도 누가 날 도와줄 수 있을까 싶었다. 처음에는 리사가 기댈 수 있는 존재처럼 느껴졌다. 학년은 나와 같은 중2였지만 실제로는 한살 더 많다고 했으니까 더더욱. 하지만 리사는 첫 만남에 언니라고 부르는 내게 "그냥 리사라고 불러"라고 한 말 말고 개인적인 얘기는 거의 하지 않았다. 같은 방을 쓰는 사람들끼리 규칙을 정하자고 했을 뿐이었다. 낮에도 커튼을 처놓는 것에 찬성하는지, 어디에 누구 책상이 놓이는 것이 좋은지, 잠옷 이상의 편한 옷차림은 하지 않고 속옷은 절대 방에서 갈아입지 않는 것이 어떤지. 나는 아무래도 좋으니 원하는 대로 하라고 말했고 리사는 자기 혼자 방을 썼을 때처럼 그대로 생활했다.

법대생이었던 삼우씨는 뭘 하는지 종일 자기 방에 틀어박혀 있었고 그러면서도 세상에 모르는 것은 하나도 없어 보였다. 식사 때가 되면 내려와서 그동안 방에서 묵언수행하느라 참았던 말을 쏟아냈는데 지금 생각해보면 대체로는 음모론에 가까운 얘기들이었다. 9·11테러 때 납치범과 승객들의 난투 끝에 추락한 것으로 알려진 비행기가 사실은 나사 기지로 보내졌다든가, 현재 서방세계 지도자들은 '렙틸리언'이라고 불리는 파충류형 외계인의 지배를 받고 있다든가, 마야력에 따르면 2012년에 지구가 멸망한다든가 하는 얘기들이었다.

100킬로그램에 달하는 덩치로 식탁 의자에 앉아 그런 우울한 미래 전망을 늘어놓는 삼우씨는 두려움과 공포라고 하는 거대한 힘에 경도된 가련한 존재, 이를테면 아이들 손에 잡혀 파닥거리는 개구리 같은 것처럼 느껴졌다. 세상이 정말 그러기를 바라는 건지, 그럴까봐 무서운 건지는 분명하지 않았다. 어느 쪽으로 해석해도 무방할 만큼 그 흥분과 열의는 목적성이 없어 보였기 때문이다.

하숙집 식구들은 모두 여섯명이었고 나, 삼우씨, 연극을 하는 유화 언니, 리사와 할머니 그리고 집을 드나들면서 일을 봐주는 딩 아주머니가 있었다. 그 무렵 대학 하숙집을 배경으로 한 시트콤이 인기였는데 그와는 다르게 분위기는 싸늘했다.

낙원하숙으로 온 지 며칠 되지 않아 나는 이 집의 사람들이 기이하게 불행하다는 생각을 했다. 누가 보면 강화 석모도에서 혼자 전학 온 중2짜리 여자애가 그 집의 최약체였을지 모르지만 적어도 나는 하숙집 사람들에게서 보이는 어떤 병든 습벽 같은 것은 없었다. 그렇다고 서울로 온 것을 후회하지는 않았다. 나는 늘 그렇듯 미래를 낙관했다.

식탁에서는 삼우씨만 떠드는 때가 많았는데 어느 날은 한국에서 전쟁이 일어날지 모른다고 해 할머니를 놀라게 했다. 그해 1월은 북한이 핵확산금지조약을 탈퇴하면서 뉴스마다 북핵 위기를 떠들 때였다. 할머니는 삼우씨에게 그런 얘기가 지금 신문에 나고 있느냐 물었고 삼우씨는 자기 주장을 뒷받침하는 기사들을 골라 할머니에게 보여주었다. 신문의 헤드라인들은 당장 내일이라도 전면전이 일어날 것처럼 긴박했다. 할머니는 삼우씨가 가져다준 기사들을 안경을 쓴 채 밑줄을 그으며 찬찬히 읽었다. 그후로 한동안 하숙집에는 번거로운 일거리들이 많았다.

일단 이불 빨래가 시작됐다. 할머니는 오후 내내 이불 빨래를 했다. 오래된 하숙집 세탁기는 소음과 진동이 심해서 저렇게 탈수하다가는 언젠가 자기 스스로 욕실을 벗어나 길바닥으로 나갈 것 같다는 생각까지 들었다. 뿔 달린 동물이 세탁통을 들이받거나 농구공이 세탁통 안에서 맹렬히 드리블되는 듯한 엄청난 소음이었다. 우리는 모두 이어폰을 낀 채 견뎠다.

그리고 할머니는 2층으로 올라가 다다미 평상을 들어내고 바닥문을 열었다. 1층과 2층 사이에 일종의 다락이 있었다. 입구가 너무 좁아서 할머니밖에 들어갈 수 없을 것 같았다.

"도와드릴까요, 할머니?"

내가 묻자 할머니는 사양하다가 기름통을 들고 주유소에 다녀올 수 있겠느냐고 물었다.

"기름이요?"

"아직 길도 모르는데 아무래도 어렵겠지."

할머니는 금세 말을 거두며 물러섰다.

"아뇨, 할 수 있어요. 다녀올게요."

리사는 할머니에게 협조할 마음이 조금도 없어 보였다. 전쟁 뉴스가 날 때마다 그런 준비를 한다는 거였다.

"그런데 어떻게 돼? 전쟁은 안 나. 지겹게도 안 나고 준비도 지겹게 안 끝나."

이유는 알 수 없지만 리사는 할머니에게 냉랭했고 확실히 적대적이었다. 나는 어쩌면 잃어본 적이 없어서 저러는지 모른다고 짐작했다. 부산에 부모님이 계신다고 했고 할머니도 있으니까, 가족을 잃어보지 않은 사람들은 가족 아쉬운 줄을 모르게 마련이었다. 명절이면 섬 밭두렁에 도시 차들이 열 지어 주차되어 있고 거기서 내린 껄렁한 아이들이 자기 사촌들을 따라 마을 구경 다니는 모습들까지, 그 모든 게 마음 서늘하도록 부러운 사람도 있다는 걸.

할머니는 주황색 펌프가 달린 석유통을 건네며 사려는 사람이 많아도 물결처럼 차분히 기다리다가 사 오라고 일렀다. 하지만 주유소에 갔더니 할머니 말과 달리 등유를 사재기하는 사람은 한명도 없었다.

"다 채워?"

고등학생으로 보이는 아르바이트생이 반말로 물었다.

"응, 채워."

나는 기분이 나빠서 반말로 응수했고 그런 내 도발에도 아르바이트생은 들어오는 차들에만 신경을 쓰더니 오른쪽에 대세요, 하고 소리 질렀다. 그렇게 소리치느라 고개를 돌린 모습이 당시 내가 좋아하던 대만 배우 금성무와 닮아 있어서 놀랐다. 금성무는 호스를 꽂고 통을 채우다가 잠깐 다른 차들에 신경을 파느라 잡고 있던 호스를 놓쳐버렸고 내 쪽으로 등유가 튀었다. 내가 소리 지르자 금성무가 놀라서 밸브를 잠그고 사무실에서 걸레를 가져다가 코트를 닦기 시작했다. 물론 하나도 닦이지 않았다. 주유소 사장이 무슨 일이냐고 소리치자 금성무는 "진짜 미안한데 내가 물어줄 테니까 나중에 연락 줄래?" 하며 자기 번호를 적어주었다. 처음 보는 사람의 휴대전화 번호를 알게 된 건 그때가 처음이었다. '016'으로 시작되는 그 글자들은, 엉망으로 휘갈겨 써서 더 그랬겠지만, 누군가의 길고 미스터리한 이름 같았다. 나는 일이 이렇게 되어 상당히 곤혹스럽다는 태를 물결처럼 은은하게 내면서 쪽지를 받아들었다.

우여곡절 끝에 등유를 사 가자 할머니는 목장갑을 끼고 안을 정리하고 있다가 통을 받아 다락으로 들어갔다. 마치 제비나 벌 같은 것이 자기 집을 부지런히 드나들듯이. 나는 들어가볼 수 없고 할머니만 드나드는 그곳은 할머니만의 통로처럼 느껴졌다. 그러다 뭐가 굴렀는지 둔탁한 소음이 나고 물건들이 떨어지는 소리가 들렸다. 오바상, 빗쿠리시타네, 하는 할머니의 중얼거림이 들렸다.

"괜찮으세요?"

무릎을 꿇고 안을 들여다봤다. 한동안 답이 없이 조용하더니 빗자루와 쓰레받기를 좀 가지고 오라는 소리가 들렸다. 내가 리사에게 빗자루가 어디 있느냐고 묻자 리사는 아무 말 없이 아래층을 가리켰다. 내려가서 딩 아주머니에게 물었더니 벽장에서 치울 것들을 꺼내주었다.

할머니는 오랫동안 비질을 하더니 문가에 서 있는 내게 쓰레받기를 들어올렸다. 받아보니 등유에 젖은 종이봉

투들이었다. 옛날식으로 약봉지를 접듯이 하나하나 접혀 있고 다 번지기는 했지만 펜으로 분류를 적은 흔적이 있었다. 할머니는 내게 대문 밖의 쓰레기통이 아니라 마당 화단에 버리라고 했다. 쓰레기를 화단에 버리라고? 의문을 품으면서도 어쩔 수 없이 화단으로 내려가 쓰레받기를 털려고 하는데, 딩 아주머니가 "그걸 왜 거기 버려? 김장독도 묻혀 있는데?" 하고 소리를 질렀다. 할머니가 시켰다고 설명하는데도 딩 아주머니는 듣지 않았다. 할머니가 말이 헛나온 걸 거라며 당장 문밖에 내다 버리라고 했다.

나는 그 장면에 이르러서야 그 집 대문을 떠올렸다. 그러고 보니 내가 낙원하숙에서 가장 관심을 가진 건 네쪽짜리 유리문도 기와도 다다미 평상도 아닌 대문 손잡이었다. 황동으로 된 장식용 판금 위에 자리한 그 문손잡이는 한옥 대문에는 전혀 어울리지 않는 유리 손잡이였기 때문이다. 푸른색 유리에 다면체로 세공한 그 손잡이는 드나들 때마다 신경을 날카롭게 했다. 대체 왜 나무 대문에 그런 손잡이를 썼는지 알 수가 없었다. 혹시라도 깨질까봐 신경이 쓰였기 때문이다. 특히 리사처럼 문을 쾅 닫는 경우에는 더욱.

그렇게 겨울을 보내고 개학할 때가 되자 리사는 가야

할 데가 있다고 말했다. 할머니가 외출하면서 '벤지네' 다녀오라고 시켰다고.

"벤지가 누군데?"

"강아지야."

"강아지를 보러 가는 거야?"

리사는 "아니?" 하며 약간 어이없어했다. 우리는 버스를 탔고 몇개의 정류장을 지나 한강을 건넜다. 가는 도중에 무슨 생각을 했는지 리사가 수영을 배웠느냐고 물었다. 나는 수영을 배운다는 말이 생경하게 느껴져서 "수영을 배우다니 무슨 소리야" 하고 웃었다. 실제 내 머릿속에는 수영을 배운 기억이 없었다. 어린 시절부터 늘 바다 언저리에 있었으니까. 내가 느낀 중력은 바다와 육지의 것이 절반쯤 혼재되어 있는 채였을 것이다. 바다에 나가면 언제나 놀 만한 친구들이 기다리고 있었다. 언제부터 수영을 했느냐는 말은 네 첫 친구가 누구였냐는 말과 같았다. 머릿속에 없어도 그뒤로 기쁨이 계속되었기에 상실을 의식할 필요가 없는 망각이었다.

"나는 열살 때 동네 스포츠센터에서 수영을 배웠거든. 스포츠센터는 알지?"

리사가 물었을 때 나는 아주 차가운 것에 손을 댄 느낌이었다. 아무리 내가 섬에서 왔다고 스포츠센터를 모를 리가. 기분이 상해 대답할 의욕도 못 느꼈지만 정말 내가 모른다고 생각할까봐 우리 오삼촌이 피트니스 강사라는 말까지 덧붙였다.

"너 네가 좀 이상하게 말하고 있다는 거 아니?"

리사는 더 냉랭한 말로 몰아붙였다. 그건 내가 또래에게서 처음으로 느껴본 압력이었다. 머리 위로 뭔가가 씌워지는 느낌이었다. 깊숙한 모자 같은 것이. 정수리를 덮고 이마를 덮고 눈까지 덮어서 시야가 어둠에 잠기고 마는 것 같았다. 서울에 가면 남들 하는 대로 따라 하라고, 별스럽게 튀지 말고 무난하게 묻어가라고 한 아빠의 말이 떠올랐다. 사람이 이상하면 안 되지, 이제 새 학교에 가서 새 친구를 사귀어야 하는데 이상한 사람은 아무도 좋아하지 않는다. 아무도 이상하지 않은데 이상한 사람이 그 반에 갑자기 끼어들면 아이들이 얼마나 싫어할까. 나는 그래서 리사가 이런 충고를 하는 것이리라 이해하고 싶었다.

"사투리는 고칠 수 있어. 조심할게."

"아니, 그런 걸 말하는 게 아니야. 나도 부산에서 왔고 내 억양에 사투리가 있지만 아무도 무시 못해. 문제는 네가 너무 자주 웃는다는 거야."

섬에서 친구들과 안 좋게 헤어지고 여기 와서 딱히 웃을 일도 없는데 내가 얼마나 웃었다고 얘가 이러나. 하지만 왠지 따질 수가 없었다. 섬에서라면 고래고래 소리를 지르며 한판 붙었을 법한데 몸이 굳어 딱히 뭘 할 수가 없었다. 버스가 생전 본 적 없는 낯선 풍경들을 자꾸 통과하기 때문인 것 같았다. 강변도 낯설었고 공원도 대교도 낯설고 건물들은 고개를 한참 올려다보아야 할 정도로 높았다. 그런 마천루들의 화려함은 앞으로 내가 감당해야 할 미래의 무게를 지나치게 축소하는 동시에 앞으로 이루고자 하는 욕망들의 값없음을 예견하는 것이기도 했다.

어느 아파트단지에서 내린 우리는 109동을 찾아갔다. 리사가 아파트로 향하는 길을 기억해두라고 했다. 그리고 학교가 끝나면 일주일에 한두번은 109동까지 갔다가 다시 원서동으로 돌아오라고 시켰다. 학교를 가기 위해 위장전입을 했기 때문에 우리 주소지가 이 아파트로 돼 있는 것이었다.

"친구들이랑 여기까지 걷게 되면 어떡하지?"

리사는 흰 이마에 인상을 쓰며 답답하다는 듯이 대답했다.

"하교를 꼭 애들이랑 같이 해야 되니? 혼자 오면 되지."

리사는 벤지는 흰 털을 가진 밥솥만 한 개인데 자기도 딱 한번 본 적이 있다고 했다. 몇해 걸러 한번씩 정말 사는 집이 맞는지 선생들이 나와서 대대적으로 조사하기도 한다고도 덧붙였다.

"여기 3층이야, 알았지?"

내 주소지로 되어 있지만 갈 일은 없는 그 아파트의 3층을 올려다보았다. 벤지라는 밥솥만 한 강아지가 살고 있는 집, 서울에서 누구나 가고 싶어한다는 학교를 다니기 위해 일주일에 한번씩 누구를 속여야 하는지 알 수 없는 가운데서도 누군가를 속이기 위해 들렀다 가야 하는 집. 나는 알겠다고 고개를 끄덕였다.

2장

옮겨다 심은 종려나무 밑

창경궁 대온실의 공사 책임자 후쿠다 노보루(福田昇)는 어려서 아버지를 잃고 어머니와 형의 손에 양육되었다는 말로 자신의 회고록을 시작한다. 독서와 숫자를 특히 싫어해 어머니에게 걱정을 끼치고 형제와 다투는 악동이었던 이 소년은 1869년 13세 나이에 잠시 도쿄로 올라왔다가 고향으로 돌아간 뒤 1872년 16세 때 한 국학자의 양자가 된다. 그해에 다시 상경해 학교를 다니며 독일어 등을 배우고 1874년 공부성 공학 기숙사 소학교(현재의 도쿄대 공학부 전신인 공부대학교의 예과 과정)를 마친 그는 신주쿠 시험소, 학농사 농학교, 내무성 권농국 시험장과 미타육종장 등을 거치며 본격적인 농업 원예가의 길을 걷게 된다.

일급 30전을 받으며 농장에서 잡다한 일을 하는 견습생으로 시작했지만 서양의 수목과 화초들을 옮겨놓은 그곳은 후쿠다 노보루에게 경험한 적 없는 신세계였을 것이다. 이국의 살아 있는 문물이 모인 경이로운 광장이자 파종과 배양과 식생으로 이룰 궁극의 낙원. 메이지시대 전 세계로 나아간 일본의 관리와 유학생들은 종자와 묘목들을 구해 본국으로 가져왔고 그것은 후쿠다 노보루와 같은 젊은이들 손을 통해 전일본에 이식되고 있었다.

북미에서 삼나무과의 낙우송을 들여와 심었고, 박람회단이 프랑스 마르세유항에서 배에 실어 보낸 유칼립투스 씨앗을 번식시켰다. 미국 캘리포니아에서 온 호두 및 살구 종자는 온대 지역에 배포되었고 인도네시아 자바의 버섯과 영국공사가 기증한 인도산 기린초와 러시아정부가 제공한 포플러 씨앗 그리고 아카시아류, 네덜란드령 동인도에서 전달받은 커피 묘목과 스웨덴에서 수입한 포플러 종자, 유럽의 가문비나무, 흑단풍나무, 느티나무, 신갈나무, 기나나무, 종려나무, 보리수, 뽕나무, 느릅나무, 히말라야 백향목, 백합나무, 월계수, 플라타너스, 포포나무, 이탈리아 사이프러스, 애리조나삼목 등 셀 수 없는 이국종 식물들이 옮겨왔다. 하지만 그 모든 것이 이식에 안착한 것은 아니었고 더러는 시들시들하거나 썩었다. 그중 후쿠다 노보루가 주목한 건 1874년에 미타육종장에서 오렌지,

레몬, 유자와 함께 심었다가 한번 실패한 포도였다. 그는 포도야말로 국가 이익에 도움이 되는 작물이라고 믿었다.

"포도나무를 재배하여 포도주 양조사업을 육성하매 안으로는 쌀술을 포도주로 대체하고 더 나아가 세계 만방에 수출한다면 대대의 국리민복(國利民福)을 일으킬 것이다"고 피력했다. 특히 프랑스를 선망했고 구미와 전유럽인의 파티 테이블에 일본산 포도주가 올라갈 미래를 그렸다. 그런 희망과 포부로 써내려간 장대한 논문을 읽은 정부 고위관리 덕분에 일개 하급관리에 지나지 않았던 후쿠다는 1880년 5만 평방미터가 넘는 국립반슈(播州)포도원을 개설하고 그 관리를 맡는 "환희"를 누린다. 그 환희는 포도원이 문을 연 지역의 주민들에게도 마찬가지였다. 포도원을 유치한 효고현(兵庫県) 반슈 인나미신촌(印南新村)은 수리가 나빠 벼농사 대신 면화를 생산하던 곳이었으나 개항으로 값싼 외국산 면화가 밀려들면서 더욱 궁핍해진 지역이었다. 집과 땅을 버리고 도망가는 주민들도 생겨났다.

그 건조하고 암담한 땅에 심긴 프랑스산 포도 묘목 3천 그루는 후쿠다뿐 아니라 지역 주민들에게도 눈부신 내일의 징표들이었다. 모두의 희망이 효모처럼 부풀었다.

1882년 소량의 결실을 얻은 후쿠다는 고품질의 포도는 궁중과 관리대신들에게 진상하고 이후 2만 7천 리터가 넘는 포도주를 양조할 정도로 재배에 성공했다. 이렇게 성과가 가시화되자 정부 고위관료들이 시찰을 위해 자주 내려왔다. 전례 없이 많은 마차가 동네를 오가면서 동서로 쭉 뻗은 '마차길'이라는 새로운 도로가 생겨났고 마을 최초로 우체국이 설치되었다. 마을에 수리시설을 건설할 보조금까지 중앙정부로부터 내려왔다. 1884년 후쿠다 노보루는 이곳에서 일본 최초로 포도 온실을 탄생시켰다. 6평의 작은 공간이지만 포도나무를 이식해 좋은 결과를 얻은 것이다. 미래는 더 밝은 곳으로 움직이고 있었다. 정식으로 등록된 반슈포도원 와이너리의 상표는 커다란 천사의 날개였다.

주일 미사가 끝나고 드디어 나와 마주쳤을 때 산아는 무척 곤란해했다. 아무에게도 알리지 않고 나와 대화하고 싶은데 자꾸 친구들이나 동생들이 따라붙었기 때문이었다. 저 나이 때는 제일 철든 아이가 가장 괴로운 법이었다. 많이 보고 느끼고 알게 되니까. 마침내 은혜까지 성당에서 점심을 먹고 가자며 불렀을 때 산아는 내 차 안으로 뛰어들어와 얼른 달리라고 했다. 그래 봤자 가는 곳은 우리 집이었다. 일주일 동안 뭘 알게 되었냐고 물어서 후쿠다 노보루 이야기를 해줬더니 꽤 흥미로워했다.

"그래서 해피엔딩이야?"

"응?"

"이모가 조사했다는 포도밭 얘기 해피엔딩으로 끝나느냐고."

"지금은 아직 모르지, 이제 시작했는데 다만 복병이 있었어."

"복병이 무슨 뜻인데?"

산아는 그렇게 묻고는 자기가 검색해서 답을 찾아냈다. 적을 기습하기 위해 적이 지나갈 만한 길목에 숨긴 군사, 예상하지 못한 뜻밖의 경쟁 상대. 그러고는 어떤 군사가 포도밭에 숨어 있었냐고 글자 그대로를 해석해서 물었다. 나는 정확히 말하자면 포도밭에 숨어 있지는 않았다고 대답했다.

"그 복병은 아주 작은 것이었어. 1밀리미터도 되지 않는 포도뿌리혹벌레."

그것은 1885년 6월 29일 오후 다섯시 후쿠다의 영예로운 유리 온실에서 처음 발견되었다. 진딧물의 일종인 포도뿌리혹벌레는 포도나무의 잎과 뿌리에 혹을 만들어 영양분을 빨아들이고 개체수를 늘려 결국 나무를 고사시키는 악명 높은 해충으로 이미 흑사병에 비견되는 엄청난 재앙을 유럽에 몰고 온 바가 있었다. 1862년 남프랑스의 작은 와인상에서 미국산 포도 묘목을 수입해 심었다가 시작된 그 불행은 이후 10년간 프랑스 전역의 포도밭을 황폐화시켰다. 포도뿌리혹벌레는 미국산 포도에 자생하는 종으로, 미국산 포도종은 내성을 지니고 있었지만 유럽의 포도나무들은 전혀 그렇지 않았다.

눈에 보이지도 않는 이 작은 복병은 포르투갈, 스페인, 독일, 오스트리아, 이탈리아까지 확산되었고 마침내 반슈 포도원의 유리 온실에서도 모습을 드러낸 것이었다. 후쿠다는 살충 효과가 높은 이황화탄소를 뿌리에 주입하고 석회와 유황을 섞은 용액을 만들어 뿌렸다. 그리고 5천그루에 달하는 포도나무를 뽑아 그 지지대까지 모두 불살라버렸다. 그러나 포도원을 덮친 그해의 포도뿌리혹벌레라는 재앙에 대해 이상하게도 후쿠다는 회고록에서 언급하지 않는다. "무서운 포도 해충인 포도뿌리혹벌레를 발견하였으나 다행히 큰 해를 끼치지는 못하였다"라고 기록해 놓았을 뿐이다.

그 대신 그 여름에 불어닥친 태풍에 대해서는 자세하

게 적어놓았는데 태풍이 바다를 지나면서 빨아들인 바닷물을 포도밭에 쏟아부었고, 궂은 날씨가 개면서 내리쬔 강한 햇볕에 그 젖은 잎들이 순식간에 타버리면서 썩어갔다고 묘사했다. 후쿠다는 이러한 천재지변은 전혀 예기치 못하고 방비할 방법이 없으니 천추의 한이 된다고 적었다. 반슈포도원은 완전한 실패였다.

"왜 포도뿌리혹벌레 얘기는 안 했는데? 그게 복병이었잖아."

인터넷으로 벌레를 검색해본 산아는 징그럽게 생겼다며 미간을 찌푸렸다.

"글쎄, 잘 몰라서?"

"벌레가 포도밭을 다 먹어치우는데 어떻게 몰라."

"그럼, 너무 잘 알아서? 너무 잘 알면 오히려 무서우니까. 책임져야 되거든."

산아는 다음에도 이야기를 더 듣고 싶다고 했다. 일주일 동안 자료를 뒤져 알아낸 후쿠다 노보루에 관한 사실들은 정작 대온실과 연관이 없어 보였다. 아니, 연관이 없어 보이지만 아주 깊숙이 연관이 있어도 보였다. 그래서 정리해두었을 뿐 최종 보고서에는 실릴 수 있을까 생각했던 내용이었다. 그런데 정작 산아가 한주 동안의 일들을 물어오자 그런 이야기들만 나왔다.

"넌 일주일을 어떻게 보냈어?"

산아는 한숨을 쉬더니 태블릿 피시를 꺼냈다. 자기가 PPT로 정리를 해보았다고 했다.

산아에 따르면 그 아이는 말을 알아듣지 못하는 건 아니었다. 조회시간이면 줄도 서고 점심시간에도 가장 늦게 급식실로 오기는 했지만 차례를 기다렸다가 밥을 먹었다. 그런데 아이들이 말을 걸면 그 얼굴을 빤히 쳐다보거나 고개를 숙이고 있을 뿐 아무 말도 하지 않았다. 수업시간에 선생님이 지목하면 아무런 반응 없이 그저 선생님을 멀거니 보고 있다고 묘사했다.

"안쓰럽네." 내가 말했다.

"보통은 대답 못하면 쑥스러워하거나 창피해하거나 그래야 하잖아? 근데 얘는 그런 게 없어. 뭐랄까, 그냥 칠판이나 담장 같은 게 된 것 같아."

칠판이나 담장 같은 아이. 어쩌면 아이는 트라우마를 겪고 있는지도 몰랐다. 그런 일들은 외부의 두드림에도 응답을 내놓을 수 없는 심한 무기력을 만들어내니까. 나는 서울에서 돌아온 이후 내가 보낸 시간을 떠올렸다. 그때 성당을 통해 소개받아 상담치료를 받았지만 결정적으로 나를 우울증에서 구해낸 건 결국 섬에서의 시간이었다.

적어도 섬에서 나는 이상한 아이가 아니었다. 집에 틀어박혀 있다가도 나쁜 생각들이 못 견디게 우글거리면 밖으로 뛰쳐나가곤 했는데 막상 그렇게 나가보면 거기에는 내 불안과 긴장 그리고 해리 상태를 붙잡아줄 근친처럼 가깝고 친숙한 풍경들이 있었다.

그러던 어느 여름, 민머루해수욕장 쪽 염전까지 버스를 타고 나갔다. 지금은 문을 닫은 그 염전 주인이 엄마의 친구였다. 나는 뙤약볕이 쏟아져 얼굴이 까맣게 타는 줄도 모른 채 염전 둑에 앉아 있다가 엄마 친구 눈에 띄었다.

"영두야."

아주머니는 밀짚모자를 쓰고 내 편으로 건너왔다. 나는 손차양을 만들며 인사했다.

"아픈 건 다 나았냐?"

섬에 소문이 어떻게 났을까 나는 잠깐 당황했다가 고개를 저었다. 아주머니는 모자를 벗어서 내 머리에 씌워주며 올해가 지나면 다 괜찮아질 거라고 위로했다.

"올해 비가 어찌나 많은지 염전도 다 망했다."

나는 멍하니 앉아 있다가 그러면 어떡해요? 하고 조그맣게 물었다.

"장마가 그런데 어쩔 것이야, 다음을 기다려봐야지. 그런다고 바다 소금이 어디 가버리는 것도 아니고. 사는 게 말이야, 영두야. 꼭 차 다니는 도로 같은 거라서 언젠가는 유턴이 나오게 돼. 아줌마가 요즘 운전을 배워본 게 그래."

"유턴이요?"

"응, 그러니까 돌아올 곳만 정신 똑바로 차리고 알고 있으면 사람은 걱정이 없어. 알았지? 잘 왔다, 잘 왔어."

이제 염전에는 골프장이 들어섰고 아주머니는 강화 본섬에서 편의점을 운영하고 있었다. 하지만 허위허위 걸어 염전으로 갔던 그날은 분명 나를 바꿔놓았다. 아주머니에게 모자를 돌려줄 생각도 못한 채 너무 투명해서 여름 하늘을 그대로 되비추는 염전을 뚫어져라 응시하고 돌아온 그날은.

"내가 찾아본 결과로 말 안 하는 아이를 고치는 방법에는 이런 것들이 있어. 약물치료, 상담치료, 그림치료, 놀이치료."

산아가 그렇게 설명할 때마다 연관된 이미지들이 화면에 나타났다. 산아는 이 중 자신이 할 수 있는 일이 있을 거라고 했다.

"그걸 네가 어떻게 해? 다 전문가 선생님들이 배워서

하는 거야."

"그림은 나도 잘 그리잖아. 그래서 해봤어."

쉬는 시간 그 아이에게 다가간 산아는 자기가 그린 그림 한장을 선물이라며 주었고, 자기도 네가 그린 그림을 갖고 싶다고 말했다고 했다. 그 말을 들으며 아이는 손가락으로 산아의 그림을 끌어당기더니 아무 말 없이 책상만 내려다보았다. 알아들은 건지 그림을 그려줄 건지는 잘 모르지만 아무튼 산아는 그렇게 말하고 돌아왔고 금요일에 자기 책상에 놓인 아이 그림을 발견했다.

"이거야."

산아가 그림을 찍은 사진을 보여주었다. 연필선이 흐릿해서 산아와 나는 화면을 확대해 살펴봐야 했다. 두개의 원에서 선들이 양쪽으로 뻗어나와 있고 아래 동그라미는 연필선으로 채워져 있었다.

"뭐지?"

"이모도 모르겠지?"

"넌 뭘 그려줬는데? 혹시 그것에 대한 답이 아닐까?"

산아는 자기가 그린 그림을 보여주었다.

"이게 뭐야?"

"보면 몰라? 휜죽지수리잖아. 같이 가서 봐놓고는."

옮겨다 심은 종려나무 밑

산아는 내가 알아보지 못하자 약간 새초롬해져서 답했다. 흰죽지수리는 하늘에서 쏘듯이 대지로 날아 내려와 사냥을 하는데 그때 모여 있던 쇠기러기들이 놀라 날아오르는 모습을 산아와 함께 관찰한 적이 있었다. 사냥 장면을 무서워할 줄 알았는데 새끼 때부터 봤던 새라서 그런지 산아는 "멋지다!" 하고 감탄했다. 그리고 그 흰죽지수리에게 산아가 좋아하는 걸그룹인 '마마무'라는 이름을 붙여주었다.

"겨울에 마마무 다시 오겠지?"

"그럼, 여기가 집인데."

"지금 가 있는 거기가 너무 좋으면, 그러면 안 올 수도 있는 거잖아."

"그럴 리는 없어. 사실 마마무는 쇠기러기 떼 때문에 여기로 오는 거거든."

"왜?"

"잡아먹으려고. 그러니까 살고 싶어서라도 올 거야. 꼭."

나는 그런데 왜 마마무를 그려줬냐고 물었다. 산아는 그냥, 하고 얼버무리더니 "가장 용기 있으니까"라고 속내를 내비쳤다.

열흘 뒤로 잡힌 대온실 상세 실측 전에 소목수는 동궐관리청 담당자에게 인사를 가라고 했다. 전화로 약속을 잡으면 오히려 귀찮아하거나 번거로워질 수 있으니 그냥 지나다 들른 척을 하는 쪽을 추천했다.

"좋은 방법일 것 같기도 하고 무모한 방법 같기도 하고 그렇네요."

은세창은 그렇게 말하면서 콩나물국밥을 우적우적 씹었다.

"영두님, 그 담당과장 공문성애자예요."

"제도, 성애자라는 말 좀 여기저기 붙이지 마. 요즘 사람들은 뭐만 있으면 성애를 붙여, 붙이기를. 그냥 공문주의자 정도로 해두자."

"대리님, 벌써 잊었어요? 그건 신념도 원칙도 아니고 거의 페티시죠."

제갈도희는 국밥에다 후추를 잔뜩 치면서 고개를 절레절레 흔들었다. 기본 실측 한번 나가려다가 공문을 수차례, 적어도 열번은 바꿔 보냈다고 하소연했다. 왜 반려당하는지 몰랐는데 나중에 알고 보니 줄 간격, 들여쓰기, 사소한 용어 실수들이었다고.

"그게 드문 경우예요?" 내가 물었다.

옮겨다 심은 종려나무 밑

"당연하죠. 제가 몇 공사 안 해봤지만 아무리 기관이라도 그렇게는 요구 안 해요. 날짜, 시간, 귀 기관의 무궁한 발전을 빕니다, 땡이죠."

그런 사람을 무작정 만나러 가라니 나는 입맛을 잃을 것 같은 기분이었다. 하지만 그래 봤자 불친절하기밖에 더하겠어, 하는 오기도 생겨났다. 사는 게 친절을 전제로 한다고 생각하면 불친절이 불이익이 되지만 친절 없음이 기본값이라고 여기면 불친절은 그냥 이득도 손실도 아닌 '0'으로 수렴된다. 내가 그렇게 말하자 제갈도희는 숟가락을 놓더니 "아, 정말 명언이다. 저 언니라고 부르면 안 돼요?" 하며 박수를 쳤다. 그리고 상세 실측 날에 괜한 시비 안 걸게 자기도 눈도장을 찍으러 가겠다고 나섰다.

"음료수라도 사 갈까요?"

내가 묻자 제갈도희는 "절대 안 받아요" 하고 손사래를 쳤다. 언젠가 케이크를 사 갔더니 정색을 했다는 것이다. 그래도 다른 직원들은 이왕 사 오신 거니까 먹을게요, 했는데 과장은 입에도 대지 않고, 청탁금지법에 안 걸리는 가격 맞습니까? 하더니 결제 문자까지 확인했다고.

"장과장 그 사람한테 필요한 건 음료수가 아니라 협조 공문일 거예요."

나는 제갈도희의 충고대로 그간 동궐관리청과 주고받은 공문—정말 많긴 했다—들을 살펴보며 공문 작업을 했다. 사실 명시할 내용은 '보고서 자료 협조'이 세 단어였지만 공문주의자라고 하니 어떻게든 형식을 맞춰야 할 것 같아 그럴듯한 말을 만들어볼 수밖에 없었다.

귀 청의 무궁한 발전을 기원합니다.

가. 제안 사항
창경궁 대온실 수리 보고서 작성을 위한 설계도서 내 연혁 및 원형 고증 작성과 관련한 소장 자료 열람 협조를 요청드립니다.

나. 제안 사유
성종 15년 1484년 9월 27일 낙성된 창경궁은 태종 때 건설된 창덕궁과 함께 동궐(東闕)이라는 하나의 궁역을 형성하면서 사실상 조선 역사의 중심지 역할을 했음. 태종은 자신이 왕자의 난을 벌인 경복궁 대신 창덕궁에서 주로 정사를 보았고 이후 왕들 역시 일상적인 정사나 생활공간으로 창덕궁을 더 선호했음. 임진왜란으로 한양의 궁궐이 소실되었을 때 재건의 대상이 된 궁 역시 창덕궁과 창경궁이었던 데서 그 중요성이 확인됨. 하지만 이후 1907년 즉위한 순종이 창덕궁으로 이어하면서 동궐은 일제 통감부의 계획에 따라 훼손되기 시작함.

1908년 이토 히로부미는 식물원 설계자이자 일본 원예학자인 후쿠다 노보루에게 창경궁 온실 계획 수립을 명하며 '한왕이 신체가 허약하고 건강이 좋지 않아 신체의 운동과 정신의 위로를 필요로 한다'라고 취지를 설명, 1909년 공원화가 본격적으로 진행되어 이해 11월 1일 동물원과 식물원이 설치되고 시민에게 개방됨. 해방 이후 복원돼 2004년 국가등록문화재로 등록되었으며 동궐관리청의 주관 아래 보수공사를 앞두고 있음. 설계도서는 대온실 수리공사의 기초가 되는 자료로서 청이 직접 관리하는 문화재의 성공적인 문화재 수리와 역사 고증을 위한 필수자료로 확보되어야 함. 이로써 문화재 수리 과정에서의 원형 보존 및 복원 상징성을 확보하고 향후 발생 소지가 있는 부실공사 논란 등을 사전에 대응해 창경궁 대온실의 문화재적 가치를 제고하고자 함.

다. 주요 내용

(1) 신청인: 바위건축사사무소 수리 보고서 담당자 강영두

(2) 대상 자료명

조선총독부 『조선고적도보』 제10집, 1930.

조선총독부농상국 『경성 원예』, 1944.

이승주 『왕궁사』, 구황실재산사무총국 1954.

『궁내 이왕가세습재산유서조』, 문화재관리국 1964.

『창경궁 중건 보고서』, 문화재관리국 1985.

『창경궁 발굴조사 보고서』, 문화재관리국 1985.

서울특별시사편찬위원회 『건조물』, 서울특별시 2003.

『동궐도 해제』, 동궐관리청 2005.

『창경궁 대온실 기록화 조사 보고서』, 문화재청 2007.

『창경궁 온실 운영 개선 자문록』, 동궐관리청 2012.

(3) 신청 내용: 위 자료에 대한 열람 및 대출 허가

본 건에 대한 검토 바랍니다. 끝.

은세창에게 보여주었더니 창과 방패의 대결이네요, 하

는 답이 돌아왔다. 공문발신주의자와 공문수신주의자의 대결 같다는 뜻이었다.

"시다누리 잘하고 와, 이렇게 말씀 전해달랍니다."

소장실에서 사무소 직인을 받아다주며 은세창이 다시 말했다. 아직 소장과는 제대로 대화를 나눠본 적이 없었다. 늘 현장에 있는 사람이기 때문이었다. 같은 건축사라도 소목수는 주로 회사 내에서 실무를 보고 소장은 거의 밖에서 건축주를 만나거나 시공 현장들을 옮겨다니며 외근했다.

"시다누리가 뭐지?"

내가 궁금해하자 제갈도희가 알려주었다.

"공사장에서 초벌칠하는 거요. 초면에 잘하고 오라는 뜻이죠, 뭐."

자유로를 운전해서 가는데 열어놓은 창으로 강물 냄새가 들어왔다. 어려서 서울로 갔을 때 나는 봄이 되자 곤혹스러운 느낌을 받았다. 나를 둘러싼 물의 세계가 달라졌다는 사실이 실감 나서였다. 맡게 되는 물 냄새가 너무도 달랐다. 주방의 수돗물 냄새, 골목 하수도의 구정물 냄새, 지붕 홈통에 고인 빗물 냄새, 마당 수돗가에 푸릇한 이끼들과 함께 고여 있는 잔물 냄새, 그리고 가장 예민하게는 한

강의 냄새가. 그 당시 전철 차창은 아래위로 나뉘어 위쪽을 열 수 있었는데, 3호선을 타고 철교를 건너며 맡는 강물 냄새에는 바다 내음에서 나던 알싸한 상승감 같은 것이 없었다. 그건 어쩐지 콧속을 너무 보드랍게 문질렀다.

"일 재밌어요?"

차창에 기대어 있는 제갈도희에게 물었다.

"아직 일년밖에 안 돼서 잘 모르겠어요. 근데 그건 마음에 들어요. 안 멋있는 거. 실제로 건축사사무소에서 일해보니 아 정말 하나도 안 멋있구나 싶어서 좋아요."

"안 멋있어서 좋다니 그 또한 멋있는 일이네."

"아니, 영두님은 말을 왜 그렇게 잘하세요? 글 쓰시는 분이라 그런가, 원래 그쪽 분들은 다 그래요?"

"내가 말을 잘해요? 나 한때 말을 너무 안 해서 사람들 걱정시키기도 했는데."

"언제요?"

"열여섯, 열일곱?"

"고등학생 때요?"

"저 고등학교 안 다녔어요. 검정고시 봤어요."

"야, 그것도 멋있네. 영두님 멋짐의 강도가 아주 메가파스칼이네. 좋다."

옮겨다 심은 종려나무 밑

제갈도희가 창을 끝까지 열어 차 안 가득 강변 바람을 몰아넣었다. 서울로 진입하면서 차가 조금씩 느려지기 시작했다. 늦지 않게 도착할 수 있을까, 나는 시간을 잠깐 확인했다.

정문 매표소에서는 외국인 몇명이 표를 사고 있었다. 제갈도희는 이쯤 해서 사무실에 연락을 해놓자고 했다. 문전에서 쫓아낼 정도로 냉혈한은 아닐 테니까. 제갈도희가 매표소 사무실로 들어가 내선전화로 통화하는 동안 나는 외국인들을 인솔해서 관람을 시작하는 해설사를 바라보았다. 생활한복을 입고 헤드셋을 쓴 해설사는 영어와 일본어를 섞어서 이야기했다. 영어 해설에 더해 동반한 일본 관광객들을 배려한 것 같았다. 또 한편에는 노인들이 모자를 맞춰 쓰고 대기하고 있었는데 해설사가 일본어로 한마디 할 때마다 지팡이를 든 노인이 알은체를 했다.
"매화나무라고 하는구먼. 이 다리 옆이 죄 매화래. 야간 개장 때 음악회도 한다고 하니까 지금 저 일본인들이 와, 하는 거야."
"와,는 무슨 놈의 와. 요즘엔 이렇게 왕래해도 원수는 원수지."

"그렇지. 그러니까 이승만 대통령 시절에는 말이야, 쪽발이놈들은 오지도 가지도 말라 했다고."

"저기 아버님, 그런 말씀 하시면 안 돼요."

해설사가 마이크에 대고 노인을 불렀다.

"손님들이잖아요."

노인은 뜨끔하는가 싶더니 "아니 역사가 그렇다는 거지, 나도 어려서 일본어를 배웠어요" 하고 오히려 목소리를 높였다.

"그러니까요, 배우신 분이 그러면 더 안 되죠. 여기도 한국어 하시는 분들 계세요. 자, 에브리바디 레츠 고 백 투 조선. 사아, 조센에타이무스릿푸시테미마쇼카? 아버님도 궁궐 잘 보고 가시고요."

세 언어로 상황을 정리한 해설사는 옥천교를 건너다 해치를 가리키며 설명했다. 그 당시 목조건물에는 화재가 큰 문제였기 때문에 상상의 동물 해치를 세워 화마로부터 궁궐을 지키려 했다는 내용이었다. 사무실과 연락이 닿았는지 제갈도희가 나와서 손가락으로 동그라미를 그려 보였다. 적어도 미팅을 못하지는 않을 모양이었다. 동궐관리청은 창경궁의 정전인 명정전을 거쳐 문정문으로 나와 숲길을 걸으면 닿는 관천대 옆에 있었다. 세살문 창을 단

옮겨다 심은 종려나무 밑 77

단층 한옥건물이었다. 제갈도희가 엎어져 있던 '외부인 출입을 금합니다' 표지판을 세우며 관리청으로 들어갔다. 게양대에 달린 태극기가 건물의 검정기와에 닿을 듯 크게 펄럭이고 있었다. 게양대는 고궁에서 가장 높은 건물인 셈이었다.

건물 안은 책상과 파티션이 놓인 현대식 사무실이었다. 직원 한명이 제갈도희를 보고는 알은체했고 장과장이 지금 자리를 잠깐 비웠다고 알려주었다. 대온실 공사를 담당하는 왕주웅 주무관이라며 제갈도희가 그 직원을 소개해주었다. 제갈도희와 왕주무관은 담소를 주고받더니 언제 한번 날을 잡아 관리청과 건축사사무소 실무자들끼리 점심식사를 같이하자고 얘기를 나눴다.

"완전 좋죠. 이 근처에 맛집도 많잖아요?"

"도희 디자이너님은 뭐 좋아하세요?"

"안 좋아하는 게 없죠."

주무관이 잠깐 자리를 뜨자 제갈도희가 "저 주무관님이 올봄에 발령받은 신입직원이거든요. 그래서 아직 영혼이 살아 있어요" 하고 속삭였다. 나는 영혼이라는 말에 웃었다. 사십분을 기다려도 장과장은 나타나지 않았다. 주무관이 한번 전화를 걸어주었지만 연결은 안 됐다. 나는 기다리는 건 아무렇지 않았는데 제갈도희가 점점 숨을 가쁘게 쉬는 게 신경 쓰였다. 이 의협심 강한 곤줄박이는 금방이라도 깃털을 잔뜩 부풀린 채 일어나 이 무례한 대기 상태에 대해 항의할지도 몰랐다. 그전에 장과장이 왔으면 좋겠다고 초조해하며 공문을 재차 확인하는데 문이 열리고 누군가 들어왔다. 장과장이 아니라 아까 홍화문에서 봤던 해설사였다.

"연구사님, 벌써 네시차 끝났어요?" 왕주무관이 묻자 "비가 와서 종료했어요. 선생님들 모르고 있었어요?" 하며 그가 머리를 털었다. 누군가 창을 열었고 굵게 떨어지는 빗방울이 지붕을 흘러 처마로 떨어지는 것이 보였다. 직원들이 일어나 무채색 고궁 담장들 위에 만들어지는 빗자국들을 지켜보았다.

"이런 풍광 보면서 일하시면 좋겠다. 차분하고 조용하고."

제갈도희가 해설사에게 말했다.

"그런데 빈집 지키는 기분 같은 걸 느낄 때가 있어요. 뭐라도 채워져 있는 곳은 대온실밖에 없잖아요. 원래 쓰임새대로 있는 건 거기뿐이야."

"왜요, 책고에 책들도 있잖아요."

왕주무관이 웃으면서 말했다. 그러면서 학예연구사 오아랑씨를 우리에게 소개했다.

"과장님 왔네."

창밖을 보던 직원들이 자리로 돌아가 앉았다. 차 한대가 들어오고 남자가 내렸다. 아랑씨도 탕비실로 사라지고 왕주무관만 입구를 서성였다. 그리고 사무실로 들어온 장과장이 매트에 신발을 터는 동안 우리의 방문을 알렸다. 우리를 힐끔 본 과장은 "그래?" 하고 반응한 뒤 책상으로 직행해 공문부터 확인하더니 정말 믿을 수 없게 서랍에서 자를 꺼내 서류의 여백을 재기 시작했다. 미리 이야기를 듣긴 했지만 실제로 보니 너무 괴이하게 느껴져서, 혹시 이 모든 상황이 별로 재미없는 장난 아닌가도 싶었다. 하지만 장과장은 한참이나 공문을 살폈고 드디어 우리를 불렀다.

"저희가 자료 대출까지는 협조를 안 해요."

장과장은 고개도 들지 않았다.

"우리가 일해주려면 뭐 하러 수주를 줍니까? 우리가 직접 하지."

옆에서 제갈도희의 한숨 소리가 들렸다. 뭘 더 해달라는 요구도 아니고 있는 자료를 빌려달라는데 냉담하게 나오다니. 나는 괜히 일을 만들었나 싶었다.

"그러면 할 수 없겠네요."

내가 책상 위에 놓인 공문을 집어들려고 하자 장과장이 볼펜을 들고 몇군데에 줄을 그었다. '해방 이후 복원'이라는 부분을 가리킨 그는 "해방 이후에는 케이블카랑 대관람차까지 세워서 아예 놀이공원을 만들었죠. 복원이라고 하려면 1983년이 기점이에요"라고 정정했다.

"표현이 그렇게 됐지만 그 무렵 복원공사에 대해서는 저도 알고 있어요. 동물원이랑 식물원도 옮겨가고, 그래서 그 준건 보고서를 촬영하려는 것이고요."

"설계도서 조사를 이렇게까지 해요? 나쁘다는 건 아닌데……"

장과장의 말투는 덤덤했지만 여전히 불만스러워서 무슨 의도로 질문하는지 알 수 없었다.

"저희는 설계도서뿐 아니라 공사 완료 후 최종 수리 보고서까지 맡았어요. 그리고 문화재청 고시 문화재수리 설계도서 작성기준령 5조를 보면 수리대상과 환경에 대한 철저한 고증 및 현황조사에 근거해 작성해야 한다고 명시되어 있고요. 법령에 명시된 이상 따를 수밖에 없죠. 제대로 된 고증 없이는 제대로 된 복원도 없다고 저희는 이해

옮겨다 심은 종려나무 밑

하고 있습니다."

여전히 사람 얼굴 대신 종이만 보고 있던 장과장은 마지막으로 '시민에게 개방'이라는 부분에 흐릿한 선을 그으면서 "그 당시 경성 사람들을 시민이라고 표현할 수는 없을 거예요"라고 한 뒤 결재란에 사인했다. 관리청의 자료실은 창덕궁 궐내각사 건물에 있다고 했다. 아까 왕주무관이 잠깐 언급한 책고 건물이었다. 아랑씨가 안내하겠다며 나섰고 우리는 사무소를 나가 이제 비가 그친 풀밭을 걸었다. 통명전을 통과해 계단을 오르니 창경궁에서 창덕궁으로 넘어가는 문이 있었다. 현판은 없지만 '함양문'이라고 아랑씨가 알려주었다.

아랑씨는 건물들을 지날 때마다 시선 닿는 곳들을 설명했다. 저 건물이 왕과 왕비가 살았던 희정당이에요. 저기 가게는 원래 관리들이 회의하던 빈청이었는데 일제강점기 때 자동차 보관하는 어차고가 되고 지금은 카페로 써요. 호박식혜가 맛있어요. 이 밑으로 가면 이방자 여사가 계셨던 낙선재가 나와요. 창덕궁 건물을 바라보자 그 담을 끼고 있는 원서동이 더 가깝게 느껴졌다. 고궁에 곁붙어 있다는 건 그 동네의 가장 큰 특징이지만 그때의 내가 그곳을 특별하게 느끼기 시작한 건 그 때문은 아니었다.

그건 주유소에서 내 코트를 망쳐버린 금성무 역시 원서동에 산다는 사실을 알게 되면서였다. 번호를 받은 건 나였지만 세탁비를 물어내라고 연락하지는 못했다. 차라리 내 연락처를 알려줬어야 했는데, 나는 뒤늦게야 생각했다. 그러면 물때를 기다리듯 편안하게 연락을 기다리면 되는데.

강화보다 서울이 더 춥게 느껴졌던 나는 4월까지 코트를 입었고 옷자락에 묻은 기름자국도 그렇게 봄까지 학교생활을 함께했다. 리사와 나는 학교에서 바로 옆 반이었다. 한 반이 아니니 서로의 생활을 낱낱이 알 수는 없어도 관심을 가지려 하면 충분히 서로를 살필 수 있는 거리였다. 리사는 대체로 조용히 학교생활을 하는 듯했다. 쉬는 시간에 유리창을 통해 힐끔 보면 십분이라는 짧은 시간 동안에도 책을 펴놓고 공부를 했다. 친구가 없는 건 아니었다. 초등학교 때부터 전교 1등만 한다는 키 작고 안경 쓴 여자애와 급식을 함께 먹고 교정을 거닐었다. 하지만 전혀 인기가 없는 애라 리사가 정말 좋아서 다니는지는 알 수 없었다.

언젠가 붓글씨시간에 누군가 실수로 전교 1등에게 먹

물을 쏟았는데 선도위원회에 회부되어 징계를 받았다고 했다. 의도적이라며 부모가 사과를 받아들이지 않았기 때문이었다. 병원을 운영하는 그 부모는 학교 일에 꽤 많이 간여하고 있었다. 리사와 내가 한집에 사는 것을 모르는 애들은 내 앞에서 전교 1등을 빽으로, 리사를 빽라이트라는 별명으로 불렀다. 그리고 리사가 일종의 후광효과를 누리기 위해 빽에게 붙어 있다고 흉봤다.

학생 수가 많아서 그런지 교실은 마치 퍼즐판처럼 세밀한 경계로 각자 나뉘어 있었다. 전교생이라고 해봤자 서른명도 되지 않는 석모도에서는 그물처럼 성글었던 구분들이 여기서는 한층 촘촘해졌다. 어디 사는지, 출신 초등학교가 어딘지, 그리고 결정적으로 어느 학원을 다니는지가 너무 중요한 기준이었다. 내 하굣길을 누가 볼까 걱정할 필요는 전혀 없어 보였다. 학교가 끝나면 아이들은 각자 학원 승합차를 타고 일시에 사라졌기 때문이다.

나는 혼자 먼 길을 돌아 지하철을 타면서 대체 리사가 뭘 걱정하고 있는지 냉소했다. 아무도 누구도 관심 없다. 새학기가 시작한 지 얼마 지나지 않아 나는 그런 문장들을 마음속에 끊임없이 써보는, 리사의 충고대로 덜 웃는 아이가 되었다. 아무도 누구도 관심 없다, 나에게,라고 더 정확히 되뇌면 그 차가운 말에 마음까지 얼어붙을 듯하면서도 곧 그것에 지지 않겠다는 미약한 저항감이 들곤 했다. 음울함의 풀장으로 뛰어드는 건 어쩌면 어떻게든 힘을 내어 수면 밖으로 나오고 싶어서일지도 몰랐다. 그러던 4월의 어느 날, 동네로 접어드는데 누군가 자전거를 타고 가다 말고 나를 불렀다. 고개를 들었더니 꽃샘추위가 만만치 않은 계절에 벌써부터 티셔츠 하나만 달랑 입은 금성무가 있었다.

"아직도 코트 입고 다녀?"

잘생긴 이목구비 때문에 잊으려 해도 잊을 수 없는 얼굴이지만 나는 누군지 못 알아본 척을 했다. 금성무는 자전거에서 내리더니 내 코트자락을 가리키면서 "아직도 세탁 안 한 거야?" 하고 다시 말했다.

"지우지도 않았으면서 왜 연락 안 했어?"

"내가 공부가 바빠서."

"얼마나 바쁘길래 옷도 안 빨고 다녀?"

"모의고사가 멀지 않아서."

"모의고사 그거 학기 초에 보는 거 아니지 않아? 내가 공고 다녀서 잘은 모르지만 암튼 복장단정은 학생의 기본이다."

나는 자세를 바꿔서 기름자국이 보이지 않게 했다. 이렇게 만든 게 누군데 왜 내가 충고를 들어야 하는지 서서히 열이 받기 시작했다.

"내가 이사 온 지 얼마 되지 않아서 세탁소가 어딨는지 몰라."

"너 어디 사는데?"

나는 손가락으로 낙원하숙의 나무대문을 가리켰다. 저녁 햇살을 받은 대문은 손잡이 부분만 반짝 빛났다.

"아, 일수집 할머니네 사는구나."

나는 놀라서 눈이 동그래지면서도 아무 말도 하지 않았다. 금성무는 자기를 따라오라고 했다. 그러고는 나를 데리고 럭키세탁소로 갔다.

"순신이 왔냐?"

세탁소 사장이 다림질을 하면서 물었다. 콧노래를 부르고 있었는데 뭘 다리고 있나 봤더니 지폐들이었다. 세종대왕과 퇴계 이황의 얼굴이 팽팽하게 펴지고 있었다. 순신이라고 불린 금성무는 내게 코트를 벗으라고 했다.

"그러면 내일부터 뭐 입어?"

나는 누가 코트를 뺏기라도 할 듯 주머니에 넣은 손으로 그 안의 솔기를 꽉 쥐었다.

"요즘 같은 날씨에 코트 입고 다니는 게 정상이니? 내일부터 안 입고 다녀봐. 다닐 만할걸?"

금성무는 그렇게 설득했고 세탁소 사장도 "지금은 겨울옷을 싹 정리해서 넣을 때지. 입을 때는 아니야" 하고 도왔다. 하기는 강화에 있었다면 지금까지 코트를 입고 다니지는 않았을 것이다. 하지만 나는 추웠고 그건 몸을 덥히기 위해서라기보다는 나를 안정적으로 눌러줄 얼마간의 무게가 필요한 것이었다. 그러지 않으면 나 같은 건 누군가 놓친 유원지 풍선처럼 날아가버려도 그만일 테니까. 대문 밖만 나가면 아는 얼굴들이 나타나는 섬과, 사람 물살을 헤치고 다닐 때마다 생소한 얼굴들이 차고 슬프게 다가왔다 사라지는 이곳의 봄은 완전히 다른 계절이었다.

나는 눈치를 보다 책가방을 내리고 코트를 벗었다. 하지만 최후의 자존심을 지킬 요량으로 직접 세탁소 사장에게 건넸다. 코트를 받아 들려고 기다리던 금성무는 내 얼굴을 잠깐 살피더니 머쓱해져 손을 거뒀다. 세탁소 사장은 사흘 뒤에 찾으러 오라고 했다.

"내가 찾아서 갖다줄게. 우리 집이 바로 여기거든."

금성무가 가리킨 곳에는 골무늬 플라스틱 지붕의 단층집들이 서 있었다. 지붕과 복도를 공유한 단칸방들이 붙어 있는 형태였다. 창덕궁의 사괴석 담장과 집들 사이에는 소보로빵의 표면처럼 덩어리진 시멘트 반죽이 더덕더덕 붙어 있었다. 금성무는 잘 가라, 하며 다시 자전거를 타고 도로 쪽으로 달려갔다. 행인들을 요리조리 피해 가더니 아는 누군가를 만났는지 한 손을 들어 흔들었다. 막상 웃옷을 벗어보니 별로 춥지는 않았다. 나는 봄의 저녁 바람을 잡을 듯이 손을 한번 내밀어보았다.

웅장한 팔작지붕을 한 인정전 앞에는 어도가 펼쳐져 있고 양편의 품계석들 사이로 관광객들이 여기저기 돌아보고 있었다.

"연구사님이 생각하는 창덕궁 핫스폿은 어디예요? 저도 한번 가보게요." 제갈도희가 물었다.

"인기 있는 곳은 정말 많죠. 누구는 후원이 최고다, 누구는 일월오봉도와 옥좌가 놓인 인정전이 멋지다, 그런데 저는 낙선재 같아요. 모던하고 섬세하고. 꽃담과 만월문 창살도 유명하지만 저는 거기 아궁이 빙벽이 그렇게 마음에 들어요."

"아궁이벽이요? 전문가라 디테일이 다르시네요."

그 벽은 낙선재 누마루 아래 있어서 들여다보는 사람

들이 많지 않은데 특이하게도 깨진 얼음 모양을 하고 있다고 했다. 아궁이 불씨를 막는 화방벽으로 화재를 예방하려는 바람을 담아 얼음을 새겨넣었는데 마치 벽화처럼 보이기도 한다고. 불길을 덮으려는 깨진 얼음들이 어딘가 조선의 역사를 생각하게 한다고. 저마다 갈라진 운명이라 다시 하나로 맞춰보기 어려울 정도로 나뉜 세계같이.

"연구사님은 역사를 전공하셨나요?" 내가 아랑씨에게 물었다.

"아뇨, 문화예술경영 전공했고 어공이에요."

내가 어공이라는 말을 못 알아듣자 제갈도희가 '어쩌다 공무원'의 준말이라고 알려주었다. 공무원시험을 거치지 않은 임기제 공무원을 가리킨다고.

"영두씨는 역사 전공하셨어요? 아니면 건축?"

"아뇨, 저는 국문과 나왔는데 어쩌다보니 지금 수리 보고서를 쓰게 됐네요."

"영두님은 석모도 헤밍웨이라고 하십니다."

제갈도희가 빗물이 고인 웅덩이를 넘으며 말했다.

"이렇게 꼼꼼히 자료 찾아달라고 하는 분 처음이에요. 더 큰 공사 할 때도 없었어. 저도 도울 일 있음 도울게요."

"감사합니다."

"저한테는 공문 안 쓰셔도 돼요. 나 그런 거 싫어해."

우리는 같이 웃다가 봉모당에 다다랐고 700년 된 향나무 앞에 섰다. 천연기념물로 지정된 나무는 높이보다 부피를 키워 양옆에 육중한 가지들을 거느리고 있었다. 오래되어 이제 광물처럼 단단해 보이는 가지에는 나뭇결이 뚜렷하게 소용돌이쳤다. 우리는 잠시 서서 냄새를 맡았다. 아랑씨는 향나무 어딘가에 원숭이가 있다며 찾아보라고 했다.

"원숭이를 풀어놨어요?"

제갈도희와 내가 이리저리 둘러봤지만 오목눈이들이 긴 꼬리를 흔들며 가지를 옮겨다니고 있을 뿐이었다. 아랑씨는 바닥까지 닿은 향나무 가지를 가리키며 관람객들이 원숭이 모양이라 한다고 알려주었다. 가지가 휜 모양이 정말 원숭이 얼굴과 굽은 등처럼 보였다.

"원래 창경궁에 동물원이 있었다고, 저희 부모님도 그런 거 기억하시더라고요."

"도희씨 이십대죠? 우리도 그때 일은 말로만 전해 들었어요. 서울대공원으로 다 옮겨간 뒤라서."

우리는 봉모당을 가로질러 책고에 도착했다. 붉은 나무판으로 마감한 다섯칸짜리 건물이었다. 제갈도희가 나무

벽 아랫부분을 가리키면서 통풍을 위해 일정하게 구멍을 뚫었다고 알려주었다. 책고에서는 원래 궁중의 책들을 보관했지만 지금은 대부분 연구원 등지로 옮기고 동궐관리청에서 관리하는 정부간행물들로 주로 채워져 있었다. 필요하다고 해서 현대식 건물을 세울 수 없는 상황이다보니 복원된 궐내각사를 사용하는 것이었다. 내부로 들어가니 윙윙 돌아가는 제습기 소리가 들렸고 철제 책장들이 널찍한 간격으로 서 있었다. 책장을 살펴보며 걷는데 밑선반에 모여 있는 액자들이 눈에 띄었다.

"옛날 관리들 사진이에요."

액자틀에는 먼지가 수북했다. 아랑씨가 쪼그리고 앉아 하나씩 넘기며 이름을 읽었다. 궁내부차관이자 창경궁 공사 책임자였던 코미야 미호마츠(小宮三保松), 박물관, 동물원, 정원 및 식물원을 담당하는 사무관으로 출발해 창경궁 총책임자로 20년을 일한 스에마츠 쿠마히코(末松熊彦), 그의 뒤를 따라 창경원 책임자가 된 시모코리야마 세이이치(下郡山誠一). 창경궁사를 사전조사했을 때 한번씩 본 이름들인데 사진으로 접하자 더 실감났다. 아랑씨는 동궐관리청 사업으로 역사서를 만들 때 시모코리야마 세이이치의 소재를 수소문해본 적이 있었다고 했다. 전임 동궐관리청장이 추진한 사업이었다. 1990년대의 일이었고 당시 그가 여든다섯 정도의 나이였기 때문에 충분히 인터뷰가 가능하리라 기대들을 한 모양인데 어떻게 해도 행방을 찾을 수는 없었다고 설명했다.

"유명한 조류학자이기도 하고 일본이 패전할 때까지 여기를 지켰던 사람이라 궁금했겠죠."

아랑씨는 여러 액자를 넘기다가 한 사진에 멈췄다. 동그란 안경을 쓰고 입매가 가는 남자가 흰색 셔츠를 넥타이도 없이 입은 모습이었다. 아랑씨는 어쩌면 내게는 이 사람도 중요할지 모르겠다고 말했다. 어려서 창경궁 대온실에 심부름꾼으로 취직해 원정(苑丁), 정원사가 된 뒤 사무국 지원으로 일본 원예 유학을 마치고 돌아와 식물원 주임이 되었으니까. 나는 왜 그 이름을 놓쳤을까 생각하며 일본 이름도 있을까요, 하고 물었다. 자리에서 일어난 아랑씨는 『인사관계철』을 꺼내보더니 '기노시타 코주'라고 알려주었다.

"자기 성을 파자해 성을 만들고 조선 이름을 일본어로 그대로 옮겼네요. 그 당시 창씨개명이 내키지 않았던 많은 사람들이 그랬거든요."

나는 수첩을 꺼내 박목주(朴木柱), 기노시타 코주라고

메모했다.

리사는 낙원하숙 사람들과 대체로 사이가 좋지 않았지만 딩 아주머니와는 거의 앙숙에 가까웠다. 딩 아주머니가 하숙집 일을 건성으로 한다고 불평했고 낙원하숙을 '락원하숙'이라고 발음하는 데에도 시비를 걸었다. 딩 아주머니는 리사가 욕심이 많고 음흉하다며 혀를 찼다. 그렇게 전화통만 붙들고 있을 거면 월급을 덜 받으시라고 맹랑하게 말했다가 딩 아주머니가 며칠 나오지 않은 적도 있었다.

할머니는 창신동에 있는 딩 아주머니 집까지 사과를 하러 갔다. 나도 동행했는데 그렇게 할머니 외출을 돕는 일이 내 주된 임무였다. 할머니는 별말 없이 비탈길을 걷다가 "딸기 파는 데가 있을까" 하고 물었다. 딸기를 사 들고 간 딩 아주머니네 집은 계단이 가파르게 난 단독주택의 2층 방이었다. 아주머니는 방에 누워 있다가 형님 왔어요? 하고 문을 열었다.

"내가 괘럽와서 못 겐듸겠어요. 열몇살 어린 것 싀집살이를 다 하고. 같이 늙어간 형님 봐서 참아왔어도 이제는 전부 싫어요. 상황 되면 중국도 다시 갈 거고."

한탄하는 딩 아주머니 얼굴을 할머니는 별말 없이 멀거니 바라보았다. 마치 그렇게 보는 것만으로도 마음을 돌릴 수 있다는 듯이. 그때 나는 노인들의 눈에는 아주 진득한 감정이 들어 있다고 느꼈다. 단일하고 명징한 진심 같은 것.

"갈 돈은 있나? 고향 갈 돈 모아놨나?"

딩 아주머니는 대답을 못했다. 그날 대화로 알게 된 사정은 이랬다. 할머니는 오랫동안 동대문 평화시장에서 여성복 가게를 했고 딩 아주머니는 도매로 물건을 떼 가 중국에 팔던 보따리장수였다는 것. 나중에는 아예 한국에서 일할 생각으로 들어왔지만 매사에 허술해 돈을 모으지는 못했다는 것. 할머니가 가게를 접고 나서는 소식이 끊겼다가 우연히 재회했는데 그사이 술과 도박으로 몸도 상하고 생활도 엉망인 상태로 할머니네 하숙집 찬모로 들어왔다는 것.

"형님도, 친손네도 아닌데 공 들이지 말아요. 기런다고 그 집 아바이도 글코 형님 은공을 알 애가 아이에요."

나는 리사가 친손녀가 아니라는 말을 듣고는 놀랐다.

"그게 아깝나?"

"아이, 아깝지. 늙으면 돈이 있어야지 더 늙어서 어디

케요?"

"그게 무섭나?"

그때의 할머니는 어떤 사람이었을까. 아깝지 않고 무섭지도 않은 할머니. 어떤 앞날이 보였기에 아깝지 않고 무섭지 않았을까. 나는 리사의 못된 점을 이야기하는 딩 아주머니에게 열렬히 동의했지만 그래도 리사가 구제불능인 듯 말하는 게 마냥 좋지는 않았다. 리사에게는 그렇게 단정할 수 없는 여지가 있었다. 어쩌면 그런 막연한 기대조차 리사가 사람들을 조종하는 자기만의 기술이었는지 모르지만. 리사가 하는 미운 짓에는 본심이 아니리라는, 어떤 신경증적인 예민함과 미숙함, 오래전부터 계속되어왔을 듯한 불만족 탓이리라 이해되는 측면이 있었다. 그런 서사는 머리로 아는 것이 아니라 리사를 보면 그냥 느껴지는 것에 가까웠다.

할머니가 딸기 봉지를 열자 딩 아주머니는 "따기가 여태 나와요" 하고 활짝 반겼다. 할머니는 딸기 꼭지를 따셨으면서 하숙집으로 나오라고 아주머니에게 다시 일렀다. 딩 아주머니는 양평 어디 식당에 나가기로 벌써 얘기가 됐다며 거절했다. 야간 일이라서 일당도 세다고.

"돈으로 일을 하면 안 되고 사람 보고 하는 거라고 말

안 했나."

"형님은 돈놀이도 하면서 별말을 다 합니다."

그 말을 하며 딩 아주머니는 농담하듯 웃었지만 할머니는 전혀 웃지 않았다.

그날 창신동에서 하숙집으로 돌아오는데 할머니가 "내가 영두 할머니 어떻게 만났는지 얘기했던가?" 하고 물었다. 나는 못 들었다며 반색했다.

할머니는 지금과는 정반대로 아주 추운 계절이었다고 말했다.

"한겨울이었어요?"

나는 조심스럽게 물었다. 너무 급하게 물었다가는 이야기라는 것이 사라져버릴까봐 경계하듯이. 외할머니 얘기를 듣는 건 엄마 얘기를 듣는 것과 다르지 않았다. 네살 때 사고로 세상을 떠난 엄마는 긴 머리카락과 자주 입던 청바지색 정도로만 기억에 남아 있었다. 외할머니도 엄마 얘기를 꺼내기는 했지만 언제나 그 끝이 울음이었기 때문에 자주 들을 수는 없었다. 알고 싶은 만큼 알기 위해서는 누군가 과거에 대해 얘기해주어야 했다. 어떤 것이라도 들어서 차곡차곡 모아놓아야 했다.

"얼마나 추운 겨울이었는지. 강화포구 시장에서였는

데, 바구니에 얹어 나온 생선들 잇몸이 다 시려 보였지."

생선에 잇몸이 있었던가. 숭어, 병어, 조기, 아귀까지 강화포구의 물고기들이 다 떠올랐지만 잇몸은 생각나지 않았다. 하기는 이빨이 났으니 당연히 잇몸도 있겠지. 나는 잇몸이 시릴 정도로 추웠다는 상황을 상상해보기 위해 혓바닥으로 잇몸을 문질러보았다.

"저희 오잘머니는 뭐 하고 계셨는데요?"

"생선을 팔고 계셨지."

그다지 특별한 장면이 아니었다. 생선장수였던 할머니가 생선을 판 건 일상적인 일이니까.

"할머니는 뭐 하고 계셨고요?"

"나는 좌판 보며 서 있었고."

장사하러 나온 외할머니와 손님으로 만났다는 건 뭔가 시시한 느낌이었다. 그래도 수수께끼 하나는 푼 셈이니까 나는 실망감을 감추며 그랬군요, 했다.

"한참을 보고 있으니까 고기 살라고요? 하고 물어. 내가 돈은 없어요, 했더니 영두 할머니가 어디 먼 데서 오셨시꺄? 하고 슥 묻더니 물고기 한 사라를 그냥 주더라고. 쩌 먹어요, 하면서."

"뭐였어요?"

"조그맣고…… 그러니까 그…… 망둑어, 말린 망둑어."

할머니는 버스의 의자 손잡이를 붙들며 잠깐 웃었다. 나는 둘의 우정이 강화 바다에 흔하디흔한 망둑어에서 시작되었다는 걸 알면 아빠가 재미없어하리라고 낙담했지만 그래도 알려는 주어야겠다고 생각했다.

"그때 강화는 왜 가셨어요?"

생선 살 돈도 없으면서 시장에는 왜 서 있었을까 싶어서 내가 물었다. 할머니의 표정은 별안간 고요해졌고 더 정확히는 아주 시려 보였다. 초여름 찌는 버스 안에서 오직 할머니에게만 시린 눈이 내리는 듯했다. 엄마 얘기가 듣고 싶어 시작한 대화에서 할머니에게로 초점이 이동하는 걸 느꼈다. 좀 이상한 기분이었다. 비로소 할머니가 눈에 들어오는 듯했다.

"강화가 아버지 고향이라서 가봤지."

"그러면 할머니도 저처럼 강화 사람이에요?"

할머니는 무릎 위에 올려놓았던 낡은 가방 손잡이를 한 손에 쥐면서 아니라고 고개를 저었다. 그리고 자신은 일본 도쿄에서 태어나 여덟살이던 1943년에 한국으로 왔다고 알려주었다.

시간은 흘러 내게도 친구들이 생겼다. 대체로 일과시간

에 함께 지내다가 학교가 끝나면 떨어져 나와 혼자가 되는 패턴이었지만 그래도 한결 나았다. 그중 안나는 나처럼 학원을 다니지 않는 애라서 우리는 방과 후를 함께 보냈다. 떡볶이를 사 먹거나 노래방에 가거나 한강공원을 걸었는데, 안나는 명랑하고 목소리가 크고 꼭 변성기 때문이 아닌데도 음색이 허스키했다. 일정한 간격으로 얼굴을 찡그리는 틱 증상이 생겨 학원을 쉬는 중이었다. 스트레스를 줄여야 한다는 의사의 권유 때문이었다.

"그냥 모른 척해줘. 그러면 돼."

어느 정도 친해지자 안나가 부탁했다. 틱이 시작되면 안나는 킁킁거리며 미간을 쉴 새 없이 찡그렸다. 정작 자기는 의식을 못한다고 했다. 지적당하면 당황해서 더 심해지니까 내색하지 말아달라고 부탁했다.

리사가 내 일거수일투족을 마음에 안 들어했다면 안나는 나의 이런저런 면들을 지나치게 좋아했다. 그래서 마치 스프레이 방향제처럼 칭찬을 뿌려댔다. 내가 금방이라도 돌아설까봐 붙잡아놓고 싶은 것처럼. 달리기가 빠른 것과 수학과목을 잘하는 것, 탄탄한 팔근육을 가진 것과 교사들 흉내를 잘 내는 것, 새 이름을 잘 알고 벌레를 무서워하지 않는다는 사소한 점까지. 그러면 나도 칭찬으로 답해줘야 하나 싶었는데 지적이든 칭찬이든 왜 그렇게 서로서로 열심히 평가해야 하는지 이해가 가지 않았다. 나는 수시로 하트가 찍혀 휴대전화에 도착하는 안나의 우정에 어찌할 바를 몰랐다.

"너, 나랑 얘기 좀 해."

어느 날 학교에서 돌아오자마자 리사가 불렀다. 그리고 나를 데리고 대문 밖으로 나오더니 빨래터 쪽으로 올라가 주위를 살피다 다시 큰길로 내려와 걸었다. 창덕궁 앞을 서성이다가 매표소에 줄 서 있는 사람들을 보고는 상대적으로 한적한 창경궁으로 갔다.

"너, 학생증 있지?"

학생증을 꺼내자 리사는 안내원에게 보여주라고 했다. 무료로 입장한 우리는 진귀하게 생긴 소나무들을 지나 인적이 드문 춘당지 앞에 섰고 물음표처럼 목을 세운 채 떠다니는 오리들을 바라보았다.

"너 그 틱장애한테 우리 할머니 일본 사람이라고 말했니?"

리사가 날카롭게 물었다. 정확히 말하면 '우리' 할머니라고 말한 것이 아니라 나와 함께 사는 서울 할머니가 그렇다고 말했을 뿐이었다. 리사가 경고한 대로 우리 동네가 어디인지 떠들지 않았고 리사와 같이 하숙한다고도 하지 않았다. 그냥 아는 할머니네 집에 와 있는데 할머니는 일본에서 태어나신 분이라 가끔 일본어를 한다고 무심결에 말했을 뿐이었다. 애니메이션을 좋아하는 안나가 일본어를 재밌어했기 때문에 꺼낸 얘기였다. 내가 그렇게 해명했는데도 리사는 분이 풀리지 않았다.

"너 한국 사람들이 일본 사람들 얼마나 싫어하는지 몰라? 그런데도 그런 얘기를 했니?"

"네 얘기는 한마디도 하지 않았는데 무슨 상관이야?"

"그러다 소문나는 거야, 그러다 들키는 거라고."

나는 리사가 터무니없이 트집을 잡는다고 생각했다. 그리고 할머니는 아버지가 강화 사람이라고 하지 않았나? 내가 차분하게 응수하자 리사는 입가에 냉랭한 미소를 띠었다.

"뭘 안다고 나대는 거야? 할머니는 일본 사람이야. 자기 엄마도 일본 사람이고 뭣보다 자기가 그렇게 생각해. 우린 아니야. 우리랑은 피 한방울 섞이지 않았다고 아빠가 말했어."

"그러면 너는 왜 여기 와 있는 건데? 무슨 자격으로 할머니랑 살 수 있는 건데?"

옮겨다 심은 종려나무 밑

내가 공격적으로 묻자 리사는 모욕감에 얼굴이 하얗게 질렸고 눈썹을 치켜올리더니 곧 큰 눈에 적의를 담았다. 시작을 알 수 없어서 언제 그칠지도 예감할 수 없는 맥락 없는 적의를.

"양딸로 우리 증조할머니집에 살았거든. 그래도 우리가 그나마 남은 친척이라고. 우리마저 없으면 정말 남밖에 없는 거야. 딩 아줌마 같은 사람들이 돈이나 뜯어내려고 옆에 있을 뿐인 거지. 할머니는 매번 남을 믿고 매번 사기를 당한다고 아빠가 그랬어."

"사람을 믿는 게 잘못은 아니야. 네 말대로 그렇게 혼자라면 믿어야 살 수 있으셨겠지. 어떤 사람들은 그래서 누군가를 믿기도 해."

내가 항변하자 리사는 당혹스러운 표정을 지어 보였다.

"그리고 나한테 예의를 좀 지켜줬으면 좋겠어."

"예의라고?"

리사는 바람에 헝클어진 머리를 신경질적으로 정돈했다.

"내가 어떤 친구와 무슨 얘기를 하든, 학교생활을 어떻게 하든, 신경 쓰지 말라고. 그게 네가 원했던 거잖아. 나도 네가 누구랑 놀든, 같이 어울리는 친구가 어떻든 말 안

하잖아."

"할 말이 있는데 참으신다는 거네, 되게 고맙다."

"당연하지. 너 정말 그 빽이라는 애가 좋아서 같이 다니는 거야?"

리사는 대답하지 않고 춘당지를 바라보며 섰다. 그새 춘당지에는 저녁 윤슬이 생겨나고 있었다. 나는 이렇게 환한 풍경과 달리 대화는 밤처럼 어둡다고 생각했다. 이따금 원앙들이 일으키는 잔물결 위로 나무와 진달래와 오래된 석탑이 드리워지면서 마치 연못 속에는 그것과 동일한 세계가 하나 더 있는 듯한 아득한 착각까지 드는데, 서로를 할퀴어대는 얘기에나 열을 올려야 한다니. 순간 그 눈부신 풍경이 불필요하고 심지어 무자비하게 느껴졌다.

"필요해서 친구로 지내는 것뿐이야. 막상 지내보면 그렇게 최악도 아니고."

리사는 어미를 따라 조르르 유영하는 새끼 원앙들을 보며 말했다.

"걔가 다니는 학원, 우리 같은 애들은 레벨테스트도 못 받는 곳들이야. 난 고등학교까지 여기서 다닐 생각이 없어. 어떻게든 미국에 가야 해. 나는 부모도 만만치 않게 싫거든. 너랑은 꽤 다르게 아주 다크한 인생이라고."

어쩌면 그건 가까워지는 과정이었는지도 모른다. 조금은 서툴고 때론 과격하게 서로에 대해 알아가는 과정이었을지도. 서울 지리에 익숙해질수록 학교생활에 적응할수록 나는 처음 강화에서 올라왔을 때 나를 당혹스럽게 했던 리사의 무게감에서 벗어나고 있었다. 하지만 춘당지에서의 대화를 계기로 우리는 더더욱 어색하고 냉랭한 사이가 되어 아예 등교조차 같이하지 않았다. 내가 일부러 리사와 다른 버스를 타기 위해 머리를 빗는 척하며 뭉그적거리고 있으면 그 사정을 다 안다는 듯 할머니가 바라보고 있기도 했다.

나는 우리 사이의 갈등을 감추면서까지 할머니에게 잘 보이고 싶지는 않았다. 리사가 그런 못되고 배은망덕한 애라는 걸 알리고 싶은 마음이 있기도 했고, 하지만 그쯤은 이제 아무것도 아닐 정도로 나도 여기에 적응했다는 걸 자랑하고 싶은 마음이 들기도 했다. 어떻게 보면 우리는 그런 식으로 서로의 성장을 견주고 있었다.

기말고사가 다가오자 음악 실기평가가 예고됐다. 평가방법은 악기연주였다. 악기를 배우지도 않고 악기 실기평가를 치른다니? 의문을 품은 사람은 나뿐이었다. 다른 애들은 당연하다는 듯이 아무 질문도 하지 않았다. 안나에게 묻자 그냥 평소에 하던 악기를 연주하면 된다고 알려주었다. 꼭 클래식일 필요도 없고 가요나 찬송가를 연주해도 되는데, 다만 피아노는 하는 애들이 너무 많아서 좋은 점수 받기가 어렵고 좀 희소한 악기가 좋다고.

안나는 둘 다 그리 잘하는 편은 아니지만 바이올린과 플루트 중에 고민하고 있다고 했다. 내게 물었을 때 리코더밖에 할 수 있는 게 없다고 답했는데, 안나는 농담인 줄 알고 웃다가 표정을 수습하며 희소하기는 할 거라고 간신히 위로의 말을 생각해냈다. 나는 하는 수 없이 리코더를 연습했다. 초등학생이나 부는 장난감 같은 악기였지만 별수 없었다. 리사는 할머니에게 당분간 뺵네 집에 가서 피아노 연습을 하겠다고 알렸다. 할머니는 그렇게 신세를 지는데 과일이라도 사서 가라고 권했지만 리사는 걔네 집은 백화점 과일밖에 안 먹어요, 하면서 고개를 저었다.

"백화점 과일이라고 하나 다른 거 없어. 한국 사람들은 걸핏하면 사치를 부려서는."

지나가던 딩 아주머니가 한마디 했다. 리사는 그런 아주머니에게 아무 말 하지 않았고 머리카락을 한 손으로 붙들고 국을 떠먹었다. 딩 아주머니가 며칠 안 나온 게 효과는 있어 보였다.

그날부터 좋아하는 영화의 수록곡인 「에델바이스」를 선택해 밤낮으로 리코더를 연습했다. 내 연주를 좋아하는 하숙집 사람들은 없었다. 이렇게 사람들이 듣기 싫어하는데 음악선생이 높은 점수를 줄 가능성은 희박해 보였다. 그래도 낙제보다는 나으니까, 나는 불고 또 불었다.

그러던 어느 밤, 유화 언니가 방문을 두드렸다. 언니는 하숙집을 여관방처럼 썼고 들어오는 날보다 그렇지 않는 날이 더 많았는데, 그날은 공연을 끝내고 아주 피곤한 몸으로 귀가한 참이었다. 나는 다크서클이 짙게 내려온 언니의 얼굴을 마주하자마자 미안하다고 사과했다.

"뱀 나온다, 뱀 나와. 창덕궁 뱀 떼가 다 몰려들겠네."

"언니, 거기 뱀이 있어요?"

"당연히 있지. 후원에 살모사 있어."

리코더를 부느라 땀을 삐질삐질 흘리던 나는 더위가 싹 가시는 기분이었다. 그리고 돌아갈 줄 알았던 언니는 오히려 방으로 한발 들어오더니 무슨 애들 방이 이렇게 깨끗하냐고 정 없어 보인다고 평했다. 딩 아주머니가 가장 욕하는 방이 유화 언니 방이었기 때문에 나는 표정을 감추지 못하고 키득키득 웃었다.

"실기 준비하냐? 리코더 갖고 되겠냐?"

언니는 내가 설명하지 않았는데도 대번에 상황을 알아챘다. 나는 할 줄 아는 게 없다고 대답했다.

"어차피 그런 거면 언니가 추천해주는 악기로 해라. 내가 리코더보다는 점수 더 받게 해줄게."

보름도 안 남았는데 무슨 악기를 지금 배워서 한단 말인가. 하지만 어차피 리코더보다는 나을지도 몰라서 "어떤 건데요?" 하고 기대를 담아 물었다.

"장구."

"장구요?"

나는 실망과 우려를 담아서 되물었다. 장구라고 하면 이따금 술에 취한 동네 할아버지들이 메고 나와 당신들끼리 신나고 즐거워하며 덩덩거리던 그 악기 아닌가. 초등학생 때 학습과정에 포함되어 있었지만 실제 장구는 구경도 못하고 나무책상을 두드려 대강 배우고 지나갔던 그 악기 아닌가. 내 말을 들은 유화 언니는 참 한국교육이 문제다, 하고 혀를 찼다. 우리 문화의 좋은 건 다 버리고 외국 것만 멋지고 폼 나는 줄 안다고 한탄했다. 정작 외국에서는 '난타'라고 해서 사물놀이 리듬을 사용한 넌버벌 공연이 대흥행 중이라고. 유화 언니가 지금 하는 연극도 그것이라고 덧붙였다.

옮겨다 심은 종려나무 밑

"언니도 난타 공연자예요?"

"아니, 난타는 아니고 비슷한 거."

아무튼 언니는 생각 있으면 내일 소극장으로 오라고 했다. 약도를 그려주었는데 집에서 아무리 가까워도 혜화동까지 걸어가본 적은 없어서 찾을 수 있을지 자신이 없었다.

"너, 서울 온 지 몇달인데 대학로도 안 와봤어?"

"대학로는 대학생들만 가는 데 아니에요?"

내 말을 들은 언니는 한숨을 쉬었다.

"그러면 종로는 종들만 가나?"

그 밤은 리코더냐 장구냐를 결정해야 하는 일생일대의 밤이었다. 빽네 집에서 피아노 연습을 하고 돌아온 리사는 이어폰으로 음악을 들으면서 책상 위를 피아노 건반 삼아 손가락 연습을 했다. 대체 얼마나 높은 점수를 받으려고 저러나 싶으면서 나도 오기가 났다. 희소하기로 따지자면 피아노보다야 장구 아닌가. 마침내 아침이 되고 한번 경험 삼아 대학로에 가보는 게 좋겠다는 결론을 내렸다. 어차피 주말에 남는 게 시간이니까. 그렇게 대학로까지 천천히 걸어갔다. 열네살 내 눈에 비친 마로니에공원의 커다란 나무들, 어떻게든 사람들을 웃겨보려는 거리의 공연자들, 그곳은 내가 오가던 서울과는 전혀 다른 분위기였다.

언니네 극장은 가파른 계단을 내려가야 하는, 기대보다 훨씬 초라하고 좁은 곳이었다. 무대가 있다는 점 말고는 지하실에 가까웠다.

"그래, 잘 왔다."

유화 언니가 소품실에서 꺼낸 장구를 앞에 두고 우리는 마주 앉았다. 나는 그렇게 마주 보는 상황이 민망해서 슬그머니 눈을 피했는데, 언니는 근엄한 표정으로 자기를 똑바로 보라고 말했다. 그리고 허리를 곧게 세우라고 했다. 왼손에 궁채를 잡고 오른손에 열채를 쥔 채 기,라고 외치면서 한동안은 오른쪽 북 중앙을 치는 연습을 했다. 기, 기, 기, 기, 그러고 나서는 북 테두리를 두드리며 닥,이라고 외쳤고 나중에는 두 동작을 연속으로 하면서 기닥기닥기닥기닥기닥, 소리를 냈다.

그렇게 장구를 칠 때마다 손이나 팔뿐만 아니라 몸 전체에 진동이 이는 듯했다. 심장이 두근두근했다. 언니가 가르쳐준 노래는 도라지타령 같은 전통민요가 아니라 언니도 대학 와서 배웠다는 슬기둥이라는 밴드의 「산도깨비」였다. 박자가 단순하니 노래도 같이 부르라고 언니가 시켰다.

"연주시험인데 노래를요?"

"얘가 지금 한가한 소리하네. 그래갖구 플루트며 하프며 하는 서양 것들을 어떻게 이기냐?"

그러고 장구 연주도 버거운 내게 언니는 노래를 가르치기 시작했다.

달빛 어스름 한밤중에 깊은 산길 걸어가다 머리에 뿔 달린 도깨비가 방망이 들고서 에루화 둥둥
깜짝 놀라 바라보니 틀림없는 산도깨비, 애고야 정말 큰일 났네 두 눈을 꼭 감고 에루화 둥둥
저 산도깨비 날 잡아갈까 가슴소리는 콩당콩당, 걸음아 날 살려라! 꽁지 빠지게 도망갔네

언니는 텔레비전에 나오는 명창들처럼 목청이 좋고 소리가 제대로 나왔다. 언니가 먼저 한소절 하고 내가 따라 부르는데, "야, 지금 도깨비가 몽둥이 들고 따라오는데 소리가 그 정도밖에 안 나오냐?" 하는 일갈이 장구 소리 사이로 들려왔다.

"다시 해봐. 거르마아, 나아알 살려라!"

"걸음아아……"

"더 크게. 지금 온다, 뿔 달린 도깨비가 나 혼자 있는데 달려온다!"

"걸음아, 날 살려라……"

그러다 나는 문득 울어버렸는데 유화 언니는 왜 우냐고 무안을 주거나 이유를 묻지 않았고 "아주 제대로 배웠다" 하더니 그날 수업을 마쳤다.

완전히 지쳐 소극장에서 나오니 어느새 저녁이었다. 장구 치고 노래하다 어이없게 울어버린 나는 하숙집으로 발길이 향하지를 않았다. 별수 없이 창경궁으로 들어갔다. 산책을 할 셈이었다. 헛헛했고 뭔가가 한바탕 속을 뒤집고 간 듯했다. 유화 언니는 그게 '신명'이라며 실기점수는 이제 걱정 없다고 장담했다. 오랜만에 아빠에게 전화를 걸었더니 섬에 한번 내려오라는 말치레가 또 전해졌다.

나는 안 된다고 거절했다. 음악 실기연습을 하느라 매우 바쁘다고.

"야, 서울 학생 다 됐네."

"나 없어도 술 조금만 먹고 밥도 챙겨 먹고."

"걱정을 마시겨. 온갖 산해진미로 상다리 부러지게 챙겨 먹겠씨다."

아빠는 지키지도 않을 약속을 거창하게 했다. 불이 켜

지자 창경궁의 창호들로 아늑한 빛이 비쳐 나왔다. 희게 빛나는 대온실은 입체라기보다는 종이 같은 단면처럼 보였다. 창호지나 흰 천 같은 것. 온실의 환한 조도 때문에 주변 정원은 더 어두워 보였다. 고양이들이 진을 치고 있는 숲길을 지나는데 벤치에 낯익은 뒷모습이 보였다. 리사였다. 알 게 뭐냐 싶어 그냥 지나치며 힐끔 봤더니 뭘 먹고 있었다. 아침에 할머니가 빽네 갖다주라고 한 천도복숭아였다. 아마 안 내놓고 그냥 싸 온 모양이었다. 차마 버릴 순 없었나보지, 그런데 저 많은 걸 혼자 다 먹을 수 있다고 생각하는 건가. 나는 소나무 둥치로 기어오르는 단미종 고양이들을 구경하다가 벤치로 걸어가서 앉았다. 리사는 나를 보고 흠칫 놀라더니 다시 복숭아를 천천히 씹었다.

"씻은 거야?"

내가 묻자 리사는 "당근이지" 하고 심드렁하게 대답했다. 미친 듯이 장구를 치느라 배가 고팠던 나는 천도복숭아를 꺼내 먹기 시작했다. 시고 달고 향긋한 맛이 입안에 감겼다.

"그런데 꼭 이렇게까지 해야 해?"

또 싸우고 싶은 건 아니지만 이번에는 정말 이해라는

걸 해보고 싶어서 물었다. 리사의 세계를 알아내고 가능하면 조립해보고 싶었다. 그 안에 있는 두려움, 수치심, 공격성, 슬픔, 연약함, 욕심, 채워지지 않는 허기 같은 것을.

"수준을 들키는 것보다는 낫지."

리사는 그렇게 답하고는 턱까지 흐른 침을 얼른 손등으로 닦았다. 나는 말해봐야 소용없으니 복숭아나 먹어치워야겠다고 결심했는데 리사가 "너 정말 진심으로 그렇게 생각해?" 하고 물었다. 시선을 내 발치쯤에 둔 채였다.

"뭘?"

어둠 속에서 실잠자리들이 마치 보풀처럼 떠올랐다.

"때로는 믿어야 살 수 있어서 누군가를 믿게 된다고, 정말로 그렇게 생각하느냐고."

막상 리사가 진지하게 물어오니까 나는 답을 못하고 한동안 복숭아만 우적우적 씹었다.

"나는 당연하게 생각되는데, 아니면 사람이 대체 어떻게 살지?"

내가 답하자 리사는 복숭아씨를 벤치 아래로 뱉고는 땅속으로 밟아 밀어넣었다. 그리고 창경궁은 밤에 봐야 정말 사람이 살았던 곳처럼 느껴진다고 말했다. 정말 사람이 사는 집처럼 적당히 비밀스러워진다고.

*

　포도란 평균 지름 1.2센티미터의 열매를 내는 덩굴성식물일 뿐이지만 누군가에게는 1만 2천 킬로미터 지름의 지구만큼이나 중요한 존재였다. 1억 4천만년 전 출현해 한 번의 빙하기에서 살아남은, 방주를 만들어 종말을 피한 인류의 조상 노아가 배에서 내리자마자 처음으로 심은 이 농작물은 결국 메이지시대 일본 농상무성의 한 공무원으로 하여금 유럽으로 가야겠다고 결심하는 계기가 되었다.

　반슈포도원에서의 쓰라린 실패 이후 후쿠다는 '실제'를 갈망하게 되었다. 직접 유럽으로 건너가 지식과 경험을 배양해 포도 재배의 신기술을 습득하고 싶었다. 하지만 일개 공무원인 후쿠다가 나랏돈으로 외국에 공부를 하러 간다는 건 그 당시로서 매우 어려운 일이었다. 목표를 이루기 위한 설득과 타인의 조력이 동시에 필요했는데, 불행히도 그는 사람들에게 그다지 인기가 없는 인물이었다. 후대 원예계 종사자들이 꼬장꼬장한 성격이었다고 후술하고, 스스로도 "후쿠다는 후쿠다 방식으로 한다"라며 회고록에서 여러번 일갈했듯 그에게는 평균의 이해를 벗어나는 성격이랄까 심지랄까 하는 게 존재했다.

일례로 학생들을 가르칠 때는 노트 필기를 금했다. 두 손은 호미질을 하느라 바빠야 하니까, 지식은 머리로만 암기하라는 것이었다. 하지만 그런 도제식 교육법은 케케묵은 옛것으로 취급받아 인기가 없었다. 그는 또 "폐휴주의(廢休主義)"라는 다소 급진적인 원칙을 주장했다. 말 그대로 휴일을 없애는 것이었다. 식물은 매 순간 생장과 발육을 멈추지 않는데, 그것을 다루는 인간이 때마다 쉬어서는 안 된다는 입장이었다. 당연히 환영받기 어려웠고 직원들의 반감만 키웠다.

부당한 처사를 가까스로 참아넘겨야 하는 순간들도 많았다. 메이지 신정부의 정사편찬회 일원이지만 전통 사무라이였던 한 관리는 후쿠다가 일군 시험장을 둘러보다 서양 포도는 맛이 없으니 모조리 불태워버리라고 명하기도 했다. 그 한마디에 서양배나 사과나 양배추 등까지 쏙쏙 뽑혔고, 그런 소중한 과채들이 버려질 때 후쿠다는 문명개화를 통해 무지에서 탈각해야 할 근대 일본의 미래가 내던져지는 좌절감이 들었다.

결국 농상무성에 유학을 요청했지만 그 당시 내각 총리대신이었던 이토 히로부미는 예산 문제로 불허했다. 유학의 목적이 포도라는 그 진실이 문제였다. 그 당시 일본에는 정치학, 경제학, 법률학, 의학, 수학, 약학, 세균학, 공학, 전기화학, 공업화학, 지질학, 이론물리학, 문학, 통신학 등 엘리트들이 진출해야 하는 분야들이 차고 넘쳤으므로 그 작은 보랏빛 과실을 든 이를 위한 자리는 없었다.

후쿠다는 해외유학생 중에는 사회와 큰 관련도 없는 연구를 하다 돌아와서 국가에 아무 기여를 하지 않는 자도 많은데 자기 연구가 거부당한 현실을 수긍할 수 없었다. 그는 그런 불만을 혼자 삭인 것이 아니라 실제로 주장하고 다니면서 굳이 적을 만들어냈다. 다행히 다리를 놔주는 사람이 있어 기적처럼 이토 히로부미와 만날 수 있었고, 자신의 유학은 포도 사업을 목적으로 하는 것이 아니라는, 평소 소신과는 다소 다른 해명을 했다. 국비유학생답게 이문명(異文明)에 대한 종합적 지식 순례를 하겠다고 약속한 것이다. 후쿠다는 단순히 외국종을 수입하는 것이 아니라 잡종 육종을 통한 신품종 산업을 꿈꾸고 있었다. 우수한 화예와 세상 일반의 영리사업이 될 복숭아, 무화과, 자두, 외국산이 부럽지 않을 만큼 훌륭하게 개량될 붉은 토마토, 길쭉한 아스파라거스, 탐스러운 딸기, 향긋한 멜론. 결국 후쿠다는 유학을 허락받았다.

1886년 4월 19일 후쿠다는 프랑스 동양우편회사 정기선에 승선해 두달을 보낸 끝에 마르세유 항구에 내렸다. 마치 울창한 숲처럼 크고 작은 배들의 돛이 펼쳐져 있었고 창고에는 교역에 따른 화물들이 모여들었다. 모든 것은 낯설기도 했고 오래 갈망해온 만큼 익숙한 세계이기도 했다. 이후 후쿠다는 프랑스의 여러 지역, 때론 인접한 유럽 국가를 시찰하고 청강생으로 대학 강의들을 들었지만 이토 히로부미에게 장담한 것과 달리 대체로는 포도 산지와 양조장들을 주유(周遊)했다.

프랑스의 유명 와인 산지인 부르고뉴의 한 와이너리에서 직접 포도를 수확하고 양조 작업을 돕는 일꾼으로 일하며 지식을 전수받았다. 그에게는 그 노동이 너무나 "유쾌한" 시간이었다. 그 당시 포도는 비탈에서 재배되었는데, 평지에는 밀류의 농작물을 심어야 했기 때문이다. 그는 언덕배기에 위치한 포도원을 열정적으로 오르내리며 혼신의 힘을 다했다. 마치 축제와도 같이 몰아닥치는, 프랑스어로 방당주(vendange)라는 단어에 걸맞은 수확의 행렬에 충실한 참여객이 되어 손톱 밑이 새카매질 정도로 포도를 따고 주조장으로 옮겼다. 그렇게 그의 지식은 오크통 안의 포도즙처럼 육체와 정신으로 발효되어갔다.

하지만 어느 날 그는 몸이 평소 같지 않다 느꼈고 이내

고열로 쓰러졌다. 병원에 실려가 진찰을 받아보니 비극적이게도 장티푸스였다. 의사는 후쿠다가 24시간 내에 죽을 것이라고 진단했다. 그리고 시신 처분을 위해 파리 주재 일본공사관에 전보를 보내 사람을 부르라고 독촉했다.

"포도를 너무 좋아해서 죽다니."
 태블릿 피시로 장티푸스를 찾아보던 산아는 한숨을 쉬었다. 이번에도 벌레가 문제였다며 장티푸스는 살모넬라 타이피균에서 발생하는 급성전신감염 질환으로 파리가 매개체가 될 수 있다는 설명을 소리 내 읽었다. 산아는 뭔가를 너무 좋아하면 역시 안 되는 것 같다고 말했다. 불행해진다고. 나는 산아가 쓴 불행,이라는 무거운 단어가 신경 쓰였다.

"왜 사람들은 다 그렇게 너무 좋아하는 게 생겨버리는 걸까? 엄마도 돈이면 다 좋다고 하고 오빠는 게임만 하고. 이모도 그런 게 있어?"
 나는 생각을 더듬었다. 좋아하는 상태를 더 심화시키는 '너무'라는 부사를 사용해본 적이 있는지를. 좋아하는 마음에 대해 생각하면 늘 금성무, 어쩜 성마저 이씨라서 조선의 명장군과 이름이 같아져버린 순신이 떠오를 따름이었다. 어른이 되고 나서도 연애가 시작되거나 끝이 날 때면 서류철을 딱 닫아 보관하듯이 그때와 비교해보곤 했다. 거기서 얼마나 걸어나왔는지를.

"그런 경우로, 이모는 이순신을 들 수 있을 것 같은데?"

"이순신 장군? 정말?"

산아는 되묻더니 이모 약간 역사 덕후인가보네, 하고 중얼거렸다. 나는 굳이 해명하지 않고 웃었다.

"산아는 어때?"

"나는 아직 없어. 그건 좀 무서운 일인 것 같아. 이 포도 과학자처럼."

나는 과학자가 아니라 원예가라고 정정하려다가 그리 틀린 말 같지는 않아서 그냥 두었다. 산아는 화제를 바꿔 그 말 없는 아이와 좀 친해졌다고 전했다. 최근에 이모가 얘기해준 포도뿌리혹벌레를 그려줬는데 의외로 그 그림이 아이의 말문을 열었다고. 나는 선물로 벌레를 그려준 산아의 발상도 신기했지만 대화를 나눈 것도 놀랍다고 생각했다.

"이름이 수미가 아니라 스미였어. 스민다고 할 때 스미. 걔가 말해줬어."

"이름이 특이하네. 틀리게 부르는 사람이 더 많겠다."

"응, 상관은 없대."

이야기를 나누면서 알게 된 의외의 사실은 또 있었다. 지난번 우리를 곤혹스럽게 했던 스미의 그림도 곤충이라고 스스로 말한 것이었다. 포도뿌리혹벌레에 대한 산아의 열의 있는 설명이 흥미를 끈 것 같았다.

"이모가 한번 맞혀봐요. 곤충 중에 뭐였을지."

"개미? 매미?"

"땡."

"딱정벌레?"

"아니야."

"그럼 뭔데?"

"벌."

나는 벌은 정말 예상 밖인데 하고 말하면서 산아에게 초콜릿 음료를 더 따라주었다.

"그래서 내가 학교 뒷산에 벌집 달린 나무 있다고 알려줬거든."

"그래, 거기 벌들이 살잖아."

그랬더니 스미는 자기도 그런 곳을 알고 있다고 말했다고 한다. 자기가 다니다 온 학교는 서울에 있고 학교 후문을 나와 좀 걸으면 오래된 창고가 하나 있다고. 그 지붕

아래 벌집이 있었고 자기는 하교시간에 그 아래 서 있곤 했다고. 산아는 벌을 절대 우습게 보면 안 된다고 깜짝 놀라 알려줬다. 가을이면 꼭 섬의 누군가가 말벌에 쏘여 구급차를 타고 강화로 실려가는 걸 봐왔기 때문이다.

"그랬더니 나도 그러고 싶지 않았어, 하고 스미가 말하더라고."

"그런데 왜 서 있었대?"

"애들이 시켜서."

산아의 말이 거기서 끊겼다. 우리는 더이상 대화를 이어나가지 못했다. 매미 소리가 침묵을 채우고 후텁지근한 바람이 매화나무잎을 흔들었다. 아빠가 없으니 매실을 딸 사람도 없어서 열매는 매년 그대로 쪼그라들거나 나무 아래 떨어졌다. 내가 스무살 때 세상을 떠난 아빠의 마지막 말은 "나 없이 영두 혼자 어떻게 살까?"였다. 마치 아이를 두고 가듯 아빠는 걱정이 컸다. 그때 나는 중졸도 아니고 초졸이었으니까 어쩌면 무서울 만큼 걱정이 되었을 거였다. 아빠가 떠나기 전에 검정고시를 봤으면 좋았으리라고 나는 나중에서야 깨달았다.

"그 못된 짓은 '혼내주자'라는 한국말로 시작됐대. 국제학교라서 영어를 쓰는데 그 신호는 한국말이었다는 거야." 산아는 진심으로 화가 난 투였다.

"그래서 섬으로 왔구나. 지금 반에서는 괜찮니?"

"적어도 우린 벌집 아래 누군가를 세워놓진 않아."

섬 아이들은 소수라서 더 많은 어른들의 시선 속에서 학교생활을 했다. 교장과 교사 모두 작은 학교의 기적을 만들어보기 위해 의욕적이었다. 물론 쉽지는 않았다. 여기는 낙원이 아니고 아이들은 싸웠고 부모들은 각자 생각이 달랐다. 다만 그런 문제가 일어나면 동네 전체에 알려졌고 그것이 때론 상황을 나쁘게, 때론 더 낫게 만들었다.

"너무 마음 아파하지는 말자."

내가 산아에게 말했다.

"너무 마음이 아프면 외면하고 싶어지거든. 아까 우리도 말했지? 너무를 조심하자고."

"맞아, 죽으니까."

"아니, 그 사람 안 죽었어. 1927년에 죽었으니까 죽긴 죽었지만 그렇게는 안 죽었어."

이야기가 끝난 줄 알았던 산아는 눈을 둥그렇게 떴다.

"정말?"

"기적적으로 살아나서 시체 치우러 올 필요 없다고 전보에다 직접 답장을 썼대. 아, 근데 너 전보가 뭔지 알아?"

사실 그런 질문은 산아에게는 필요 없었다. 산아는 늘 태블릿 피시를 들고 다니며 마치 탐정처럼 그때그때 의문을 해결하는 아이였으니까. 산아 같은 아이들에게 과거는 이제 다른 의미를 지닐 것 같았다. 그건 접근 가능한 형태로 온라인에 있었다. 산아는 검색으로 전보에 대해 찾아보더니 다른 사람이 써서 보내주는 거면 비밀은 적을 수 없는 편지네, 하고 논평했다. 나는 사실은 비밀이 아주 많을 수밖에 없는 편지,라고 말을 약간 바꿔주었다.

3장

야앵(夜櫻)

 상세 실측 날에는 창경궁 대온실로 출근했다. 매번 밖에서만 구경했던 곳이라 떠올릴 기억조차 없었고 그 점이 새삼스러웠다. 왜 한번도 들어가볼 생각을 하지 않았을까. 온실 앞에는 거의 모든 사무실 직원들이 나와 있었고 소장도 아침 일찍부터 대기 중이었다. 첫주 동안 우리는 마치 매미처럼 대온실 건물 곳곳에 붙어 실측을 했다. 나는 기록 담당이었지만 소장까지 사다리를 타고 스타프라고 하는 7미터짜리 철제 자를 세우고 있는 판에 구경만 할 수는 없었다. 기준 위치를 표시하는 폴대를 잡거나 사진촬영하는 소목을 도왔다.
 제갈도희는 고행하는 수행자처럼 심각하게, 삼각대 위에 붙인 제도지에 실측 결과를 표시했다. 구심기를 이용해 지상과 제도판의 지점을 잡았고 대상이 바뀔 때마다 삼각대를 이동시키며 위치를 기록했다. 제갈도희가 그리는 도면들은 설계도라기보다는 대온실을 그린 섬세한 스케치처럼 보였다. 그림체가 밝고 부드러웠다. 대온실의 철제 아치라든가, 식물넝쿨이 뻗어나가는 모양의 용마루 장식이라든가, 불꽃을 닮은 화엽(花葉)과 문 하단의 오얏꽃까지.

계량 표시 공간이 필요해 출입문은 한쪽만 그렸는데, 마치 누군가를 맞이하기 위해 문 한편이 열려 있는 듯 보였다. 내 말에 제갈도희는 "영두님, 거 너무 낭만적인 시선 아니에요? 노가다 중에 노가다를" 하면서도 햇볕에 탄 얼굴로 씩 웃었다.

그 주의 마지막 날, 지금은 관리실로 쓰는 부속사 쪽으로 직원들이 모였다. 대온실 뒤편이라 관람객 눈을 피해 그늘에서 적당히 쉴 수 있는 장소였다. 은세창은 카트에 기계를 싣고 옮겨다니며 못다 한 작업을 하고 있었다. 몇 발자국 단위로 세밀히 움직이며 대지를 촬영했다. '지표투과 레이더'라는 장비인데 물질마다 전자파를 반사하는 정도가 달라 땅을 파지 않고도 속을 파악할 수 있었다.

"크기가 딱 보일러실이죠?"

은세창이 소목 쪽을 향해 물었다. 묵직해 보이는 산업

용 노트북으로 데이터를 확인하던 소목은 "지레짐작은 금지"라고만 답했다. 여름 햇볕에 지친 직원들은 그늘 아래에서 가끔 불어오는 한줄기 바람에 땀을 식혔다. 제갈도희도 나더러 앉아서 쉬라고 권했다. 현장에서는 먹을 수 있을 때 먹고, 쉴 수 있을 때 쉬고, 쌀 수 있을 때 얼른 싸놔야 한다고.

"궁에서 담배 피웠다가는 계약해지당할 테고 정문까지 걸어가면 가다가 내가 죽을 것 같고."

소장이 작업복 안에 든 담배를 잡았다 놨다 하며 중얼거렸다. 땀으로 등이 다 젖어 있었다.

"여기 고양이들 노는 솔숲 옆에 문이 있어요. 월근문이라고 거기로 나가보세요."

그렇게 담배 피울 장소를 알려준 것이 소장과 나의 거의 첫 대화였다.

"그쪽에 입구가 또 있나?"

"저 담 밖이 주차장이잖아요? 주차장 관리요원들이 거기로 화장실이며 드나드니까 사정 얘기하면 나가실 수 있을 거예요."

그러자 소장은 내게 어떻게 아느냐고 물었다. 공사 건으로 여러번 드나든 자기도 모르는 걸. 막상 물으니 또 그

많은 얘기를 전할 길이 없어서 나는 그냥 웃었다.

"아, 사연이 있는 모양이네. 사연은 나중에 말해줄 수 있으면 말해주고 암튼 당케 쉰, 당케 쉰."

고맙다고 말하며 벌떡 일어난 소장은 안전모자를 한 손에 들고 성큼성큼 걸어갔다. 이 더위에 그 모자를 어디서나 챙겨 써야 하는 것도 측량 첫날 장과장이 으름장을 놓고 갔기 때문이었다.

장과장은 굳이 비유하자면 어치 같은 사람이었다. 까마귓과인 어치는 경계심이 많고 자기 영역에 대한 통제력도 강하다. 다른 새들을 자주 괴롭히는데 어미 소리를 내며 새끼를 유인해 잡아먹기도 하고 고양이 울음을 따라 해 작은 새들을 혼비백산하게 만들기도 한다. 혓바닥이 발달해서 앵무새처럼 다양한 소리를 흉내 낼 수 있었다. 그래서 산아는 어치가 나타나면 "오태양 날아다니네" 하며 인상을 쓰곤 했다. 태양이는 산아가 학교에서 가장 못마땅해하는 애였다.

장과장 역시 뭐랄까, 일부러 갈등 상황을 만들어 자기 통제력을 확인해야 하는 사람 같았다. 살얼음처럼 냉랭하게 구는 태도도 자신을 위한 포즈처럼 느껴졌다. 하지만 공문의 문단 위치나 띄어쓰기, 공사장 안전모자 같은 규

칙과 명령들이 만들어주는 영향력만큼 허망한 게 있을까. 그런 식의 만족감이란 겨울의 빈 새둥지처럼 허망하고 쓸쓸하지 않나. 사람들에게는, 진심을 주지 않음으로써 누군가를 결국 무력화하는 힘이 있는데 어떤 부류들은 그런 진실에는 무관심하곤 했다.

은세창이 대지를 다 스캔하자 직원들이 이 주의 마무리 브리핑을 시작했다. 우리가 조사한 대온실 기둥만 해도 50여본이었다. 대온실의 중요한 건축적 특징은 목재와 철재를 혼합해 사용했다는 데 있었다. 철재로는 온실의 주요 기둥을 세웠고 내부의 클리어스토리와 캣워크 등을 만들었다. 클리어스토리는 온실 솟을지붕을 지탱하는 유리로 된 옆벽을 가리켰다. 캣워크는 온실 공중에 만든 폭 좁은 접근로로, 꼭대기 온실 창이나 키 높은 대형 수목을 관리하기 위한 장치였다. 대온실 외부도 목재와 철재를 같이 써서 입면을 구축했는데, 이 점이 당시 유럽 온실과 다른 특징이라고 한 직원이 말했다. 나무를 쓰면 결로로 썩게 되니까 당연히 철재로 짓는 것이 정석이었다. 지금도 대온실의 창틀들은 심각하게 노후된 상태였다.

"당시 조선에서는 철을 구하기 어려웠으니까, 그리고 예산 문제도 있었을 테고요." 직원은 말했다.

"큐가든도 철목재 혼합구조 아닌가? 내가 확인해볼게. 친구가 지금 영국에 있거든. 답신 오면 영두씨한테 넘길게요, 보고서에 넣고. 다음 또 뭐?"

이슈 하나가 나올 때마다 소장은 이후 작업을 바로바로 결정했다. 시선은 은세창이 지표투과 레이더를 옮기며 낸 자국에 멈춰 있었다.

"지금은 다 매장됐지만 관리실 밑이 온수 보일러실이었고, 지금은 온실 양쪽 전실에 석유 송풍기를 놓고 쓰고 있고. 면적이 꽤 넓은데 세창은 지하가 다 보일러실이라고 생각하는 거야?"

작업을 끝낸 은세창은 반소매를 둘둘 걷고는 와그작와그작 얼음을 씹었다.

"지하에 있으니까 보일러실이겠지 했는데, 소장님 말씀 들으니 하긴 그러기에는 너무 크네요."

"후쿠다 설계도에 표시된 배양실일 수도 있잖아. 그렇게는 생각이 안 되고?"

"배양실에 대한 기록이 없어도 너무 없어서."

은세창이 겸연쩍은 듯 웃으며 말했다. 1909년 후쿠다가 설계한 평면도 외에는 배양실을 언급한 자료가 없어서 나중에 변경됐거나 공사 과정에서 아예 지어지지 않은 듯 보였다고.

"제가 다른 자료에서 배양실에 관해 찾기는 했어요."

나는 어젯밤에 읽었던 『경성 원예』라는 잡지를 떠올렸다. 조선총독부 농상국에서 발간한 원예 잡지인데, 특히 「20년 복무의 원예길」이라는 기노시타 코주의 글이 흥미로웠다. 아랑씨의 말처럼 기노시타 코주는 공립보통학교를 졸업하고 1924년 친척 어른의 소개로 창경궁 식물원 말단직원으로 취직했다. 처음부터 원정 직책은 아니었고 정확히 말하면 신주쿠교엔(御苑)에서 자리를 옮겨온 일본인 원정들을 돕는 잡부였다. 퇴비를 만들거나 하는 단순 노동부터 온갖 심부름을 했는데 때때로 동물원 일까지 가리지 않았다고 했다.

기노시타의 글은 황교통(黃橋通), 곧 종로4가에서 창경원까지의 출근길을 회상하며 시작했다. 열여섯 소년은 냉맥주와 냉사이다를 파는 노점들을 통과해, 복숭아와 하귤을 문전에 늘어놓고 유람객과 총독부 의원의 손님들을 호객하는 장사꾼들을 지나 궁으로 들어온다. 가슴에는 이름표와 표찰이 달려 있고 갈색 작업복을 입었다.

출근부에 사인을 하지만 사무소로 들어가지는 않는다. 어차피 그의 자리는 대온실부터 붉은사슴, 영양, 노루, 얼룩말들이 있는 동쪽 초식동물사까지 전체이니까. 궁에는 하루도 조용한 아침이 없었다. 홍화문을 들어서자마자 동물 소리가 포획하듯 귀를 덮었다. 귀 있는 사람이라면 듣지 않을 수 없는 소리였다. 대만, 일본, 히말라야, 필리핀, 브라질, 아프리카 등지에서 온 수십마리의 원숭이가 노는 소리, 제주 말과 요크셔 돼지들이 우는 소리, 삵과 늑대가 목적 없이 위협하는 소리, 동양 최대의 큰물새우리에서 들려오는 두루미와 흑고니, 왕관앵무와 펠리컨과 청둥오리, 가마우지 같은 새들의 지저귐, 노천방사장을 나는 백여종 새 떼의 날갯짓, 그 모든 것이 동물사 냄새와 함께 아침을 열었다.

　벚꽃철이면 그 당시 경성 인구의 10분의 1인 2만 5천명의 입장객이 하루 만에도 들어와 북새통을 이루는 창경궁에서 가장 조용한 곳은 의외로 맹수사였다. 사람들이 붙어 휘파람을 불며 관심을 끌려 했지만 교토에서 들여온 사자는 단 한번도 포효한 적이 없었으며 위장병을 앓았다. 백두산에서 사로잡아 온 호랑이도 있었지만 암컷 한 마리뿐이었기에 그다지 용맹함을 드러낼 필요 없이 심심해했다.

　맹수사의 활기는 강원도에서 포획한 한쌍의 표범 부부

가 담당했다. 새끼를 세마리나 낳고 사방을 경계하며 바쁘게 움직였다. 소년에게는 그 모든 세계가 궁으로 들어서자마자 한꺼번에 불어닥쳤다. 소리와 냄새와 우리 안에서 날려 온 깃털이나 털뭉치가 한데 엉킨 그 풍경을 달리 다보면 종국에는 텁텁한 흙냄새 같은 것이 남았다. 소년은 부르는 대로 달음박질치면서 하루 종일 심부름을 다녔다. 그래도 내심 좋아하는 일이 있었는데 그중 하나는 동식물원 관장 부서인 장원실의 기수 시모코리야마의 조류 표본실을 청소하는 일이었다. 시모코리야마는 관리이면서 조류학자이기도 해서 지금껏 모은 표본들을 장서각의 다락과 지하실에 보관했다. 장서각은 시민당을 허문 터에 지은 콘크리트 건물로 기와지붕이 덮여 있었다.

소년이 믿고 따랐던 조선인으로는 사육사 박영출이 있었는데 순종의 마부였던 그는 궁에 자동차가 들어오면서 실직하고 동물원 부서로 옮겨온 경우였다. 오랫동안 궁에서 성실히 일하며 재산을 모아 살림이 넉넉했고 종종 소년에게 책 선물을 해주곤 했다.『와세다대학 강의록』같은 제법 어려운 책들이었다. 그리고 소년은 배양실로 들어가 원정들의 작업을 훔쳐보는 것을 좋아했다. 누구 하나 소년을 붙들고 뭔가를 가르쳐주는 사람이 없었기에 눈과 귀로 익히고 외우는 것이었다. 그들은 조선인에게, 더구나 잡부에 지나지 않는 아이에게 관심이 없었다. 그저 비가 오면 식물들이 자라고 있는 대온실 뒤 화단을 가리키며 소리쳤다.

"기노시타, 뭐 해? 호미 가져와서 골을 파주지 않고?"

은세창은 내 말에 놀라더니 이래서 문이과 통합이 중요하다며 너스레를 떨었다. 배양실이라 보고 발굴조사도 해볼 수 있지 않겠느냐며 흥분했다. 지표투과 레이더를 하면서 잡힌 데이터들도 꽤 흥미로웠다고.

"뭐가 있었어?" 소장이 물었다.

"네, 뭔가가 있을 것 같은, 작도의 신만이 느낄 수 있는 미미하지만 심증이 확실히 가는 느낌적 느낌?"

"하이데나이······"

소장은 버릇처럼 독일말로 감탄사를 중얼거리며 한숨을 쉬었다.

"발굴할 유물이라도 있으면 그나마 다행인데 다 토양화됐을 뿐이면 누가 반길까. 실상 파악한다고 공사만 한없이 지연될 테고, 소득도 없고."

소목은 일단 컴퓨터 분석 작업을 해보고 확실해진 다

음에나 의논하자고 미뤘다.

"우리가 뭘 선택할 수 있어? 까라면 까고 덮으라면 덮어야지." 소장이 투덜댔다.

"우리 연희 소장도 늙었다야, 발주처 만능주의나 외치고. 싸워서라도 건축주를 설득하라는 게 평소 소신 아니었어?"

소목이 장갑을 탁탁 털어 주머니에 넣으면서 씁쓸하게 웃어 보였다. 소장은 장비를 정리하고 저녁이나 먹으러 가자 했고 먹을 수 있을 때 먹어두기 위해 우리는 각자 짐을 챙겨 홍화문 쪽으로 향했다.

북촌의 고깃집은 나도 기억하는 가게였다. 아빠가 강화에서 올라와 저녁을 사줬던 생각이 났다. 같은 골목에 있는 깡통만두는 금성무와 처음 밥을 같이 먹은 식당이었다. 이십여년이나 됐는데 아직도 이런 장소들이 남아 있다니, 나는 어쩔 수 없이 반가움을 느꼈다. 고기가 나오자 직원들 모두 "오늘도 무사히" 하며 건배를 했고 식사를 시작했다.

"영두씨 혼자 살아요?"

소장이 물었다. 그렇다고 하자 "우리 동지네" 하는 답이 돌아왔다. 그러고 보니 결혼한 직원은 둘뿐이었다. 나머지는 각자의 이유들로 1인가구들이었다. 술이 더 들어가자 사람들 각자의 속마음이 나오기 시작했다. 나는 술을 즐기지 않았는데 깨고 나서의 허망함이 싫기 때문이었다. 술이 들어갈 때는 기분이 좋아 박장대소를 하다가도 깨고 나면 바람 빠진 풍선처럼 의기소침해져 기분이 좋지 않았다. 그렇지만 첫 회식이나 다름없으니까 다른 사람들 속도에 맞춰 술을 들이켰고 건축가들은 다 그런가 싶을 정도로 직원들 모두 빠른 속도로 술잔을 비웠다. 이차로 맥줏집을 들렀다가 삼차로 양꼬치집에 갔을 때는 다들 취해 있었다.

모두들 자기 힘든 얘기를 꺼내는데 불평을 두루 듣는 사람은 소목뿐이었다. 소장은 크고 작은 회의감이 많았다. 일단 돈이 안 되고 주어지는 실측설계 작업기간이 너무 밭고 기껏 열심히 해봐야 공사 들어가면 말도 안 되는 이유로 수정되고 무시당해서 힘이 빠진다고 불만을 터뜨렸다. 독일에서 이런 일은 상상도 할 수 없는 횡포라고. 설계사의 제언을, 뇌물이나 받아먹는 자문위원들이나 이름만 내건 채 자격증 장사에 열심인 유명 장인들이 바꿔버리는 어이없는 경우가 한국에서는 흔하다는 것이었다.

"그런데 문제가 생기면 어떻게 돼? 청은 감리사 탓하고 감리사는 시공사 탓하고 시공사는 우리 같은 설계사 탓하고. 무형문화재 중에는 백억대 자산가도 있다는데 공사는 날림으로 가고."

"그래서 힘이 빠진 거야? 그냥 적당히 수리하기로 한 거야?"

소목의 주종 취향은 확고해서 막걸리만 마셨다. 맥줏집과 양꼬치집에서도 주인의 양해를 구하고 편의점에서 막걸리를 사 왔는데, 소목의 말투는 그런 막걸리처럼 묽고 쌉쌀한 이의제기를 담고 있었다. 소장은 잔을 빙글빙글 돌리며 회한으로 빠져들어갔다.

"아직 타협 안 했잖아. 왜 그렇게 생각해? 내가 변했어?"

소장과 소목은 한동안 마주 보더니 소목이 먼저 시선을 돌렸다.

"내가 네 곤란함을 모르겠어? 사무실 유지비만 해도 얼만데. 공사는 일년에 몇개 수주하기도 어렵고. 그래도 이번에 대온실 공사 땄잖아. 그래서 이렇게 영두씨같이 좋은 사람도 만나고."

서서히 졸음과 취기에 빠져들어가던 나는 놀라서 눈을 번쩍 떴다.

"감사합니다."

앞뒤는 잘 몰라도 일단 그렇게 인사하는데 제갈도희가 끼어들었다.

"소목님, 저는 마음에 안 드시죠?"

은세창이 놀라 제갈도희의 입을 막으라는 신호를 보냈다. 하지만 내가 무슨 수로 대화를 끊을까. 나는 이제 꽤 늦었으니 다들 일어나야 하지 않을까요, 하며 가방을 챙기는 척을 했다.

"제갈도희 디자이너야말로 날 마음에 안 들어하나본데? 보통 상대에게 그런 자기 마음을 전가하거든."

소목이 웃으며 두 손으로 깍지를 껴서 뒤통수에 댔다.

"네, 안 듭니다. 죄송합니다."

"츤데레, 츤데레잖아요. 우리 제도가."

은세창이 얼른 말을 끊었다. 하지만 우리의 노력은 허사였고 곤줄박이는 타이밍을 놓치지 않고 날개를 폈다.

"소목님, 요즘은 3D스캐너로 설계하는 세상입니다. 기계만 딱 갖다놓으면 스캐너가 점을 파바파바 찍어서 짠. 설계사 손을 산재로부터 좀 보호하면 안 되나요?"

제갈도희가 오른손을 펴서 소목 앞에 갖다 댔다. 소목의 안경렌즈에 부딪혀 지문이 남을 정도로 가까이.

"인간이 만든 건물은 인간의 손으로 수리하자는 이 인

간의 마음도 이해해주라. 제도의 신아."

소목이 제갈도희의 불만을 그렇게 넘기고는 옥수수면 두 그릇을 시켰다. 그리고 음식이 나오자 작은 볼에 나눠 직원들 앞에 하나씩 놔주면서 "자, 다들 속 풀고 이제 집에 가자" 했다.

일행과 헤어진 나는 계동길을 올랐다. 폐점한 기념품점에는 이미 오래전 유행한 드라마와 아이돌 포스터들이 남아 있었다. 가회동성당 건물 역시 개축되어 있었다. 그곳은 그해 서울에서의 첫 겨울을 담고 있는 장소였다. 중간에 전화를 걸어온 은혜가 지나다 봤는데 왜 집에 불이 꺼져 있느냐고 물었다. 아직 서울이고 아마 여기 어디서 자고 내일이나 섬에 갈 듯하다고 답하자 은혜는 그 동네 어디서 청승 떨고 있는 거 아니지? 하고 물었다.

"청승이 아니고 고독이라고 해줄래? 산아는?"

"몰라, 뭐에 화가 났는지 학교 갔다 와서 지 방에 틀어박혔다."

무슨 일인지 모르냐고 묻자 엄마들에게 들어보니 오늘 학교에서 도난사고가 있었다고 했다. 누가 그랬는지는 쉽게 잡혔는데 전학 온 애라서 좀 시끄러웠다고.

"내가 걔 좀 조심해야겠더라 그랬더니 가방을 홱 던지

더니 엄마가 뭘 안다그래? 길길이 날뛰다 들어가버렸어. 키워놔봤자 저 속을 어떻게 알까. 아주 차갑기가 쏜물 같은 기집애."

쏜물, 강화말로 찬물을 가리키는 그 단어를 듣자 절교하자며 싸웠던 시절이 떠올랐다. 그래서 나한테도 그 말 한 적이 있다고 상기시키자 은혜는 그랬냐? 무심히 되물었다. 내가 섬으로 돌아간 뒤 은혜는 우리 사이에 연락이 끊긴 때가 없는 듯 굴었다. 내색하지 않고 묻거나 알고 싶어하지도 않는 은혜에게서 안전함을 느꼈다. 아주 알맞은 온도의 이해였다.

원서동으로 넘어가 도착한 빨래터에서는 여전히 물이 흘러나왔다. 가로등이 달무리 같은 노란빛을 구불거리는 수면에 드리우는 모습을 내려다보았다. 낙원하숙 시절만 해도 빨래를 하거나 등목을 하는 동네 사람들이 있었는데 지금도 그런지 궁금했다. 밤에도 매미 소리가 소나기처럼 쏟아져내렸다. 날개로 내는 소리라고는 믿을 수 없을 정도의 강도였다. 그 소리의 힘에 기대 걸었고 아직 남아 있는 럭키세탁소 간판을 발견했다. 하지만 맞은편의 금성무, 순신의 집은 철거되고 없었다.

우리가 친해지기 시작했을 때부터 이미 창덕궁 주변

무허가 건물들이 정비되고 있었으니까 어쩌면 당연했다. 순신은 자꾸 공무원들이 드나드는 걸 보니 자기네 집 차례가 멀지 않은 듯하다고 했다. 그 사람들이 자꾸 자기 집을 '불량주택'이라고 부르는 걸 순신은 기분 나빠했다.

"계속 사람이 살면 창덕궁 담 모양을 제대로 못 본다는 거지. 야, 근데 궁만 보면 됐지, 바깥담까지 누가 보냐? 너 창덕궁 담 다 보고 싶어, 안 보고 싶어?"

나는 관심 없다고 했다. 어차피 담 모양도 다 똑같고.

"거봐, 근데도 나가라고 난리다."

우리의 감정이 연애로까지 넘어간 건 그해 여름방학 때였고 좀 이상한 계기였다. 같이 일수를 받으러 다닌 것이다. 그때 섬에 잠깐 다녀와보니 문자 할머니가 다리에 깁스를 하고 있었다. 다락을 오르내리다가 벌어진 일이었다. 할머니는 나를 불러 시장으로 심부름을 좀 다녀야겠다고 말을 꺼냈다. 동대문에 가서 상인들에게 이자를 받아 오는 일이었다.

"만나서 돈 받고 수첩에 도장만 찍어주면 된다."

그 당시 내게 돈이란 아주 꺼려지는 대상이었다. 할머니는 다 약속이 되어 있으니 그냥 받아만 오면 된다고 했지만 그럴 리가 없다고 짐작했다. 세상 좋은 어른이었다고 말을 듣는 우리 외할머니조차 돈 앞에서는 고약했으니까. 장사하는 사람들에게 돈이 어떤 의미인지는 할머니만 떠올리면 빤히 답이 나왔다. 할머니 방수 앞치마 속으로 들어간 돈은 잔돈 거슬러줄 때를 빼고는 웬만해서는 다른 사람에게 건너가지 않았다. 돈이 없는 것도 아니면서 도매외상을 다 갚지 않고 생선꽁지만큼이라도 남겨놓았다. 비유하자면 자동차 한대는 너끈히 들어간다는 캘리포니아의 어느 늪지대처럼 완전히 집어삼켜 도무지 내놓고 싶어하지 않았다.

"어렵겠니?"

자신은 없었지만 거절할 도리는 없었다.

"아니요. 할게요, 할머니."

리사는 내가 일수 받으러 간다는 사실을 알고 약간 애석하다는 표정을 지었다. 그러면서 작년에 할머니가 입원했을 때는 딩 아주머니가 며칠 대신했다고 말했다.

"그러면 이번에도 딩 아주머니가 하면 되지 않을까?"

내가 반색하자 리사는 2층 마루에서 음악을 듣다가 혀를 찼다. 그리고 가르쳐줄까 말까 뜸을 들이더니 모호하게 말을 맺었다.

"또 시킬 수 없는 데는 이유가 있지 않겠니? 잘해봐. 굿

력이야."

그 사정은 내 심부름 건을 알게 된 딩 아주머니의 말을 통해 짐작할 수 있었다. 아주머니는 할머니가 나이가 들어 의심이 많아졌다며 나더러 조심하라고 눈을 치떴다. 하지만 내가 보기에 할머니의 기억력이나 인지능력에는 문제가 전혀 없었다. 하숙집에서 덤벙거리고 정신없어하는 건 오히려 우리였다. 유화 언니는 식당 아르바이트를 하다가 주문을 제대로 못 받아 잘렸고 삼우씨는 기말고사조차 까먹고 치르지 않아서 유급 위기를 맞았다가 마음 약한 교수 덕에 위기를 모면했다. 나는 모든 관심이 순신에게 꽂혀 얼이 나가 있었다. 동네에서 마주치고 같이 햄버거나 떡볶이를 먹고 복잡한 종로거리를 하릴없이 걸으면서 몸과 마음이 달떴다. 아마 그때 체온을 재봤다면 순신보다는 내 열기가 더 높았을 거였다.

우리는 교제는 시작도 안 했으면서 그 화제에 대해 열심히 대화했는데, 주로 내 공격적인 질문을 통해서였다. 이성친구를 사귀어본 적 없다는 내 말에 순신은 좀 난처한 표정을 지어 보였고 그러면 어디부터 설명해주어야 하냐고 되물었다. 지금 생각하면 설명이 필요하다는 것 자체가 말이 안 되지만 나는 그렇게 질문세례를 퍼붓는 걸

플러팅이라고 오해했던 것이었다.

"그러니까 일종의 성교육을 이론적으로 해달라는 거지. 너는 나보다 나이도 많잖아."

혜화동의 마로니에길을 걸으며 나는 이런 정신 나간 얘기를 지껄이기도 했다. 일제강점기 때부터 한자리를 지켜온 마로니에 나뭇잎들이 우우 흔들리며 내 흥분을 낮춰보려 했지만 소용없는 일이었다.

"너 혹시 공부 잘하냐?"

음악실기도 무사히 통과하고 반에서 꽤 높은 성적을 받았던 나는 그즈음 자신감에 차 있었다. 내가 잘한다고, 우등생반에 들었다고 하자 순신은 고개를 끄덕였다. 그리고 공부 잘하는 애들은 사람을 좀 번거롭게 하는구나,라고 이상한 소감을 말했다. 순신은 자기 친구들과는 달리, 스무살이 넘을 때까지는 성경험을 하고 싶지는 않다고 했다. 너무 빨리 해버리면 뭔가 자기 자신이 불량한 기분이 들 것 같다고. 안 그래도 공고에 다닌다는 이유만으로 학교 이름만 말하면 편견을 갖는 사람들이 많아서 기분 나쁜데 그런 데 부응하는 인생이고 싶지 않다고.

좋아하는 남자애가 생겼다는 소식에 안나는 열광적인 관심을 보였다. 친구들이 떨어져나가 둘만 남게 되면 자기가 아는 연애, 그리고 스킨십에 대해 떠들어댔다. 사촌언니를 따라 '레드 핫 칠리 페퍼스'라는 미국 밴드 콘서트를 갔다가 처음 보는 외국인 남자애의 입맞춤을 받은 일도 자랑했다.

"혀가 오가지는 않았어."

안나는 그때 기억에 집중하는지 얼굴을 약간 씰룩거리며 침착하게 설명했다. 그뒤로 레드 핫 칠리 페퍼스의 팬이 되었는데, 밴드는 흥이 달아오르면 양말로 성기만 가린 채 나체로 무대를 뛰어다닌다고 했다.

"그럼 너도 실제로 봤어?"

"아니, 미국 간 사촌언니가 찍어 온 영상으로만 봤지."

장구를 치며 도깨비나 부르는 내게 그 얘기는 문화충격이었다. 안나는 홍대 클럽데이에만 가도 헐벗은 남자애들쯤이야 질리도록 볼 수 있다고 했다. 그리고 안나가 어느 고등학교에 다니는 애인지 물었을 때 나는 순간적으로 답을 피하고 요즘 학교는 잘 안 나가고 방황 중이라고 답했다.

"아, 아는 집 중에도 그런 애들 있어. 결국 유학을 보내더라고. 미국으로 곧장 갈 실력 안 되면 필리핀 같은 데를 거치고."

학교 이름을 알려주는 것보다 차라리 등교를 등한시하고 있다고 말하는 편이 낫다는 판단은 어떤 경험에서 나왔을까. 나는 한동안 그 회피의 말이 마음에 걸렸지만 프라이버시 영역이니까 하고 자책감을 덮었다.

낙원하숙이 있던 골목으로 다가갈수록 나는 그 집이 아직 남아 있을지 사라졌을지 심장이 두근거렸다. 있다면 누가 살고 있을지, 사라졌다면 내 모든 기억은 조용히 잠겨 있으면 되는 건지, 침잠된 기억을 이따금 일렁이며 살면 되는지, 지금껏 그랬듯이.

골목 어귀로 다가가 모퉁이를 도는데 누가 뒤에서 어깨를 쳤다. 돌아보니 여기까지 뛰어왔는지 제갈도희가 숨을 몰아쉬며 얼마나 불렀는데 듣지를 못해요, 하고 약간 책망했다.

"아니, 무슨 생각을 그렇게 하느라 전화도 안 받으시고."

나는 그제야 무음으로 해놓은 휴대전화를 꺼냈다. 은세창과 제갈도희가 번갈아 전화한 알림이 남아 있었다.

"시간 늦었는데 집에 어떻게 가시나 하고요. 괜찮으면 우리 집 가서 자요, 언니."

취기 탓인지 괜히 그렇게 불러보고 싶었는지 제갈도희는 호칭을 언니라고 바꿨다. 그게 싫지 않아서 "그럴까?"

하고 선선히 동의했다.

"집이 어딘데요?"

"수색이요."

"그러면 나 잠깐 이 골목 좀 살펴보고 가도 될까? 내가 전에 하숙하던 집이 여전한지 궁금해서."

"아, 여기 사셨구나. 어쩐지."

"어쩐지 뭐요?"

"너무 차분하더라고요. 보통은 여기가 궁이에요? 야, 대온실이 이렇구나 하면서 호들갑 떨기 마련인데. 그런 게 없이 그냥 편안했어."

나는 제갈도희가 지켜봤다는 데 당황했다가 원래 곤줄박이는 사람에게 관심이 많으니까 하고 이해했다. 그리고 제갈도희에게 곤줄박이 닮았다는 얘기를 해주자 그게 뭐든 새를 닮았다는 말 자체가 근사하다고 만족스러워했다. 제갈도희와 나는 골목으로 들어섰다. 골목의 형태 자체에는 큰 변화가 없었지만 사람이 살던 주택들이 공방이라든가 기념관이라든가 하는 시설로 바뀌어 있었다.

"보존가치가 있는 건물들이네요. 여기에 이런 골목이 있구나." 제갈도희가 둘러보며 말했다.

한발 한발 걸어가는데 골목 끝 쪽, 낙원하숙이 있어야

할 곳이 어둑했다. 없어진 모양이구나 결론 내리는 그때 낯익은 지붕이 먼저 보였다. 그리고 닫혀 있는 대문이. 유리 문고리는 어디로 갔는지 없지만 적어도 외견상으로는 그 시절과 달라지지 않은 모습이었다. 하지만 인기척은 없었고 대문에는 매매에 관심 있으면 연락하라는 안내가 한글과 영어로 붙어 있었다.

"문화재등록을 안 했구나, 팔려고 내놓은 걸 보니. 이거 희귀한 2층 한옥 같은데. 언니, 여기 1층 2층 사이에 다락 있지 않았어요?"

나는 그렇다고 고개를 끄덕였다. 틈틈이 거기 내려가 무언가를 정리하던 문자 할머니 모습이 생각났다. 위에서 내려다보면 보이던 환한 가르마도. 제갈도희는 백팩에서 카메라를 꺼내 집 사진을 찍었다.

"어려서 산 집도 멋짐이네요."

초점을 맞추며 제갈도희는 엄지를 들어 보였다.

"나, 평생 들을 멋지다는 말 도희씨에게 다 들은 것 같아. 자존감 장난 아니게 높아진다."

"들을 만하십니다."

나는 마지막으로 내가 지낸 방의 창문을 한번 바라보았고 옛날에는 없었던 나무가 담장 높이로 자란 것을 눈에 담았다.

 그해 여름방학 나는 저녁을 먹고 나면 낙원하숙을 나섰다. 할머니가 시키는 대로 교복을 입고, 크로스백에 일수 장부를 챙겨 넣었다. 교복 입기를 꺼리자 할머니는 그래야 네가 학생인 줄 알 거라고 타일렀다. 내가 내켜 하지 않는 그 점이 심부름에서 가장 중요하다는 식이었다. 나는 할 수 없이 리본 타이까지 챙겨 맸다. 상인들에게 찍어줄 도장도 받았는데, 단단한 재질의 백옥색 도장은 손 닿는 부분이 미세하게 닳아 아주 오래되어 보였다. 할머니는 인주를 묻혀 제대로 찍을 수 있는지 해보라 시켰고 나는 책상에 놓인 다이어리에 도장을 찍었다. 일반적인 도장보다도 지름이 작고 앙증맞았는데 이름 한자는 테두리를 뚫고 나갈 것처럼 사방으로 뻗어 있었다. 기계가 아니라 손으로 새긴 멋진 글씨체였고 어떻게 보면 나뭇잎의 잎맥 같았다.

 창덕궁 앞에서 버스를 타고 동대문에서 내려 청계천을 건너면 평화시장이었다. 해변도 아닌데 색색의 파라솔들이 건물 끝까지 죽 이어졌다. 노점들이었다. 도로변에 면한 1층 매장에서는 잡화류를 팔았고 벌써 가을을 겨냥한

색과 패턴의 스카프들이 그득했다. 시장으로 가까이 갈수록 사람과 짐과 밀차들로 북적댔다. 어린애가 들어갈 만큼 큰 봉지를 든 사람들 사이로 나는 이리저리 떠밀렸다. 할머니가 약도를 그려주기는 했지만 점포를 찾는 것도 일이었다. 사각 나일론 가방을 이고 상인들이 건물 전체를 오가는 가운데 나는 두리번거리며 2층 여성복 매장으로 올라갔다. 약도를 참고해 몇군데를 돌았지만 일수를 받으러 왔다고 하면 일단 사람들은 모르는 척했다. 순순히 내준 매장은 한군데밖에 없었다. 문자 할머니가 미리 전화를 해놓았다고 알려줬는데 이상한 일이었다.

"아니, 개시도 안 한 집에 누가 일수를 받으러 와? 언니도 늙었는지 영 경우가 없어졌어. 하루 장사 망하면 책임진대?"

마네킹의 플라스틱 엉덩이 옆에 서서 란제리 가게 사장이 손사래를 쳤다. 할머니보다 조금 젊어 보이는 여자였는데, 그후 내 쪽으로는 시선도 주지 않고 매대를 정리하는 척했다. 대체 얼마나 많은 브래지어와 거들과 팬티가 쌓여 있는지 누를 때마다 그 손길을 속옷들이 탄력 있게 밀어냈다. 시장은 밤 여덟시에 열어 다음 날 새벽에 폐점했다. 가게를 닫을 때나 적어도 영업을 좀 해서 현금이

야앵(夜櫻)

모였을 때 일수 방문을 받는 게 그간의 방식이었다.

"제가 학생이라 너무 늦거나 일찍은 심부름을 올 수가 없어서요."

양해를 구했지만 사장들은 개시도 안 한 돈통을 열어야 하는 상황을 아주 싫어했고 그 반감을 내게 감추지 않았다.

"내가 지금 학생 사정 봐주게 생겼어? 내일 와, 내일 오면 줄게."

나는 한시간 넘게 쭈뼛거리며 시장을 돌다가 겨우 수첩 두개에 도장을 찍고 밖으로 나왔다. 박스를 짐칸 넘치게 실은 차들이 고가 쪽 신호를 기다리고 있었고 동대문운동장의 조명 타워는 경기장 쪽은 꺼지고 주차장과 풍물시장으로 쓰는 쪽만 환했다. 나는 쓸쓸해져 순신에게 전화를 걸었다. 동대문이라고 하자 만날 추리닝 바람으로 다니는 애가 웬일로 쇼핑을 갔냐고 놀렸다.

"쇼핑은 아니고……"

"쇼핑 아니면 동대문에서 뭐 해? 사장님, 여기 이 라인에 대세요!"

순신은 아르바이트 중이었다.

"아무것도 안 해, 끊어."

그리고 크게 숨을 몰아쉰 나는 다시 평화시장으로 들어갔다. 여성복 매장을 지나 화려하고 짧은 원피스들이 많아진다 싶더니 나중에는 인어공주의 비늘 같은 눈부신 반짝이가 장식된 드레스들이 나타났다. 딴 세상에 온 것처럼 눈이 휘둥그레져서 나도 모르게 그다음 방문지인 '퀸 패션' 사장에게 이건 다 무슨 옷이에요? 하고 물었다. 다른 점포와 달리 그다지 바쁠 것도 맘 급할 것도 없다는 분위기로 텔레비전을 보던 사장은 "응, 여긴 홀복 전문이야" 하고 답했다. 문자 할머니가 보내서 왔다고 말하자 그 역시 내가 원하는 반응을 하지는 않았다.

"내가 지금 마수걸이가 언짢은데."

이 밤의 문전박대는 대체 언제 끝날까 한숨이 나오는 순간, 사장이 의자를 내주며 앉으라고 권했다. 조금 더 기다리면 물건이 팔릴 테니 그때 돈을 주겠다는 거였다. 나는 하는 수 없이 거기 앉아 멍하니 기다렸다.

"정말 멋진 인생을 산 여자 같지 않아?"

사장은 작은 가위로 손톱 주변의 거스러미를 잘라내면서 물었다. 누구를 말하는지 모르겠어서 어리둥절해하자 그는 "오드리 헵번 말이야. 학생「문 리버」도 몰라?" 하고 다시 말했다. 클래식 기타를 든 가수가 텔레비전에서 팝송을 부르고 있었다. 나는 네에, 하고 희미하게 웃어 보였다. 마음이 급한 건 나뿐인 듯했다.

"우리 문자 언니도 멋지게 살았지. 결혼도 깔끔하게 딱 한번만 하고."

불쑥 주어진 정보를 통해서 나는 할머니의 과거를 알게 되었다. 아주 젊었을 때 결혼했지만 "좋은 놈이 아니라" 이혼했다는 걸. 할머니가 할머니가 아니라 문자이기만 했던 시절의 이야기는 일수 걷는 일을 잠깐 잊을 만큼 흥미로웠다. 한번에 자세한 사정을 이야기해주지 않고 선문답 같은 말부터 떡밥처럼 던지는 사장의 독특한 말투 탓에 대단한 미스터리를 푸는 기분이 들었다.

"분명 귀하게 자랐어. 그러다 어느 순간 마음이 끝장나버리는 일을 겪었겠지, 과거 얘기를 잘 안 하는 걸 보면. 그래도 손끝이 매워서 이렇게 성공했잖아. 학생은 손녀라고 했나?"

나는 어떻게 설명해야 할지 몰라 그냥 비슷한 거라고 답했다. 친손녀가 아니라고 하면 왠지 돈을 걷는 데 불리할 것 같았는데 그렇다고 거짓말을 할 수는 없었다. 사장은 비슷한 거? 하고 되묻더니 그냥 심상하게 넘어갔다. 그리고 선반으로 가 전기주전자를 켜더니 커피를 탔고 얼음을 넣어 내게 내밀었다. 나는 한번도 먹어본 적 없는 커피를 최대한 자연스럽게 마셨고 생각보다 달달하고 시원한 맛이 마음에 들었다.

"맛있어요."

"맛있지?"

사장은 자기도 한모금 마시며 설탕, 프림, 커피를 둘둘둘 비율로 넣으라고 알려주었다.

"언니가 창신동에서 시야게공장 돌리면서 여기 매장까지 하나 할 때 너무 예뻤지. 실크 원피스 입고 딱 나타나면 2층 분위기가 싹 달라졌어. 남자들이 줄을 섰지. 학생은 원피스 좋아해?"

"저는 원피스 안 입어요."

"왜?" 사장은 오른쪽 눈썹을 치켜올리며 물었다.

"치마 원래 안 입어요."

"그러면 안 되지, 치맛자락 휘날리면서 살아야지."

뭐라고 말을 이어야 하나 고민할 때 다행히 손님이 왔고 사장은 한동안 이 옷 저 옷을 보여주며 추천했다. 이미 두 손 가득 한 짐을 든 손님은 허리 부분에 움켜쥔 듯 주름들이 잡힌 사롱형 스커트를 색깔별로 사 갔다.

물건값을 받자 사장은 그중 헌 지폐를 골라 일수 돈을

건네주었다. 그러면서 할머니한테 모찌 자주 사다드려라, 좋아하시니까, 하고 당부했다. 물론 일수 돈에 모찌값이 포함되어 있지는 않았다. 마지막 집까지 어떻게든 돌고 1층으로 내려와 할머니가 시킨 대로 경비실 앞 현금입출금기에 입금했다. 녹초가 되었지만 그래도 이 밤의 심부름이 말짱 헛수고는 아니라는 생각이 들었다. 할머니에 대해 알게 되었으니까. 같이 밥 먹고 잠자는 사이가 가족이라면 지금은 문자 할머니도 내 가족이었다. 아마 영영 가까워질 것 같지는 않은 리사나 대학생에 대한 한점 환상도 허락하지 않는 유화 언니와 삼우씨도, 잠은 다른 데서 자지만 어쩌면 딩 아주머니도. 섬에서 서울로 올라오니 확실히 가족의 수가 불어나 있었다. 그렇게 생각하자 순간 마음이 편안해졌고 하수구 냄새를 품은 불쾌하고 텁텁한 밤공기나 우웅우웅 하는 정체불명의 도시 소음이 더 이상 싫지만은 않았다.

그렇게 첫 밤을 마친 나는 되도록 천천히 낙원하숙으로 돌아갔다.

얼마 안 가 나는 밤 열시쯤 시장을 가겠다고 말을 꺼냈다. 그때쯤이면 마수걸이 평계를 대는 상인들이 적을 것 같아서였다. 할머니는 너무 늦은 시간이라 안 된다고 딱 잘랐다. 그 시간에 혼자 도시를 떠도는 아이들은 부모 없는 아이들뿐이라고.

"내가 같이 가줄까?" 삼우씨가 국을 떠먹다가 물었다. 같이 갈 사람이 있다고 거절하자 다시 고개를 숙이고 우거지를 건져 우적우적 씹었다.

"누구랑 같이 가려고?"

할머니가 물었을 때 답한 사람은 리사였다.

"왜 걔 있잖아요. 여기 뒷집에 사는 공고생, 자기 아빠랑 같이 우리 집 수도도 한번 고치러 왔잖아요."

"순신이?" 할머니는 이름을 알고 있었다. 시간을 내서 순신이 같이 가주기로 했다고 내가 설명하자 할머니는 행주를 접어 서랍에 넣으며 곰곰이 생각한 뒤 허락했다. 어차피 열흘이면 깁스를 푸니까, 그때까지만 부탁한다고. 할머니에게는 버스를 타고 간다고 했지만 나는 그 길을 순신과 자전거를 타고 갔다. 나를 태우고도 순신은 별로 힘들어하지 않고 도로를 달렸다. 노란 보안등이 켜진 율곡터널과 긴 담장의 종묘와 탑골공원과 종로를 일주하는 내내 우리만의 거리가 이어졌다. 신호대기에 걸려 자전거를 멈춰 세웠을 때만 대화를 나누는 조용한 드라이브였지만, 그 틈을 어떤 말로 채워넣어야 한다는 조급함이 느껴지지는 않았다. 가만히 침묵할 때 오히려 뭔가가 더 힘 있고 따뜻하게 부풀어올랐다.

나는 폐점시간이 되어 문이 다 닫힌 종로의 귀금속 가게 앞을 지나다 "나 너 사랑해!" 하고 나도 모르게 고백했다. 나도 나지만 순신은 정말 놀랐다. 걔는 자전거를 세우고도 뒤를 돌아보지 못한 채 "지금 무슨 말을 한 거야?" 하고 물었다. 마치 그런 괴상한 말은 처음 들어본다는 투였다.

"사랑한다고."

"뭐라고?"

나는 얘가 귓구멍이 막혔나 싶어서 어깨에 얼굴을 바짝 가져다 대고 "사랑한다고, 안 들려?" 하고 외쳤다. 순신은 양쪽 다리로 자전거를 지탱하더니 핸들바를 놓고 뒤돌아 나를 꽉 안았다. 나는 좋은 부분을 오려내 남기지 못하고 어떤 시절을 통째로 버리고 싶어하는 마음들을 이해한다. 소중한 시절을 불행에게 다 내주고 그 시절을 연상시키는 그리움과 죽도록 싸워야 하는 사람들을. 매일 아침 눈을 뜨자마자 그 무거운 무력감과 새도복싱해야 하는 이들을. 마치 생명이 있는 어떤 것의 목을 조르듯 내 마음이라는 것, 사랑이라는 것을 천천히 죽이며 진행되는 상실을, 개를 사랑하고 이별하는 과정이 가르쳐주었다. 물론 동대문시장까지 밤의 자전거를 타고 오가던 계절에는 알지 못했던 일이었다.

시간을 늦춰 간 덕분인지 남자애가 따라와서인지 일수는 전보다 수월하게 걷혔다. 나 혼자 왔을 때는 요즘도 할머니가 일본식 가마솥 욕조에서 목욕을 하냐며 기분 나쁘게 묻던 올림픽유니폼 사장도 별말 없이 돈을 내주었다. 하숙집으로 돌아가던 어느 밤, 나는 가회동성당 앞에 잠깐 서자고 했다. 외할머니가 살아 계실 때는 나가다가 그때는 다니는 둥 마는 둥 하고 있었지만 그날은 닫힌 성당 문이라도 보고 싶었다. 내가 성호를 그으며 기도하는 모습을 신기하게 보던 순신이 "너 성당 다니는 애였어?" 하고 물었다. 내가 그렇다고 하자 거기서 뭘 배우냐고 다시 물었다.

"구원에 대해 배워." 나는 성당에서 늘 들었던 단어를 답했다.

"구원이 뭔데?"

어려운 질문이었다. 누가 그것에 답을 할 수 있을까.

"그건 수난이 그치는 거야."

그러자 당연한 수순처럼 순신이 수난이 뭐냐고 물었다. 나는 순신에게 손바닥을 펼쳐보라고 했다. 그리고 거기에 얼음조각이 놓여 있다 상상해보라고. 그러면 어떻겠어? 하고 물었다. 순신은 아주 시원할 것 같다고 해서 내 김을 빼놓았다. 나는 지금이 겨울이라 생각해보라고 다시 조건을 달았다. 이제 더이상 매미도 울지 않고 나뭇잎도 일렁이지 않는다고, 길이 얼어 자전거를 탈 수도 없고 옷 밖으로 몸을 내놓으면 아플 정도로 바람이 차고. 그런 겨울에 손바닥에 얼음이 있으면 손이 얼겠지, 아프고 따갑고 시렵겠지, 그런데 얼음을 내던질 수는 없고 가만히 녹여야만 한다고 생각해봐. 그 시간이 너무 길고 험난하게 느껴지겠지, 그런 게 수난이고 그럴 때 하는 게 기도야.

"그 얼음 나중에 녹아 없어지기는 하는 거지?" 순신이 제법 진지한 얼굴로 물었다.

"당연하지."

나는 녹지 않을 수도 있다고 생각했지만 답을 들을 사람이 순신이라서 힘주어 말했다.

"다행이다."

이후 원서동을 떠나오고 나서도 그 대화만은 잊고 싶

지 않았다. 그 순간 우리가 주고받은 당연하고 다행인 구원에 대해서만은.

*

지표투과 레이더 분석결과서를 여러번 요청했지만 은세창은 '준비 미흡 양해 요망'이라는 문어투 메시지로만 회신하고는 응답이 없었다. 누구를 만나러 다니는지 사무실에 붙어 있지 않았고 소장과 독대하며 오랫동안 회의했다. 계약직으로 몇군데 회사를 돌면서 익힌 처세법 중 하나는 알려주기 전까지 너무 알려고 하면 안 된다는 것이었다. 처음에는 의욕으로 봐주다가도 상황이 안 좋으면 바로 불편한 오해로 넘어가버리니까. 지금 사무실은 각자 업무가 완전히 달랐기 때문에 우호적인 분위기였지만 만약 애매하게 걸쳐 있다면 원치 않는 신경전을 벌여야 할 수가 있었다. 나는 더는 묻지도 재촉하지도 않았다.

그 문제가 아니라도 할 일은 쌓여 있었다. 시굴 조사 허가를 받아 대온실 바닥을 파보니 일제강점기 때 타일들이 발견된 것이었다. 동궐관리청 쪽에서도 반색했고 작업장 분위기가 금세 좋아졌다. 사실 실측에서 시굴 작업을 허락받는 건 흔하지 않은 일이라고 했다. 공사의 뼈대를 짜는 중요한 단계였지만 건물 속을 들여다볼 수는 없는 게 수리 설계의 난점이었다. 경험과 데이터 그리고 아주 중요하게는 상상으로 계획을 세워야 했고 따지고 보면 그건 영화나 소설의 스토리보드를 쓰는 일과 다르지 않아 보였다. 하지만 현재 타일이 설립 당시와 다르리라는 가설 아래 우선 한쪽을 파보자 제안했고 다행히 뭔가가 나오긴 나온 것이었다.

"팠는데 안 나오면 어떻게 되는데요?"

대온실의 커다란 야자나무 아래에서 내가 물었을 때 제갈도희는 미안하게 됐습니다, 하는 거죠 뭘, 하고 농담했지만 다른 직원은 예산 허투루 썼다고 문책당할 수도 있어요, 하고 진지하게 답했다. 드릴로 파보니 지금의 황토색 타일 밑은 콘크리트로 타설되어 있고 그 아래 또다른 타일이 있었다. 아마 대온실이 만들어진 20세기 초에는 손으로 일일이 유약을 바른 고급 타일이었을 거라고 소목이 말했다. 복원한다면 그렇게 되살리면 좋겠다고. 나는 소목의 말을 메모해두었다. 직원들은 타일 더미를 회사 창고로 옮긴 다음 분류를 시작했다. 조금이라도 모양과 색이 다른 것들을 가르는 작업이었다.

그러다 어느 오전 제갈도희가 사무실로 뛰어올라와 검지손가락만 한 타일 조각을 보여주었다. 나로서는 어떤 점에서 그렇게 의미 있는지 언뜻 알기는 어려웠다. 제갈도희가 조각에 희미하게 걸쳐 있는 선을 가리키며 백년도 더 된 타일의 무늬를 찾았다고 흥분했다. 원래는 지금처럼 민무늬가 아니었던 거라고.

"그 시절 사진이 있으면 더 정확하겠네요."

내가 호응하자 곤줄박이는 "그러면 너무 좋죠" 하고 눈을 반짝였다. 동궐관리청 자료가 필요했지만 이번에는 공문을 쓰지 않고 아랑씨에게 직접 연락했다. 대온실이 완공된 이후 순종을 비롯한 왕족들은 그곳에서 산책을 하거나 외국 대신을 맞이하기도 했는데, 그런 사진이 참고가 될 것 같았다.

아랑씨는 그날 밤 바로 이메일을 보내왔다. 식물원 안에서 촬영된 사진에는 백이십여년 전 대온실의 모습이 생생했다. 유리창이 열려 있고 천장에 대나무발이 쳐져 있는 걸 보면 여름이었다. 그렇게 해서 하절기 온실 온도를 조절했기 때문이다. 일본식 제복에 구두를 신고 검을 바닥으로 향하게 잡고 있는 어린 소년은 후에 영친왕이 되는 이은이었다. 경비대로 보이는 군복 차림의 한 남자 외에 어른 여덟명은 연미복에 톱해트를 쓰고 있었다. 관리들이었다. 이은을 앞세우고 모두가 배경이 되어 서 있지만 카메라를 똑바로 바라보는 이들은 어른들이었고, 소년은 앵글의 초점에서 벗어나 커다란 바나나나무 잎을 응시했다. 제갈도희의 예상대로 그들은 네 타일이 맞춰져 가운데에 마름모를 이루는 무늬타일을 밟고 서 있었다. 이메일로 그 사진을 제갈도희에게 보내놓고 퇴근 준비를 하는데 소장이 들어왔다. 아무도 없는 줄 알았는지 나를 보자마자 "아, 깜짝이야" 하고 놀랐다.

"죄송합니다."

"죄송하기는. 영두씨가 그럴 건 없지. 사과 너무 많이 하지 마, 그러면 자꾸 미안해하는 역할만 맡게 된다."

소장은 왜 혼자 야근까지 하느냐 물었고 그 시대 타일 자료를 찾았다고 하자 잘됐다며 잠깐 얼굴을 폈다. 오늘도 공사업자가 대금만 받고 날라버렸나, 기분이 가라앉아 보였다.

"지난주인가? 내가 전달한 이메일 받았죠? 영국에서 온 것."

"네, 받았습니다. 인상적이었습니다."

"어떤 점이?"

소장은 자기 방문을 열려다 말고 뒤돌아서 물었다. 나는 순간 당황했는데, 소장이 이렇게 관심 보일 만한 말이었나 싶어서였다.

"큐가든에서도 철목재 혼합으로 온실을 지었다는 답메일인데 자기가 인상적이었다고 하니까 나도 인상적이라서 궁금하네. 소목이 영두씨는 자기 세계가 분명한 사람이라고 그랬거든. 시간이든 생각이든 한번 하고 버리는 게 아니라 남겨두었다가 거기에 다시 시간과 생각을 덧대 뭔가 큰 걸 만들어가는 사람 같다고."

소장은 약간 취해 있었는데 그러고 보니 거의 매번 술기운을 띠고 있기는 했다.

"약간 마음에 남더라고요. 그건 그 시대 많은 건물들의 한계다, '푸어'한 설계능력과 푸어한 노동력, 푸어한 목재와 푸어한 기술의 시대가 남긴 문제라는 데 동의하면서도 뭐랄까, 그렇게밖에 볼 수 없어? 하는 반감이 들었어요."

"영두씨 되게 섬세한 사람이구나, 유리처럼."

나는 뭐 그렇지는 않다고 손을 내저었다. 그냥 반복되는 '푸어'(poor)라는 단어가 싫었을 뿐이라고.

"그러면 영두씨," 소장은 말을 꺼냈다가 아니다, 하고 고개를 흔들었다. 그러고는 유리도 물리적으로나 온도로

야앵(夜櫻)

나 종류별로 다 다른데 이번 수리에서는 어떤 유리로 바꾸려나, 혼잣말하더니 방으로 들어갔다. 안전운전하라는, 이제 슬슬 자유로의 밤안개를 걱정해야 하는 계절이 왔다는 당부와 함께.

다음 날 점심시간이 되자 제갈도희가 능이백숙을 먹으러 가자고 나섰다. 샌드위치로 점심을 해결하겠다는 은세창을 우격다짐으로 내 차에 태워 회사 근처를 벗어났다. 시골길 흥취가 가득한 둑길을 달려 백숙집에 도착하자 사장님이 오셨어? 하고 알은체를 했다. 미리 예약해놓은 백숙이 솥에 담겨 가스버너로 올라왔고 보글보글 끓는 국물을 셋 다 말없이 지켜보았다. 이윽고 제갈도희가 답답해 죽겠다는 듯이 말을 꺼냈다.

"뭔데 요새 계속 엄근진하기만 하고 말을 안 해요? 선배답지 않게. 한 팀이라면서, 우리 한 팀인데 왜 비밀을 만드냐고요?"

"도희씨, 내가 뭘 숨겼어? 그런 거 없다. 영두님, 제가 그래요?" 은세창이 뭔가를 고심한다는 건 나도 느꼈기 때문에 별수 없이 "엄청 티가 납니다"라고 답했다.

"티가 나는 정도가 아니야. 출근해보면 선배 자리만 장마예요, 그쪽만 우르르쾅쾅이라니까요."

은세창은 명이절임을 집어 먹으며 다시 입을 꾹 다물었다.

"답답하네. 뭐야, 거기서 시체라도 나왔어요?"

나는 그 말이 재밌어서 웃었는데 은세창이 자포자기한 투로 맞아,라고 말했다. 조용한 테이블 위에 주인아주머니가 앞접시 세개를 탁탁탁 놓고 갔다.

"말하기 싫으면 싫다고 하면 되지, 왜 그런 쌔한 농담을 해요?"

제갈도희가 설마 하는 표정으로 겨우 침묵을 깼다. 은세창이 국자로 우리 앞에 닭고기를 한덩이씩 놔주면서 감당도 못할 거면서 왜 캐묻니, 하고 탓했다. 사람이 말을 안 하고 있으면 다 깊은 뜻이 있는 거지, 업무 부담을 팀원과 나누지 않고 홀로 수난을 감당하려는 자신의 깊은 뜻을 왜 모르느냐고.

"진짜 결과가 그렇다면 제 보고서에도 상세히 넣어야겠네요."

은세창은 데이터상으로 꽤 많은 이상대(異常帶)가 잡혔다고 설명했다. 공동(空洞)은 물론이고 파이프라인으로 보이는 구조물, 상세 조사가 필요할 다수의 부정형 반응물. 기껏해야 무너진 지하실 정도겠지 생각했던 은세창은 판도라의 상자를 연 기분이라고 고백했다.

"전파를 쏘면 전하량에 따라 반응이 다르고 그 신호를 프로그램으로 처리하면 어떤 이질적인 것들이 매장되어 있는가 등등을 알아볼 수 있거든요. 보유하고 있는 수분량으로 유전상수라는 걸 구해 매질 종류를 분석하는 게 대표적인데 진공일 때를 유전상수 1이라고 하면 아스팔트는 6이고 종이는 3이고 유리는 5, 6, 같은 모래라도 젖은 모래랑 마른 모래랑 또 다르고요."

"제가 제물포여서 그러는데 그런 거 다 부도체 아니에요?"

시체라는 말에 놀라서 말을 않던 제갈도희가 불쑥 물었다.

"제물포?"

"'제갈도희는 물리 포기'의 준말이에요. 제 학창 시절 별명."

"그런데 어떻게 건축학과에 들어왔어?" 은세창이 어이없다는 듯이 물었다.

"그게 인생의 신비죠."

은세창은 그런 물질이라도 전기장 안에서는 양전하, 음전하 같은 극성으로 분리된다고 설명했다. 심지어 얼음조차 그렇다고. 데이터를 분석해보니 지하 벽면과 계단 같은 건물지 잔족 흔적들이 발견됐고 하나의 공간이라 할 수 없는 분리대가 보였다. 도기, 나무, 철제, 특히 유리 반응이 많아 아무래도 배양실 쪽이 더 합리적일 것 같은데, 반응 모양이 뼈들로 추측되는 데이터가 나온 거였다. 제갈도희와 나는 고기를 뒤적이다가 젓가락을 천천히 내렸다.

"발주처에는 알렸어요?"

"소장님이 장과장을 만난 걸로 아는데 용건이 뭐였는지는 모르겠어요. 그런 건은 공문 안 내도 잘 만나주더라고요. 골치 아플 것 같았는지."

"선택적 공문성애자였네, 보신주의 끝판왕이네."

제갈도희가 화난다는 듯 한마디 했다.

"영두님, 지하 배양실은 뭐 어떤 곳이었어요?"

나는 그 시절 배양실은 아무나 출입할 수 없는 곳이었다고 설명했다. 외국에서 들여온 값비싼 기구와 식물들이 있는 공간이니까 주로 일본인 관리들이 드나들었다. 그런 지하 배양실 기록이 남아 있지 않은 이유를 나는 후쿠다 노보루의 당시 행적과 관련해 추측해보고 있었다. 대온실이 완성된 이후 후쿠다가 통감부 관리들과 크게 싸우고 온실 관리 일에서 손을 떼버렸기 때문이었다. 후쿠다의

'불화력'은 대한제국 대온실에서도 여전했고 사직 이유도 후쿠다식으로 일관됐다. 식물원은 식물을 보는 곳이며 그런 점에서 미술관에 비견될 수 있는데도 관리들이 겉으로 보이는 건물 모습에만 신경 쓰는 것을 통탄했다. 그들은 어차피 조선인들이야 무슨 식물이 있든 꽃만 피어 있으면 족하다며 후쿠다가 생각하는 식물원의 미적, 교육적 가치를 무시했다. 후쿠다는 조선인들을 배척하고 욕하며 망령되이 굴지 말고 계몽 의지를 가지고 교육에 나서라며 비판하고는 내원국장직을 사임했다.

순종이 창덕궁과 창경궁에 박물관과 식물원 그리고 동물원을 만드는 데 동조한 것도 교육을 위해서였다. 순종은 어찌 되었든 왕궁 문을 직접 열어 근대 문물 수용에 앞장서는 행동을 취했다. 유서 깊은 궁에 백성들의 흙발이 들어서는 일은 참을 수 없다며 대신들이 들고일어나자 고례를 따르더라도 명군은 백성과 함께 즐긴다며 무릇 '해락(偕樂)'이라는 글자를 잘 새기라고 물리쳤다.

물론 기록을 그대로 믿을 수는 없었다. 모든 일에는 정황이 중요하고 특히 식민지 초입이란 여러 이해와 계산이 얽혀 진실의 행방이 더 묘연해지니까. 후쿠다가 일본 한자작의 저택에서 이토 히로부미와 조선 황족 이준용, 궁내부 대신 민병석, 농상공부 대신 송병준으로부터 식물원 건립에 대해 들었을 때 그 목적은 병약한 순종을 위로하기 위해서였다.

그 대화에서 순종은 황제로서나 인간 자체로서나 쇠진해버린, 휴식과 안락이 필요한 나약한 존재로 다루어지고 후쿠다 역시 그에 대해서는 별다른 이견이 없었다. 하지만 황제는 궁내부에 명을 내려 박물관 등으로 변한 동궐의 학생 관람을 적극적으로 유치했고 대신들에게는 아직도 꿈에서 깨지 못하는가,라고 호통쳤다.

해방 이후에도 오랫동안, 장과장이 말한 것처럼 케이블카 같은 유흥시설을 확충해가면서 유원지로서 사람들이 즐겼다는 점은 또다른 상징성을 생각하게 했다. 해방 이후 황실 재산을 관리한 구황실재산사무총국은 창경원 경내 전역에 전등을 가설하고 심지어 무대를 만들어 공연과 문화영화 등을 올렸다. 밤벚꽃놀이, 야앵은 그렇게 흥행해 한국전쟁이 채 끝나지도 않은 1952년과 이듬해에도 행해졌고 참여객은 날이 갈수록 늘어 1974년에는 2백여만명이 봄소풍을 즐겼다.

아랑씨가 준 사진 중에는 1926년 순종 승하 당시 홍화문 앞 전경을 찍은 것도 있었다. 이 시기 창경원은 두달

간 문을 닫았고 해방 후 재정비한 뒤 다시 개방되었다가 1950년 5월 12일 대통령 이승만의 지시로 또 한번 폐쇄된다. 그는 미국과 일본의 사례를 들며 어느 나라에나 신역이 있다고 했다. 패전국임에도 일본이 천황의 궁성을 개방하지 않듯 창경궁, 창덕궁의 문도 도로 닫아야 한다는 것이었다. 하지만 그때의 폐쇄는 훼손을 복원하려는 의지였다기보다는 자기 입지를 위한 것이었다. 구황실 재산을 어떻게 처리할지 논하던 때였고 스스로를 이왕가의 후손이라 여긴 그의 이름으로 동상이 서고 있었다. 그러나 궁을 다시 열라는 대중의 요구는 사그라들지 않았고 야앵은 재개됐다.

수은등을 달아 밤의 운치를 더하고 고목들을 뽑아낸 뒤 건장한 벚나무 6백그루를 옮겨 심어 더욱 화려한 상춘의 밤을 만들게 한 대중의 갈망을 상상하다보면 세찬 바람이 만들어내는, 너울거리는 물결에 비친 너무 많은 얼굴들과 맞닥뜨린 기분이었다. 복원과 수리를 통해 어떤 얼굴들을 그 물결에서 건져내게 될까 아직은 모호했다.

"제가 배양실 상상도랑 해서 페이퍼 보내드릴게요."

"페이퍼까지요? 그렇게까지 해주시면 감사합니다."

은세창이 냄비에 누룽지를 넣으며 이거라도 다 먹고

일어서자고 했다.

"근데 동물일 수도 있잖아요? 동물원이 있었으니까."

분위기를 바꿔보려고 내가 말했다.

"맞아요, 그러면 그게 뭐 큰일이에요? 동물원에 동물 뼈 있는 게." 제갈도희가 맞장구쳤다.

"근데 동물들이 왜 굳이 지하실 계단까지 내려가서 죽었을까?" 은세창이 누룽지를 우물우물 삼키며 물었다.

"누가 복날이라 잡아먹었나보죠."

그 말은 가뜩이나 없어진 입맛을 뚝 떨어뜨렸고, 오늘 점심 메뉴 완전 실수였다고 제갈도희가 시무룩하게 말을 맺었다.

퇴근하고 집으로 돌아간 나는 급한 빨래와 청소부터 했다. 치우는데 안방 문이 쾅 닫혀서 나도 모르게 "아, 뭐라도 받쳐놓지" 하고 허공에 소리쳤다. 아무도 없는데도. 아빠와 살 때의 습관은 늘 불쑥 튀어나왔다. 동네 어귀에서 트럭 소리가 나면 아빠가 오나 했다가 맞아, 아빠는 죽었지, 하고 되짚기도 했다. 성당에 다니면서도 그 표현은 하늘나라에 갔지,라든가 천국에 있지,라고 나오지 않았다. 죽었지,라고 마음속으로 말했고 그게 더 진실에 가까운 듯 느껴졌다. 나처럼 신심이 모자란 신자에게 아빠의

야앵(夜櫻)

죽음은 그냥 손쓸 수 없는 종료로만 남아버렸기 때문이다. 다 돌아간 세탁기에서는 얼룩이 그대로 남은 흰 티셔츠들이 나왔다. 하는 수 없이 따로 골라냈다.

낙원하숙 시절 문자 할머니는 당신 방 청소와 빨래는 딩 아주머니에게 맡기지 않고 스스로 해결했다. 속옷뿐 아니라 거의 모든 옷을 삶아 입었기 때문에 아주머니에게 맡길 수도 없었을 것이다. 그랬다가는 "형님 나 무럽다 나가요, 무럽" 하며 울상을 지었을 테니까. 나는 딩 아주머니의 찡그린 표정을 떠올리며 피식 웃었다. 할머니는 평소 흰옷을 즐겨 입었고 옛날 방식대로 잿물을 이용해 빨래를 삶았다. 마당 한구석에 버너와 들통이 나와 있는 풍경은 일상이었다. 비가 오면 재가 든 시루를 빗물 홈통 밑에 두어 잿물을 만들었다. 빗물은 약산성이라 자연스레 산화가 일어난다고 두런두런 설명해주었다.

"할머니 학교 과학시간에 그런 걸 배웠어요?"

할머니는 공부를 많이 했다고, 그러니 그분 말을 잘 들어야 한다던 아빠의 당부가 생각났다.

"아니, 학교에서는 배우지 않았고…… 아버지가 가르쳐줬지."

나는 리사에게 들은 얘기 때문에 그 아버지가 친아버

지인지 양아버지인지 순간 궁금했지만 그렇게 물을 정도로 철이 없지는 않았다. 빨래를 삶는 날에는 집 전체에 비릿한 냄새가 풍겼다. 악취에 가까운 그 냄새로 흰 것은 가장 희게 되고 깨끗한 것은 가장 깨끗하게 된다는 사실이 잘 믿기지 않았다.

여기저기 던져놓은 책을 정리하고 창문을 열었더니 종이모빌이 바람에 흔들렸다. 추석을 앞두고 공기는 청명한 찬 기운을 품고 있었다. 나는 책상에 앉았다. 어린이놀이터 옆에도 배양실이라는 이름으로 노지 재배실이 있었고 그에 관한 기록은 드문드문 존재했다. 하지만 문제가 된 부속사 지하 배양실에 관해 말해주는 건 적어도 지금은 기노시타 코주의 기록뿐이었다.

기노시타는 글을 적는 1943년 현재 온실은 여전히 개화되고 과학화된 시설을 갖추고 있다고 썼다. 일본 유학 시절 신주쿠교엔과 농업시험장 등지에서 본 것에 뒤지지 않는다고. 구조는 이랬다. 목재계단을 내려가면 전실이 있고 개량된 식물들을 순화시키기 위한 지하 온실로 이어졌다. 온실에는 2척 폭의 통로가 있고 식물들이 길이 8척짜리 판상 양쪽에 놓였다. 온실 끝에는 나무문이 있었고 통과하면 기구를 세척하고 건조하는 준비실과 배양실험실이었다. 그리고 또 이어지는 가장 안쪽이 영국제 보일러가 온수를 공급하는 보일러실이었다.

지하 온실은 대온실처럼 유리지붕을 한 작은 규모의 방이었고 온수배관을 설치해 한겨울에도 18도 아래로 떨어지지 않았다. 그가 소년 시절부터 지켜본 대로 온실에는 상당한 종류의 식물이 관리되고 있었지만 글 쓸 당시는 태평양전쟁 중이라 수가 줄어 있었다. 기노시타는 축소된 시설 운영 예산을 우려했다. 동물원 동물들을 위한 옥수수콩이나 아주까리도 직접 심고 있다고 적었다.

유학을 가기 전 그가 잡부로 일할 때까지만 해도 진귀하고 아름다운 난과 분재, 국화와 달리아 같은 다양한 식물이 쉴 틈 없이 자라고 바나나와 파파야, 멜론까지 열매를 맺었다. 청소를 하려고 드나들기만 해도 문명 지식이 머리에 저절로 담길 정도였다고 표현했다. 스포이트, 비커, 삼각플라스크, 알코올램프, 샬레, 건습계, 메스 등이 있는 신세계였고 다양한 화학혼합물이 수돗물처럼 쏟아지는 밸브였다. (그는 수도도 궁에서 처음 보았다고 했다.) 실험실에는 과인산석회, 유산암모늄, 탄산칼슘처럼 그 당시 금비(金肥)라 불리던 비료와, 삽수를 소독하고 발근시키기 위한 과망간산칼륨액, 양의 지방에서 얻어 서로 다른 줄기와 뿌리를 접목시킬 때 썼던 라놀린, 개량된 식물을 활착시키기 위한 자당액 같은 신기한 질료들이 서랍장에 꽉 들어차 있었다.

그러던 어느 날 그곳에서 소년 기노시타에게 특별한 일이 일어났다. 실험하고 남은 오수를 모으러 들어가자 가마야마 마사시(釜山昌)라는 원정이 소년을 부른 것이다. 나는 눈에 익다고 생각하며 이름 밑에 줄을 그었다. 가마야마는 대나무 대에 시옷자 모양으로 자른 면도칼을 끼워 뭔가를 만들고 있었다.

"기노시타, 이리 와봐."

그는 소년을 부르더니 펜치를 들려주며 면도칼을 자기처럼 잘라보라고 했다. 소년이 본 대로 정확히 만들어내자 "보기보다 머리가 도는 녀석이군" 했다.

"이게 뭔지 아나?"

물론 소년은 알았다. 관리들이 짐작도 못할 정도로 이미 소년은 많은 지식을 획득해놓았다.

"눈따기용 메스입니다."

"눈따기가 뭐지?"

"식물의 싹을 일부 제거해 다른 싹의 생장을 왕성하게 하고 꽃눈이 분화하게 하는 전지의 일종입니다."

그러자 가마야마는 의외라는 표정을 지었다.

"너희 집은 뭐 하는 집이었나?"

"강화에서 논농사를 짓습니다."

"집에선 호미질만 했겠군. 조선인들은 말이야, 제초기를 나눠줘도 쓰지를 않고 호미만 써서 풀을 뽑는다니까. 농예의 세밀함이 부족하다고."

가마야마는 그렇게 말하더니 약간 창백하게 웃었다. 기계를 쓰지 않고 조선식대로 두레가 마을을 돌며 제초하는 건 사실 효과가 크기 때문이었다. 그런 두레 논매기를 해야 호미가 땅을 뒤집어 풀을 뽑는 동시에 흙에 공기도 넣어줄 수 있었다. 하지만 소년은 그 당시에는 그런 말을 하지 않았다. 완전한 일본어를 구사하지는 못했겠지만 어조나 억양 같은 것으로 안전한 사람과 안전하지 않은 사람을 구분하지 않았을까.

"기노시타, 너는 내가 누구라고 생각하냐?"

회상은 계속됐다.

"나는 어려서 오니 아이라고 불렸다. 부모랑 전혀 안 닮은 애들을 내지에서는 그렇게 부르거든."

하지만 호리호리하게 마르고 수염 없이 매끈한 턱을 지닌 그는 오니, 곧 도깨비와는 거리가 먼 인상이었다. 가마야마의 목소리는 높고 가늘었으며 공무에 열심이었기에 만성적인 비염을 앓았다. 다른 원정들은 가마야마가 '키네마'에 빠져 있어서 그렇다고 농담했다. 간드러지는 변사 목소리를 복사해버렸다는 거였다. 눈에 항상 핏발이 서 있는 것도 희락관과 중앙관 같은 극장이 있는 혼마치를 밤새 들락거려 그렇다고. 내지인 전용 영화관뿐 아니라 조선인 극장까지 드나들 정도로 내선 구분이 없는 분이라고 기노시타는 소개했다. 그리고 현재 가마야마는 동식물원부 부장 겸 이왕직(李王職) 촉탁사무관으로 승진했으며 기발한 질문을 즐기던 쾌락성을 아직도 유지하고 있다고 맺었다.

기노시타가 정말 그를 믿었는지 아닌지는 알 수 없지만 칠년 뒤인 1935년 가마야마의 추천으로 일본에 건너가 식물학자 나카이 다케노신(中井猛之進)의 조수로 일하며 야간고등학교를 졸업한다. 연구실에서는 조선어 번역과 자료조사를 맡았다. 나카이의 후학들이 보내는 한반도 식물들을 모아 학계 보고를 위한 준비를 했다.

조선에서는 매일같이 표본들이 도착했다. 3천여종에 달하는 조선의 새로운 종과 속이 나카이 이름으로 등록되었고 고유종 수백종에는 나카이 본인 이름이 붙기도 했다. 그런 집념의 인종(忍從) 끝에 조선 식물들이 학명을 얻고 개척되었다며 기노시타는 나카이를 추켜올린다. 현재 도쿄대에 보관된 수만점의 식물표본 역시 나카이의 명명을 기다리고 있다고. 나는 잡지 편집자가 달아놓은 부기를 확인했다. 식물표본 수집에는 모리 다메조, 도이 히로노부 같은 다른 일본인 식물학자와 조선인 식물학자들도 기여했다고 덧붙여져 있었다.

"이모, 안에 있어요?"

창문을 열어보니 산아가 자전거를 끌고 마당에 들어와 있었다. 집에서 자전거를 타고 와도 삼십분은 걸리는 거리였다. 열한시가 다 된 시각에, 말도 없이 왜 왔나 싶어 얼른 들어오라고 했는데 산아는 움직이지 않았다.

"우리 바다 보러 가요."

석모도 사람이 바다가 보고 싶다는 건 뭔가 마음 답답한 일이 있다는 거였다. 어려서 다리가 생기기 전에도 부부싸움을 한 이웃 아주머니들이 횡하니 집을 나가 부두에 서 있는 광경을 종종 보곤 했다. 건널 수 없다는 사실이 위로가 되었던 걸까, 아니면 거기에 육지가 있기에 언제든 건널 수 있다는 확인이 위로가 되었던 걸까. 나는 하던 일을 접고 산아를 차에 태워 해수욕장으로 향했다. 산아는 어디 여행을 가는 사람처럼 백팩까지 멘 채였다.

아이 때는 다리가 있으나 없으나 어디를 갈 수 없는 건 매한가지다. 어른이라는 벽이 둘러싸고 있으니까. 우리 곁에 균열이 나지 않은 어른은 없다. 그러니 불안하지 않은 아이도 없다. 지금 목격하는 저 삶의 풍랑이 자신의 것이 될까 긴장했고 그러면서도 결국 자기를 둘러싼 어른들이 세파에 휩쓸려 사라질까봐 두려웠다. 마구 달려서 자기 마음에서 눈 돌리지 않으면 견딜 수 없는 순간이 아닐까. 나는 아마 산아도 그래서 자전거를 타고 달려오지 않았을까 짐작했다.

해수욕장에는 텐트 두동이 세워져 있고 방금 캠프파이어가 끝났는지 잔불의 재가 바람을 따라 자그맣게 소용돌이쳤다. 바닷물은 갯벌 끝에 쳐진 그물과 부표를 흔들며 우리 쪽으로 밀려왔다. 바다를 향한 갈매기들의 부리가 어둠 속에서 노랗게 빛났다.

"산아 속상한 일 있어?"

"속상해요."

이럴 때 왜냐고 물으면 오히려 입을 닫지 않을까. 내가 모래밭에 퍼질러 앉자 산아도 그 옆에 따라 앉았다.

"난 갈매기가 싫어."

"그렇겠지."

"이모가 그걸 어떻게 알아요?"

산아는 나한테도 화풀이를 하고 싶은지 퉁퉁 부은 목소리로 물었다.

"사람들은 어쩐지 자주 보는 건 결국 싫어해. 마음이 닳아버리나봐."

"건전지예요? 닳게?"

"많이 쓰면 닳지, 닳아서 아예 움직이지 않기도 하는걸."

산아는 말없이 모래를 퍼내기 시작했다. 얕은 모래 둔덕을 세우더니 두 손으로 두드려 단단하게 만들었다. 토끼 키링을 빼서 상자처럼 틀이 잡힌 모래밭에 넣었고 근처에서 조개껍데기를 모아 다리도 놓았다. 그러다 무언가 모자랐는지 일어나 어슬렁거렸고 누군가 잃어버리고 간 주사위를 가져와 그 안으로 던졌다.

"도둑질이 멈추지를 않아."

전학 온 애를 말하는구나 나는 알아챘다. 정신적 문제를 가지고 있는 애들에게 도벽은 흔한 증상이었다. 하지만 그렇게 말한다고 산아의 기분이 나아질 것 같지는 않았다.

"김스미 바보 멍충이 같애. 왜 갖고 싶지도 않은 물건을 훔치는 건지 모르겠어. 차라리 돈을 훔쳐, 이 멍청아."

산아는 물웅덩이 쪽을 향해 가더니 플라스틱 생수병을 주워 바닷물을 담아 왔다. 지나치게 바빠서 지금 내뱉는 말은 하나도 중요하지 않다는 듯이 굴었다. 도와주고 싶지만 바닥을 구르는 주사위의 결과처럼 통 알 수 없는 마음을 가진 애를, 서울 어딘가의 벌집 아래에서 흘러들어온 가엾은 애를 탓하는 것이 아니라 그저 모래장난을 하고 싶을 뿐이라는 듯이.

"훔치고는 기억 안 난다고 거짓말까지 해."

"거짓말이 아닐 거야."

나는 바짓단을 털어주며 말했다. 산아는 아주 어렵게 세상에 나왔다. 팔개월 만에 미숙아로 태어난 것이다. 출산한 은혜를 보러 갔을 때 너무 작고 발갛던 산아가 떠올랐다. 그때 이미 남편과 시댁에서 마음이 떠나 있던 은혜는 달이 안 찬 아기라고 안아보지도 않고 횡하니 병원을 나가던 남편을 욕할 의욕도 잃은 상황이었다. 그런 산아에게 바다처럼 큰마음이 생겨나고 있었다. 고여 있는 물웅덩이가 아니라 더 많은 것들이 생생히 사는 마음이.

"정말 기억이 안 날 수 있어. 트라우마가 깊으면 그래."

"거짓말이 아니라고요?"

"거짓말이 아닐 거야. 이모는 스미를 한번도 못 봤지만 네 이야기만으로도 알 수 있을 것 같아."

산아는 주사위를 들어 만지작거렸다. 손가락으로 움켜쥐었다가 엄지로 밀며 겉면을 느껴보다가 공중으로 살짝 던졌다가.

"이모가 책에서 봤는데, 이런 방법이 있어. 스미가 학교에 오면 같이 가방에 뭐가 있는지 수첩에 적는 거야. 필통 안에 연필은 몇개나 있는지, 소지품은 뭐가 있는지."

"유튜브에서 봤어요. 왓츠 인 마이 백 같은 거."

나는 산아 기분이 좀 풀렸구나 싶어서 약간 웃었다.

"맞아. 그리고 그다음이 중요한데 집으로 돌아가기 전에 다시 적는 거야, 아침에 적은 것만 스미 가방에 있는지. 만약 그렇지 않다면?"

"그렇지 않다면?"

산아는 진지한 표정으로 나를 올려다보았다.

나는 그때는 주인을 찾아 돌려주면 된다고 했다. 그러면 잠깐 물건을 가져간 것이지 영영 갖기 위해 훔친 것은 아니게 되니까. 그리고 무엇보다 스미가 아프다는 것을 누구나 알게 된다. 숨길 수 없이 아프다는 것을. 해볼 만한 방법이다 싶었는지 산아가 드디어 태블릿 피시를 꺼내 메모했다. 우리 사이에 긴장이 빠져나가는 듯했다. 바닷바람이 불어와 머리카락을 뒤로 넘겼고 우리는 앞머리가 사라진 서로의 이마가 웃기다며 놀렸다. 풀어진 산아를 보며 은혜에게 곧 돌아간다고 문자메시지로 연락했다. 은혜는 걱정도 안 된다며 아주 혼을 내주지 그랬느냐고 답했다. 차갑기가 쏜물 같네, 하며 내가 농담하자 그 딸에 그 엄마지, 하는 진심이 아닌 말이 돌아왔다.

"산아야, 이모가 업어줄까?"

"나 같은 청소년을 왜 업어요?"

그러면서도 산아는 등을 내미는 내게 업혔다. 주차장까지만 업고 갈 생각이었는데 그쪽으로 안 가고 자꾸 해변의 둥근 호를 따라 걷게 됐다.

"이모, 보고서는 잘 쓰고 있어요?"

"그냥 뭐 대충 쓰고 있어."

엉덩이를 받치고 있는 양손이 밤바람 속에서도 따뜻해졌다.

"이모 얘기 들으니까 나 다 고치고 나면 창경궁 가보고 싶어졌어."

"산아야, 만약 거기에 무슨 비밀이 있다고 하자. 대온실 밑에 뭔가가 묻혀 있는 거야. 예상 못했던 뭔가가. 그래도 가보고 싶을까, 우리 산아는?"

"뭔데요? 유전?"

"아니."

"그럼 온천? 동네에서 난리였잖아요. 온천 나오고 땅값 올라서 아저씨들 막 신나고."

"뭔지는 아직 모르는데 시체면 어때?"

"그럼 안 가고 싶을 것 같아. 근데 왠지 포도 과학자는 그런 거 좋아할 것 같다."

"그렇게 생각해?"

"응, 뭔가 차가운 피를 가졌을 것 같아."

"그랬을까?"

우리는 해변 끝까지 갔다가 달리기 시합을 하며 주차장으로 돌아왔다. 우리의 그런 소란스러움이 귀찮은지 갈매기 무리가 바위 쪽으로 느릿느릿 옮겨갔다. 시선은 먼 바다로 뻗어 있었다.

4장

타오르는 소용돌이

 회고록만 봐도 후쿠다는 여행을 좋아하는 인물은 아니었다. 일생 유럽뿐 아니라 마닐라, 대만, 러시아의 상트페테르부르크까지 오갔는데도 여정의 감흥에 대해서는 많은 분량을 할애하지 않는다. 산아 말대로 그는 차가운 피의 목적 지향적 인간인 걸까. 하지만 대체로 여행이 그렇듯 그의 여정 또한 예상대로만 흐르지는 않았다. 감정의 한계를 시험하는 특별 구간이 존재했던 것이다. 신대륙 미국을 방문했을 때였다.

 유럽에서 이년을 보내고 자비로 유학을 일년 연장한 후쿠다는 일본정부로부터 미합중국의 직물업을 시찰하라는 청천벽력 같은 지시를 듣는다. 그는 유럽에서 지식 순례자로 더 머물 작정이었다. 프랑스 조경학자 마르티네(Henri Martinet)를 만나 교류하고, 곧 열릴 파리 만국박람회를 준비하고 있을 때였다. 마르티네는 훗날 후쿠다의 의뢰로 신주쿠교엔 대온실을 설계해 창경궁 대온실과도 관련성이 논의되는 인물이다. 하지만 정부는 완강했고 후쿠다는 하는 수 없이 뉴욕으로 향하는 배에 승선한다.

원하지도 않은 미국 방문객이 되어 대서양을 건널 때 그는 자기 의지대로 할 수 없는 데서 오는 무기력을 느꼈다고 적었다. 그리고 이렇듯 단단히 낙담한 동양인을 악명 높은 뉴욕의 입국심사관들이 맞았다. 신대륙으로 몰려드는 입국자들을 지식인들조차 외계 곰팡이라 부르던 시절이었다. 항구에는 중국, 일본, 인도, 터키, 세르비아, 러시아, 유럽 각지와 자메이카 등 카리브해에서 몰려든 수많은 인종이 우글거렸다. 그 안에서 신대륙에 해를 끼칠 해충 같은 미적격자를 골라내는 일이 입국심사관의 임무였다. 때론 배에서 수두에 걸린 사람이 발견되어 모든 승객이 내리지 못하기도 했다. 대변에서 십이지장충이 발견된 입국대기자는 즉각 추방되었다.

백인들에게는 본인들이 신세계로 나아가는 것과, 누군가가 자신들의 신대륙에 발을 내딛는 건 전혀 다른 문제였다. 무엇보다 위생의 차원에서 그랬다. 자신들이 퍼뜨린 천연두, 결핵, 디프테리아 등으로 북미 원주민의 90퍼센트가 죽는 일을 경험한 그들에게 이민자 한명 한명의 몸속에 있을 세균은 아주 타당한 위협이었다. 인간 자체를 쓸어내고 박멸해야 하는 공인된 이유처럼 느끼게도 했다. 물론 후쿠다 일행은 이민자가 아니었고 초청장을 가지고 있었으며 변발을 하거나 일본식 머리띠인 하치마키를 매고 있지도 않았다. 그러나 입국심사관 눈에는 그저 한무리의 동양인이었고 환대나 환영의 대상은 아니었다. 후쿠다는 거칠게 짐 수색을 당한 것부터가 참을 수 없는 모욕이었다고 회고했다. 입국자 후쿠다에게도 방문 국가에 대한 존경이나 경탄이 없기는 마찬가지였다. "뉴욕에 도착한 순간부터 하나부터 열까지 불만족"이었다고 회고록에 적었다. 미국에서는 철저히 관광객으로서만 돌아다녔다고 얘기하면서도 정작 뭘 봤는지는 적지 않았고 뉴욕의 입항자라면 목격할 수밖에 없는 자유의 여신상에 관한 일말의 언급조차 없었다. 영국의 하이드파크, 큐가든, 프랑스의 베르사유정원 등지를 돌며 거기 심긴 장미와 인도철쭉까지 소중히 기록했던 그이지만 미국에서는 센트럴파크의 나뭇잎 한장 기록하지 않았다. 마치 미국의 어떤 것이 옮겨올까 저어하는 결벽주의자처럼 대부분의 여정을 기록에서 건너뛰었다.

후쿠다는 얼른 미국 여정을 끝내고 싶었지만 대륙이 넓은 만큼 봐야 할 것들이 지겹게도 많았다. 이 과정에서 후쿠다는 지난 삼년 동안 유럽에서 익힌 예절과 문화가 미국에서는 전혀 먹혀들지 않는 것을 느꼈는데, 여기에 관해서는 같은 세기 일본이 파견한 이와쿠라(岩倉)사절단의 기록을 참고해볼 수 있을 것 같다.

훗날 조선총독부 통감이 되는 이토 히로부미를 포함해 백여명으로 구성된 이와쿠라사절단은 개항 시절 불리하게 맺은 조약을 수정하려는 목적으로 미국을 찾았지만 초반에 거절당하고, 사찰단으로서 보고 들은 것을 투철하게 기록하는 데 만족해야 했다. 그들은 뉴욕이 세계 각지에서 온 사람들이 잡다하게 섞여 생활이 거칠며 미국인은 처음 만날 때 우호적이고 만나는 사람 모두를 이미 알고 지낸 듯 행동하지만 교제가 길어지면 지겨워한다는 평을 남겼다. 그리고 돈을 벌기로 작정하고 앞다투어 신대륙으로 와놓고는 정작 원주민을 능멸하고 있다고 기록했다.

영혼 없이 미국을 돌던 여행자 후쿠다는 캘리포니아에 도착하면서 다행히 활기를 잠시 되찾는다. 캘리포니아는 도시 하나가 유럽의 웬만한 나라에 맞먹을 정도로 어마어마한 양의 포도를 생산하는 신흥 포도 재배지였기 때문이다. 흥분한 이 포도 과학자는 그 경험이야말로 미국 대륙에서 얻은 시찰 선물이자 감격이었다고 회고록에 적어놓았다. 그야말로 포도로 시작해 여러 사정을 거쳐 어떻든 포도로 마치게 된 여정이었다. 하지만 모든 여행이 그렇듯 끝날 때까지 끝난 것이 아니었다.

후쿠다가 삼년간의 주유를 마치기 위해 귀국선을 탔던 샌프란시스코항은 세계 각지의 물류를 빨아들이는 거대한 흡입구였다. 러시아에서는 바다표범 모피가 도착했고 여러 국적의 포경업자들이 신선한 고래고기를 이 항구에 비축했다. 태평양을 횡단하는 증기선의 종착지이기에 한편에서는 각지의 아시아인들이 실려와 입국절차를 밟았다. 이들은 해안가 부두 끝에 위치한 허름한 2층 목조창고에 수용됐고, 이름마저 '창고'(The shed)였다. "죽음의 덫"이라 불릴 만큼 혼잡하고 비위생적인 백 피트의 정사각형 건물에서 아시아인들은 최대 이년까지 수용된 채 자신이 대륙을 오염시키지 않을 무균인간임을 증명해내야 했다. 그런 항구에서 후쿠다는 마침내 갤릭호에 승선해 미국을 떠날 수 있었다.

그러나 선상은 항구의 연장이었다. 선상 노동자로 일하는 일본인을 괴롭히는 미국인들의 행위가 그냥 지나쳐지지가 않았다.

그 당시 증기선에는 언제나 동양인 노동자들이 있었다. 한배에 적어도 백명 가까운 수였다. 선원, 잡역부, 요리사, 선실 보이, 청소원, 뱃사공, 소방관, 석탄운반원 대부분 동양인이었다. 그들이 증기기관에 넣은 석탄으로 불씨가 타올랐고 4천 톤급 증기선은 태평양을 건너갔다.

귀국길에는 폭풍우가 일었고 후쿠다가 머무는 선실에도 밤낮으로 파도가 넘쳐 들어왔다. 며칠간 계속되는 높은 파고를 견뎌야 했는데 그 여파는 몸 안팎으로 일었다. 배가 흔들려도 동행자와 담소나 나누며 고요하게 보냈다고 적었지만 그렇듯 담담한 귀국길이었다면 배에서 일본인들이 당하는 학대에 대한 기록을 남겨두지는 않았을 것이다.

중심이 흔들리는 배 안에서 이 근대주의자에게 무언가 소용돌이치고 있었다. 삼년 만에 고국으로 돌아가 개혁을 펼치려는 포부이기도 했을 것이다. 혹은 화물창고에 실려 일본으로 들어오는 수입품들 — 밀가루, 옥수수, 콩, 돼지고기, 소고기, 와인, 위스키, 은화, 수은, 가죽 — 에서 발생할지도 모를 미상의 오염에 대한 공포일 수도 있었다. 자기 자신만은 그 매개가 아니라고 어떻게 부정할 수 있을까. 어쨌든 그는 소원대로 모든 것을 '체험'하고 집으로 돌아왔다. 예정보다 늦어진 1889년 10월 22일이었다.

"며칠 전 너와 함께 일하는 갈도희씨 전화를 받고 네 생각이 났어."

이메일 첫머리에는 이렇게 쓰여 있었다. 성을 제대로 알아듣지 못한 게 너무 삼우씨다워서 나는 당황한 가운데서도 피식 웃었다. 동궐관리청으로 향하는 지하철 안이었다. 제갈도희는 낙원하숙이 왜 매매로 나왔는지 가격은 얼마인지 궁금했던 모양이었다. 그렇게 삼우씨와 통화가 이루어졌고 대화 중에 회사 동료인 내 이름이 나왔다고 전했다. 삼우씨는 인터넷에서 나를 검색해 흰죽지수리 이야기를 기고한 지역 신문의 칼럼을 읽었다. 그리고 거기서 이메일 주소를 알게 되었다.

삼우씨는 미국에 사는 리사가 그 집의 매매를 자신에게 의뢰했다고 설명했다. 내가 페이스북에서 마지막으로 확인했듯 리사는 미국에서 학교를 졸업하고 아예 거기서 자리를 잡은 모양이었다. 짐작대로였기에 아무런 감정도 일어나지 않았다. 내가 놀라서 동작을 멈춘 건 문자 할머니가 돌아가시기 전까지 내 얘기를 했다는 대목이었다. 삼우씨는 낙원하숙이 문을 닫을 때까지, 그러니까 할머니가 더는 하숙집을 운영하지 못하고 양로원에 들어갈 때까지 거기서 살았다고 알렸다.

"너도 예상했겠지만 나는 변호사는 못 됐고 그 비슷한 법무사가 되어서 지금은 천안에 있어. 낙원하숙 보러 서울도 정기적으로 가. 지금은 하숙집이 아니라 빈집일 뿐이지만."

삼우씨는 연락처를 남겨놓았고 꼭 한번 만나고 싶다고 부탁했다. 아무래도 문자 할머니가 너랑 연락이 닿게 해준 것 같다고. 상황을 옅은 흥분감으로 전달하는 버릇은 세월이 지나도 변하지 않은 듯했다. 만날 수 있을까? 나는 스스로에게 물었다. 만날 수 없을 것 같았다. 이미 정리한 과거의 방에 누군가를 다시 들이기 싫었다.

하지만 만나고 싶은가?라고 물었을 때는 의외로 그렇다는 확실한 마음이 들었다. 만나고 싶었다. 낙원하숙 시절 얘기도 하고 기억 속 일들을 울지 않고 웃으며, 공유하는 추억을 펼쳐 남들처럼 대수롭지 않게 이야기하고 싶었다. 그러고 나서 집으로 돌아오면서는 이제 내가 그 일을 웃으며 이야기하네, 시간이 이렇게 지났네, 덤덤해하고 싶었다. 미풍이 부는 바다처럼 고요하게. 하지만 과연 그럴 수 있을지 망설이다 나는 스마트폰 창을 닫았다.

돌이킬 수 없는 불행은 생각해보면 아주 작은 것에서 출발했다. 이를테면 누구나 흔히 쓰는 폭 5밀리미터의 수정테이프 같은 것. 2학기 중간고사가 끝나고 현직 학교 교사의 비위행위가 신문에 보도되었을 때만 해도 나는 별 관심이 없었다. 우리 학교 중간고사 문제지가 사설학원에 유출된 큰 사건인데도 그랬다. 제보자는 알 수 없었는데, 기자 아빠를 둔 애가 알렸다는 얘기도 있고 다른 선생님이 언론사에 양심선언을 했다는 소문도 있었다. 어찌 되었든 그런 일조차 그들만의 소동처럼 느껴졌다. 나는 사랑에 빠져 있었으니까.

순신과 나는 거의 매일 만나 시간을 보냈다. 곁에 설 때마다 순신에게서는 일종의 서울 냄새가 났다. 내가 그렇게 말하면 '동물스럽다'며 질색했지만 나는 우리도 결국 동물일 뿐이라고 더 짓궂게 응수했다.

순신은 원서동에서 가장 먼저 반소매 티셔츠를 입었고 가장 자주 삼선슬리퍼를 신었으며 가을이 다 갈 때까지 반바지 차림인 애였다. 그렇게 가볍게 동네를 누비는 몸에서는 이제 더이상 나를 쓸쓸하게 만들지 않는 한강의 아침 냄새가 났다. 지난밤 도시의 잔유물을 모두 품고 가볍게 흘러가는 청량한 낙관의 향 같은 것. 성큼성큼 걷다가 내 말을 자세히 듣기 위해 고개를 숙이면 목덜미에서는 젖은 보도블록에서 나는 차분한 흙냄새가 맡아졌다. 그러면 나는 손을 거기에 대고 일정한 간격으로 뛰는 맥박을 느껴보곤 했다. 사랑하는 사람이 엄마처럼 죽지 않고 이렇게 특별한 자기 냄새를 내며 내 옆에 살아 있는 게 좋았다.

순신은 늘 경중경중 뛰면서 내게 왔고 일단 손부터 잡은 다음 왜 그런지 내 코를 한번 비틀며 오늘도 공부 열심히 했지? 하고 물었다. 한창 먹을 때인 우리는 주로 뷔페를 들락거렸는데, 서울에는 대식가를 위한 다양한 뷔페들이 차고 넘쳤다. 소고기뷔페, 피자뷔페, 샐러드뷔페, 초밥뷔페, 떡볶이뷔페, 연어뷔페, 샤부샤부뷔페, 9900원 뷔페…… 하숙집에서 아침과 점심을 거르며 벼르다가 순신과 함께 그런 음식들 앞에 서면 먹기도 전에 포만감이 들곤 했다. 내게는 그 사람이 원서동에서 일군 가장 특별한 성취처럼 느껴졌다.

먹성 좋은 순신도 단무지만은 절대 먹지 않았다. 어려서 엄마가 식당 할 때 재사용하는 걸 많이 봐서 그런다고 했다. 남은 반찬은 다 버리는 정직한 식당이라고 쓰여 있는 가게에서도 절대 먹지 않았다.

"대체 단무지 없이 어떻게 짜장면을 먹는 거야?"

내가 물으면 순신은 짜장면을 입안으로 욱여넣으며 "상관없어"라고 당당히 말했다.

"내가 만약에 네 앞에서 단무지를 먹으면 헤어지자는 신호인 줄 알아. 난 그만큼 그게 싫으니까."

"괜찮네, 서로 예의도 지킬 수 있고."

나는 일부러 단무지를 두개씩 집어 먹으면서 답했다.

"너는 어떻게 할 건데?"

헤어진다는 상상만으로도 두려움이 몰려왔지만 내색은 하지 않았다. 나약함을 감추는 건 내 마음과 몸에 습관처럼 배어 있었다. 순신에게도 마찬가지였다. 어떤 최종의 마음까지는 내보이지 않았다. 그건 의지의 문제가 아니라 방법을 몰랐던 데 가까울 것이었다. 누군가에게는 그런 것이 너무 어려웠다. 슬프면 슬프다고, 상처가 있으면 상처가 있다고, 떠날까봐 두려우면 두렵다고 말할 수가 없었다.

"나는 고전적으로 머리를 자를게."

"와, 정말 신선하다." 순신이 장난스럽게 놀렸다.

헤어질 때마다 우리는 동네 느릅나무 밑에서 최대한

타오르는 소용돌이

오래 포옹했다. 그러고 나서야 나는 낙원하숙으로, 순신은 자기 집으로 돌아갔다. 그렇게 헤어졌어도 완전히 떨어져 있는 건 아니었다. 바람이 크게 불어 동네 어딘가에서 쓰레기통 같은 것이 구르면, 어느 성질 나쁜 운전자가 적막한 고궁 앞에서 경적을 울려대면, 창덕궁 솔부엉이가 밤의 담장 가까이에서 울거나 행인이 큰 소리로 통화하며 골목을 걸어가면 순신도 이 소리를 듣겠구나 싶었다. 그러면 우리는 떨어졌다가도 소리의 파장으로 다시 이어지는 셈이었다.

며칠 지나자 중간고사 문제지를 빼돌린 교사가 누구인지 알려졌다. 좀 충격적이기는 했는데, 아이들이 '푸토벤'이라 부르며 따르는 수학교사였기 때문이었다. 반백의 곱슬머리를 한 얼굴이 푸들과 베토벤을 닮았다고 해서 붙은 별명이었다. 이십년을 근속해 학교 터줏대감인 그는 농담을 잘했고 수업시간이면 오케스트라를 통솔하는 지휘자처럼 아이들을 휘젓고 다녔다. 어려운 공식이 나올 때마다 '오, 마이 갓' 하고 다 함께 외치자고 했다. 우주의 비밀을 풀 수 있는 수학공식들은 인간이 발견한 것이 아니라 신의 선물이고 그러니 인간이 아무리 어려운 문제를 내도 결국 풀리게 되어 있다는 것이었다. 궤변이지만 애들은 재미있어 했다.

즐겨 입었던 체크무늬 폴로셔츠, 유선노트에 쓰듯 기울어짐 하나 없이 줄이 맞던 칠판의 숫자들, x와 y 같은 미지수들. 개중에는 판서가 멋져서 푸토벤을 좋아한다는 애들도 있었다. 나 역시 좋은 수학선생을 만났다고 생각했다. 학원을 다닐 수 없는 나에게는 선생님들이 너무 중요했으니까. 이미 선행학습을 해서 정작 수업시간에는 잠을 자두는 애들과는 전혀 다른 조건이었다.

"나 사실 엄마한테 들은 적 있어."

안나가 점심을 먹으면서 소곤댔다.

"푸토벤이랑 학원이랑 연관 있다고. 그래서 그렇게 들어가기가 힘들었던 거야. 학원비도 비싸고. 심지어 성적도 고쳐준다는 말이 있어."

"컴퓨터로 채점하는 성적을 어떻게 고친다고 그래? 말도 안 된다."

나는 안나의 말을 한 귀로 흘려들으면서 순신과 문자를 주고받았다. 그날이 내 생일이라 홍대에 있는 초밥뷔페를 갈 생각이었다. 안나에게도 말하지는 않았는데, 주민등록과 달라 집에서만 챙기는 생일이기도 했고 서로 생일을 챙겨주자면 나로서는 많이 부담될 돈을 써야 했기

타오르는 소용돌이

때문이었다. 아이들은 외국산 화장품이나 티셔츠를 선물로 주고받았고 때마다 유행하는 브랜드도 자주 바뀌었다. 그걸 좇아가느니 나는 생일 같은 건 챙기지 않는다고 시크하게 말하는 편을 택했다.

"누굴까?"

안나가 눈을 반짝였다. 금세 미간에 주름이 잡히고 한쪽 뺨이 미세하게 실룩였다.

"뭐가?"

"답안지까지 고쳐줄 만큼 특별 대우받은 애들. 대체 돈을 얼마나 받았기에 푸토벤이 그토록 충성한 거냐고. 차 한대 값이라도 받았나?"

그날은 학교가 어수선해 그런지 종례가 생략되었고 나는 얼른 가방을 메고 교실을 뛰쳐나왔다. 운동장을 가로지르는데 웬일인지 종이 치자마자 빠져나와 같이 걷고 있는 빽과 리사가 보였다. 마음이 급해 앞지르는 순간 빽이 "쟤, 너랑 같이 사는 촌애 아니니?" 하고 들으라는 듯 한마디 내뱉었다. 나더러는 두고두고 당부를 하더니 말하고 다닌 거야 싶어 어이가 없었지만 당장은 따질 시간이 없었다. 홍대입구까지 가자면 한시간은 걸리니까.

그렇게 해서 교문을 나오자마자 나는 그 자리에 우뚝

멈춰버렸는데 장미다발을 든 순신이 서 있었기 때문이었다. 어색하게 손을 흔들며 웃고 있어서 이런 마중이 개가 준비한 생일 이벤트라는 사실을 알 수 있었다. 당황스러운 건 내 마음이었다. 나에게는 심한 거부감, 당혹감 같은 것이 일었다. 그게 수업이 끝나자마자 오느라 순신이 입고 있는, 학교 이름이 또렷하게 박힌 교복 때문이었다는 것을 지금도 아프게 기억한다. 그래서 웃으며 반겨주지 못했다는 것을. 미소가 서서히 가시며 순신은 내 표정을 살폈다. 지금도 가끔 기억 속으로라도 손을 내밀어 안쓰럽게 어루만져주고 싶은 얼굴이었다.

"촌애라 공돌이랑 연애하네."

뺙이 큰 소리로 말하며 지나갔고 나는 손을 뻗어 개의 가방 손잡이를 확 잡았다. 뺙은 뒤가 들린 채 어어, 하다가 엉덩방아를 찧었다. 리사는 가만히 서서 사태를 지켜볼 뿐 한마디도 하지 않았다.

"씨발년아, 말 곱게 해라."

그렇게 쏘아붙이고 돌아서자 당황한 순신이 이름을 부르며 나를 쫓아왔다.

초밥뷔페는 우리가 가본 어떤 뷔페보다 근사하고 비쌌지만 둘 다 몇접시 먹지 못했다. 나는 하얀 레이스종이에

타오르는 소용돌이

포장된 장미를 그때야 전해 받았다. 꽃의 개수는 내 나이만큼이었는데, 절반쯤은 시든 채였다.

"미안해."

"뭐가?"

나는 꽃송이를 손으로 계속 일으키며 물었다.

"네 표정이 어둡잖아."

자기 옷에 먹물 한방울 튀는 것도 부모에게 일러바쳐 못살게 구는 애가 자빠지기까지 했으니 나를 어떻게 할까 걱정된 건 사실이었다. 하지만 순신에게 그런 말을 구구절절 늘어놓고 싶지 않았다.

"뭐라고 설명해야 하지……"

순신은 자기 마음을 전하기 위해 어느 때보다 고심했다. 긴장했는지 젓가락을 꽉 쥔 손가락이 눈에 들어왔다.

"그냥 내가 나인 게 미안하다."

나는 고개를 숙이고 한점 남은 연어롤을 보다가 팔짱을 끼고 정작 마음과는 다른 말을 꺼냈다.

"대학은 안 가? 공부하면 되잖아."

순신은 손을 풀어 무릎 위에 올려놓고 나를 가만히 바라보았다.

"누구나 그럴 수 있는 건 아니야."

"노력하지 않는 거지. 노력하면 왜 안 돼, 변명이지."

"운 좋은 사람들은 꼭 그렇게 말하더라."

우리는 서로를 바라보다가 시선을 비꼈다. 계산을 하고 식당을 나왔고 안국역 출구로 나오자마자 인사도 없이 헤어졌다. 우리가 만난 이래 가장 냉랭한 밤이었다.

그날 이후의 기억은 어떤 것은 상세하고 어떤 것은 듬성듬성 잘려 있다. 심리상담사는 방어기제가 작동하기 때문이라고 했다. 그렇다고 트라우마가 사라진 건 아니라서 말로 꺼내 질서화하지 않는 한 반복적으로 문제가 되리라고. 슬픔을 어떻게 질서화할까. 나이가 훨씬 들고 나서도 나는 그 부분에서는 자신이 없었다. 슬픔은 안개 같은 것이라서 서 있으면 스스로의 숨결조차 불확실해지는데.

며칠간 나는 빽이 앙갚음을 하리라는 생각에 잠을 이루지 못했다. 문자 할머니가 무슨 일이 있느냐고 먼저 물을 정도로 태가 났다. 우리는 화단 앞에 쪼그리고 앉아 대화했다. 마당 구석에는 빨래가 끓고 개망초가 비스듬히 쓰러진 채로 노란 잎을 방긋 내고 있었다. 리사와 관련된 일이기에 솔직히 얘기할 수는 없었다. 할머니는 어쨌든 리사의 할머니이고 그러면 가족 편을 들 테니까. 나는 그냥 공부가 힘들고 강화가 그립다고만 말했다. 그러자 할머니는 편지를 써보라고 권했다. 할머니도 도쿄가 그리울 때 그렇게 했다고. 마음만 내키면 메신저나 문자메시지로 얼마든지 용건을 전할 수 있는데 편지라니.

"답장은 왔어요?"

"전쟁 전에는 왔고 전쟁 후에는 받지 못했지."

그렇다면 은혜에게 편지를 써야 하나, 하지만 뭐라고 쓰나. 절교까지 하고 와서 서울 유학을 해보니 이따금 출몰하는 강화 바다의 해파리처럼 독을 품은 애들이 천지야, 아니 그렇게 구체적으로 적시하기도 힘든 마냥 나쁜 것들이 너울대, 네가 괴로워야 내가 산다는 막무가내의 악의들이 말이야…… 물이 끓어 넘치는 소리가 났고 할머니는 긴 집게를 들고 자리에서 천천히 일어나 빨래를 뒤집으러 갔다.

푸토벤이 빼돌린 중간고사 시험지를 미리 본 사람은 스무명 정도였고 거기에는 내 이름도 들어가 있었다. 과학실 청소를 다녀오다가 학년주임에게 불려가 그 얘기를 들었을 때 나는 내 귀를 의심했다. 나 따위가 이름만 들었을 뿐 근처도 가보지 못한 학원에서 어떻게 그런 정보를 얻었다는 말일까?

"리사가 보여줬다고 얘기하던데 뭘. 둘이 같이 산다며?"

"네, 아니요, 아니, 아닌데요."

나는 너무 놀라 뭐가 아닌지 맞는지도 구분해 답할 수 없었다. 충격으로 혓바닥이 딱딱하게 굳는 느낌이었다.

"뭐가 아니야? 같이 안 살아?"

"아니, 같이 살아요. 근데 아니에요. 저는 안 봤어요."

그러자 학년주임은 짜증스럽게 볼펜을 내던졌다.

"나도 니들 데리고 이런 거 하기 싫어 죽겠다. 우리 사학이랑 웬수가 졌는지 그놈의 신문사가 애들 시험지 하나 때문에 난리를 치고. 수습은 될 테니까 그냥 여기 사인하고 기다려."

나는 사인하지 않겠다고 버텼다. 학년주임은 얼굴을 굳히며 이 사태가 빨리 진정되어야 연합고사 준비도 할 수 있다고 으름장을 놨다. 관련된 애들뿐 아니라 다른 애들까지 피해 보고 있다고, 자기가 너무 골치가 아프다고.

"근데 저는요, 진짜 본 게 없어요. 아무것도 본 적이 없어요."

"리사가 전달해줬다는데 너 왜 씨알도 안 먹힐 거짓말을 해. 경찰에 넘겨야 정신 차리겠어?"

그래도 계속 도리질 치자 학년주임은 내일 다시 얘기

타오르는 소용돌이

하자고 물러섰다. 나는 복도를 내달려 수업 중인 리사네 반 문을 열었고 빽과 나란히 앉아 있는 리사와 눈이 마주쳤다. 리사는 무표정했고 빽은 입을 약간 씰룩였다. 다시 문을 닫은 나는 교실로 돌아와 교과서를 펴는 것도 잊은 채 책상만 내려다보았다. 급식시간에도 밥을 먹지 않고 엎드려 있다가 낙원하숙으로 돌아왔다. 그리고 리사가 하교하기를 기다렸다. 해가 지고 나서도 형광등은 켜지 않았다. 시간은 길고도 길었다. 학교에서 돌아온 리사는 가방을 내려놓고 욕실에 가서 씻은 다음 들어와 책을 폈다. 그 태연함이 나를 질리게 했다.

"왜 그런 거야?" 나는 곧장 물었다.

"뭘?"

리사는 책상에서 눈을 떼지 않고 뒷모습으로만 내게 말했다.

"왜 내가 시험지를 미리 봤다고 학교에 말한 거야?"

"봤잖아."

리사의 뒷모습은 흔들림 없이 당당했다.

"내가 언제?"

"네가 수학과목 걱정을 너무 많이 하는 바람에 내가 보여줬잖아."

리사와 나 둘 중 누가 정신이 나간 건지 순간 헷갈렸다. 방에는 한동안 침묵이 흘렀다. 2층 삼우씨가 쿵쿵거리며 돌아다니는 소음이 들렸다.

"중간고사 시험지가 유출된 거 아니구 학원자료 백 문제 중에 중간고사랑 같은 문제가 있었던 거라 별일은 없을 거래. 유민이가 그래."

유민이는 빽의 이름이었고 나는 그때야 교문 앞에서 벌어진 일과 지금을 이어볼 수 있었다.

"빽이 시켰어? 나까지 물고 들어가라고?"

리사는 책꽂이에서 문제집을 꺼냈고 손톱 거스러미를 떼내며 들춰보기 시작했다. 그러고 있는 리사의 뒷모습을 나는 한시간은 바라본 것 같다. 그 밤 내내 바라본 것 같다. 응시가 끝난 시점이 기억나지 않을 정도로 오랜 세월 동안 그렇게 한 것 같다. 실제로는 몇분이었겠지만.

"너 사과 잘하니?"

고개를 돌리지도 않고 리사는 그렇게 말했다.

"가서 사과해. 미안해, 한마디면 된다더라."

나는 안국역에서 내려 정오 햇살을 맞으며 걸었다. 여름과 가을의 햇살은 몸으로 떨어지는 각도가 미세하게 달랐다. 여름은 정수리 위에서 머물렀고 가을은 눈가에 걸쳐졌다. 그러면 사물이 또렷해지고 풍경은 짙어졌다. 나는 창경궁 담장을 따라 걷다가 이메일에 적힌 번호로 삼우씨에게 전화를 걸었다. 김종서의 「겨울비」가 통화연결음으로 들리더니 통화가 이뤄졌다. "영두? 아니 영두씨?" 하며 되묻는 목소리에 반가움이 묻어났다. 삼우씨는 시간 될 때 되도록 빨리 만나고 싶다고 말했다. 나와 상의할 것이 있다고.

"저랑 상의를요? 그럴 게 뭐가 있어요?"

"낙원하숙 문젠데. 처분하려고 내놨지만 끝끝내 마음에 걸리는 부분이 있어서. 뭐 별일은 아니야. 그냥 할머니 얘기도 하고. 부담은 갖지 마."

"문자 할머니 잘 지내다 가셨죠?"

어쩔 수 없이 마음이 아파왔다. 떠난 나를 설득하기 위해 추운 겨울날 할머니가 직접 강화까지 찾아온 날이 생각났다. 그게 우리의 마지막이었다.

"응, 나중에는 잔류 일본인 양로원에 계셨다. 경주에 있는."

잔류 일본인, 나는 할머니가 그렇게 불리는 것이 낯설었다. 삼우씨는 원서동에서 만나자며 열쇠를 가지고 가서 낙원하숙에 들어가보게 해주겠다고 했다. 리사 명의의 집인 게 마음에 걸려 거절하자 어차피 집 상태도 점검해봐야 한다고 설명했다.

"그렇게 내놓기만 할 게 아니라 집수리도 좀 해야 하는데…… 오래된 집이라 무섭게 삭거든. 아무튼 보고 얘기하자."

삼우씨 목소리에는 걱정과 함께 어떤 기대가 묻어 있었다.

아랑씨와 나는 동궐 내 카페에서 만나 점심을 함께 먹었다. 그전에 내가 부탁한 건 기노시타 코주의 『경성 원예』 글에 나오는 인물들에 관한 일본 자료들이었다. 그렇게까지 파고들 일인가 싶었지만 서술에 빈 공간이 생겨나는 것이 마음에 걸렸다. 다행히 아랑씨는 그런 부탁을 잘 이해해주었다. 일본에서 공부하는 후배를 자료조사원으로 소개해주었고 보수도 자기 부서의 학예연구비에서 지출할 수 있도록 배려해주었다. 내 일본어 실력으로는 사실 일본어로 된 옛 문서를 읽기가 쉽지 않았는데, 후배는 번역까지 해서 보내주었다. 나는 용기가 났고 욕심 같은 것이 생겼다.

타오르는 소용돌이

"좋네요."

내 말을 들은 아랑씨는 떡 하나를 집으며 방긋 웃었다.

"우리가 사실 각자 자기 일 하는 것 같아도 옆 사람 힘 빌려서 하는 거거든요. 옆에서 에너지 안 내주면 영 기계적이 되고 그러잖아요."

아랑씨는 지하 배양실에 대한 정보를 내게 물었다. 아랑씨가 보기에 장과장은 그냥 묻고 넘어가자는 식이고 바위건축 쪽에서는 그럴 수 없다는 입장 같다고 했다. 대온실 지하에 시체가 있으면 안 가고 싶을 것 같다는 산아 말이 스쳐 지나갔다. '있다'가 '있었다'로 바뀌어도 마찬가지라고 기관에서는 우려하는 모양이었다.

"관람객이 줄어들어도 문제지만 이참에 밀어버리자는 말이 나올지도 모른다고 예상하더라고요, 장과장님은. 그럴 때는 또 이 일에 진심이야."

대온실 건물은 그동안 여러번 철거가 논의되어왔다. 식물원과 동물원이 과천으로 옮겨갈 때 겨우 살아남았고 문민정부가 들어서고 근대 건물이 철거되거나 혹은 폭파될 때 늘 그 목록에 올랐다. 지금은 잔류하지만 앞으로는 또 어떻게 될지 사실상 모르는 상황이었다. 일본인 후쿠다 노보루가 설계했다는 사실을 받아들이지 못해, 마르티네의 영향을 받았으니 일본이 아니라 프랑스 건축물 아니냐는 주장도 있었다. 그렇게 하면 과연 뭔가가 달라지는 것처럼.

"그 지하에 사람이 있었을까요?"

나는 우려하던 점에 대해 물었다. 우리는 전쟁을 겪었으니까. 그 시기 곳곳에서 죽음이 비일비재했다는 사실을 많은 이들이 증언했다. 어떤 때는 총알이 아깝다며 우물에 사람을 몰아넣고 흙으로 메우기도 했다는 것을.

"당연히 사람이 있지 않았을까요."

아랑씨는 내 질문에 가장 현명한 대답을 해주었다.

"어떤 경우든 공간이 사람과 연관되지 않을 리는 없으니까요."

가방 가득 자료를 넣고 집으로 돌아가다 춘당지 앞 벤치에 앉아보았다. 청둥오리들이 자맥질을 하며 가을의 윤슬을 타넘고 있었다. 장과장 말처럼 그냥 지나가도 좋을 것이다. 어차피 사람들이 원하는 건 사면이 유리로 된 온실의 아름다움이지 그 아래 무엇이 있었는가가 아닐 테니까. 땅 밑은 수리와 복원의 대상도 아니니까. 하지만 질서에는 어긋날 것이다. 그렇게 묻은 상태로는 전체를 알기란 어려울 것이다. 공동과 침하가 계속되겠지. 개인적 상처들이 그렇듯이. 그렇게 한쪽을 묻어버린다면 허술한 수리를 한 것이 아닐까.

부정한 방법으로 점수를 올린 애들이 누군지는 며칠 사이 소문이 모두 퍼졌다. 아니라는 내 말에는 아무도 귀 기울이지 않았다. 안나도 더이상 나와 급식을 먹지 않았다. 괴로운 날들이었다. 애들은 내가 그런 일을 저질렀다는 사실보다 그런 무리에 속해 있었다는 사실을 더 못 견뎌 하는 것 같았다. 왜 그랬는지가 아니라 어떻게 그럴 수 있었는지를 더 수군거렸으니까. 순신에게도, 아빠에게도, 할머니에게도 얘기를 할 수 없었다. 그냥 다 내가 못나서 일어난 일 같다는 위축감에 잠식되어갔기 때문이었다.

그러던 오후 교장실로 가보니 경찰이 와 있었다. 원래는 경찰서로 불러서 얘기해야 하지만 미성년자라서 학교에 와 묻는 거라고 했다. 나는 내가 사인을 하지 않아 정말 경찰까지 왔구나 싶어 겁이 났다.

"강영두 학생 수학 답안지 맞지?"

소파에 앉으니 경찰은 긴장하지는 말고, 하며 서두를 꺼냈다. 그리고 내 앞에 OMR카드를 한장 내밀었다. 내가 고개를 끄덕이자 경찰은 두장을 더 꺼내더니 패를 던지듯

테이블 위에 놓았다. 한장은 리사의 글씨체였다. 리사는 니은과 리을을 아주 흘려 썼기 때문에 한눈에 알 수 있었다. 경찰은 이 세장을 보면 뭔가 이상하지 않느냐고 물었다. 한참을 내려다봐도 알 수는 없었다. 그런데 이걸 맞혀야 내가 누명에서 벗어날 수 있을 것 같아서 눈을 뗄 수가 없었다.

"7번, 8번 칸이 모두 수정테이프로 답이 고쳐져 있잖아. 세장 모두."

누구나 그렇게 답안을 정정했다. 부정행위도 아니고 원칙에 따른 수정 방법이었다. 그런 생각이 든 순간 나는 리사가 고친 답안 중 두개는 리사 글씨체가 아니라는 걸 알아챘다.

"혹시 선생님이 섬에서 올라와 열심히 공부하는 제자가 안타까우셨나, 답안도 고쳐주고. 자기가 채점한 것보다 점수가 많이 나왔을 텐데 강영두 학생은 그냥 내가 잘해서 그런가보다 했나보네. 모르는 거 보니까."

푸토벤이 평소 나를 알기나 했을까. 내가 아닌 다른 사람 입에서 전해지는 진실은 그냥 아주 먼 데서 들려오는 텔레비전 소리 같았다. 현실감이 없었다.

"화장실 좀 다녀와도 될까요?"

속이 메스꺼워진 나는 겨우 그렇게 물었다. 경찰이 고개를 끄덕였고 오늘은 이만 가봐도 좋다고 허락했다. 나는 화장실로 뛰어가 점심에 먹은 급식을 모두 게워냈다. 조퇴를 하고 낮의 한가한 전철을 타고 힘없이 낙원하숙으로 돌아갔다. 내가 걷는 것이 아니라 낚싯대 같은 것에 걸려서 어딘가로 끌려가는 듯한 기분이었다. 도착해서는 이불을 뒤집어쓰고 누웠고 몸을 잔뜩 웅크리고 잠을 잤다. 꿈에서 그 모든 어른들과 빽과 리사가 도깨비로 변해 자기들끼리 무언가를 잡아먹고 있었다. 뭔가를 손 바쁘게 욱여넣기에 가까이 다가가서 보니 그건 본 적도 없는 밥통만 한 개 벤지였다.

소리를 지르며 침대에서 일어나자 딩 아주머니가 "우째 그래?" 하며 방문을 열었다. 그리고 땀범벅이 된 얼굴을 보더니 "니 독감 아이가? 할마니 나이도 많은데 옮기면 어쩔라고 몸 관리를 안 했나?" 하고 혼을 냈다. 그래도 수건을 가져다 얼굴과 팔을 닦아주었고 약을 가져왔다.

"딩 아줌마, 나 아픈 거 감기 아니에요."

나는 먹으라니까 먹으면서도 말했다.

"감기가 아니라 억울해서 그래요."

"와? 리사가 또 어드렇게 했나? 그 기집애는 만날 괴기

으르르해 사름 마음을 해친다."

딩 아주머니는 억울하게 당했으면 악착같이 대거리를 해야지 대낮부터 누워서 앓으면 어쩌느냐고 혼을 냈다. 그리고 나를 일으켜 세웠다. 나가서 체조를 하든 걷든 하라는 거였다. 아니면 궁에 가서 소리라도 지르고 오라고 시켰다. 딩 아주머니가 나가고 나는 도와줄 사람을 침착하게 찾자고 다짐했다. 유화 언니가 떠올랐다. 언니와 얘기하면 어떻든 답이 나올 듯했다. 전화를 걸자 언니는 소극장으로 오라 했고, 나는 자전거 페달을 밟아 혜화동까지 갔다. 얼마나 발에 힘을 주었는지 나를 끌고 들어가려는 괴물의 머리통을 짓밟는 기분이었다.

무대 리허설을 하던 유화 언니는 원숭이 분장 그대로 나와서 소극장 뒷마당에 쪼그리고 앉았다. 「빨간 피터의 고백」이라는 현수막이 바람에 잠깐 부풀었다.

"언니 주인공이에요?"

"아니, 피터가 밀림에서 잡혀올 때 잠깐 등장하는 배경이야. 그림자로 나와."

언니는 얼굴에 붙인 털이 타지 않게 원숭이처럼 입술을 쭉 내밀고 담배를 피웠다.

"그래도 얼굴 분장까지 다 했네요."

타오르는 소용돌이

"안 해준대서 내가 스스로 했어. 그림자라도 역할은 역할이니까."

언니는 내 얘기를 조용히 들었다. 아주 못되게 걸렸네, 하더니 그런 애들이 있다며 한숨을 쉬었다.

"자기가 너무 중요해서 뭐 하나라도 다 자기 마음대로 되어야 하는, 천년 굶은 아귀 같은 애들."

그러더니 저번에 배웠던 장구와 노래를 상기시키며 어떤 도깨비가 쫓아와도 기운을 내야 한다고 위로했다.

"벌써 며칠 굶은 애처럼 이렇게 다 죽어가면 아무것도 못한다."

언니는 일단 삼우씨를 불렀다. 법에 관련한 일이니까 법대생이 그래도 좀 알리라는 논리였다. 삼우씨는 덜덜거리는 스즈키 오토바이를 타고 나타났다. 그러고는 소송을 하면 돈이 많이 들 거라고 덤덤하게 말했다.

"얼마나요?"

"천만원쯤은 들어야겠지."

내 눈에 눈물이 어렸다. 그건 나에게 상상조차 할 수 없는 금액이었다. 삼우씨는 가방에서 지금 생각하면 왜 가져왔을까 싶을 민법, 형법 책을 꺼내 슬쩍 들춰보다가 그런데 현실적으로 말하면 내가 굳이 뭘 할 필요는 없다는 맥 빠지는 결론을 내렸다.

"왜?"

유화 언니가 벌컥 화를 내며 물었다.

"그게 영두는 지금 촉법소년에 해당하거든."

"권법소년도 아니고 그게 대체 뭔데?"

"만 10세 이상 14세 미만은 범법행위를 해도 형사책임 능력이 없다고 판단해 처벌 대상이 되지 않는 거지."

언니는 그렇다고 누명을 쓰고도 참으라는 거냐며 삼우씨에게 따졌지만 슬프게도 그 말은 나를 꽤 진정시켰다. 죄를 뒤집어써도 처벌은 되지 않을 테니까 그냥 가만히 있으라는 말.

나는 고맙다며 자리에서 일어섰다. 삼우씨는 걱정이 되었는지 어디를 가느냐고 묻고 유화 언니는 공연 끝나면 같이 저녁을 먹자고 권했지만 혼자이고 싶어서 약속이 있다고 거짓말을 했다. 자전거는 언니에게 맡겼다.

발길이 닿는 대로 걸으며 경우의 수를 생각했다. 아빠에게 사실대로 말한다, 아빠가 학교로 온다, 그리고 아빠는 싸운다, 누구랑? 나는 자꾸 발을 헛디뎠다. 거기에 보도블록이 있는 것 같아서 발을 내밀면 꼭 아무것도 없는 공중이었다. 사람들은 대체 길을 어떻게 이렇듯 잘 걷는

타오르는 소용돌이

걸까. 다들 당당하게 걸어 어디를 가는 걸까. 엄마가 있었으면 좋았을 텐데, 하는 서러움이 들었다. 나는 엄마가 어떤 사람인지 전혀 모르지만 엄마가 없는 것보다는 있는 것이 훨씬 낫다는 사실만은 안다. 하지만 엄마는 없고 너는 리사와 뺵이 파놓은 함정에 빠졌잖아. 너를 믿어줄 사람은 없고 도와줄 사람도 없잖아. 아마 내 마음이 병들기 시작했다면 그날의 그 산책으로부터였을 것이다. 그렇게 몇시간 걷는 동안 나는 불신과 고립과 경계와 냉소, 분노와 비루함 그리고 가장 나쁘게는 자포자기를 배웠다.

며칠 뒤 나는 리사에게 사과하겠다 전했고 주일에 학교 근처 소공원에서 뺵을 만났다. 뺵은 한 손에 빵집 포장 봉투를 든 채 먼저 나와 기다렸다.

"왔어?"

뺵은 의외로 편안한 얼굴로 맞았다. 나는 고개를 끄덕였고 개 옆에 앉았다.

"지금 몇시지?" 자기도 시계를 찼으면서 뺵은 물었다. 나는 네시 반이라고 대답했다.

"야, 너 운동화 예쁘다."

뺵이 뜬금없이 가리킨 손끝에는 아빠가 강화 시장에서 사준 내 운동화가 있었다. 국산 브랜드의 그 운동화는 그런 칭찬을 받을 만큼 예쁠 것도 예쁘지 않을 것도 없는 신발이었다.

"진짜야, 진짜 예뻐서 그래."

나는 머리가 텅 울렸지만 어금니를 물며 참았다.

"미안해, 그날 밀어서."

"그래, 너가 나 밀었지? 아프더라. 뭘 해서 그렇게 힘이 센 거야?"

나는 참을 수 없어서 사과했으니까 됐지? 하며 자리에서 일어났다.

"지금 몇시지?"

빽이 다시 물었다. 네시 사십분이었다. 빽은 십분 만에 하는 사과는 사과가 아니라며 적어도 삼십분은 자기와 있어야 한다고 했다. 나는 힘들게 여기까지 온 일이 수포로 돌아갈까봐 다시 앉았다. 그리고 얘기를 다 들었다. 빽이 하는 말은 심한 욕설이나 비속어도 아닌데 듣고 있기가 어려웠다. 걔는 내 아주 근본적인 것들을 모욕했다. 출신이라든가 가정형편이라든가 차림새라든가 말투라든가.

"리사가 너 설명할 때 일종의 몽실 언니처럼 식모로 들어온 거라던데, 내가 그런 얘기는 애들한테 안 할게."

고개를 숙이고 아무 말 하지 않자 빽은 "아, 너 그 책 못

읽었니?" 하며 내 뒤떨어진 교양을 지적했다. 마치 쥐가 된 것이 아닐까, 나는, 하고 생각했다. 고양이처럼 나를 가지고 놀고 있잖아.

"사과했으니까 나 그 일에서 빼줘."

정확히 삼십분 후 일어서는 빽에게 부탁했다. 빽은 "무슨 일?" 하며 그 큰일을 벌써 까먹은 듯이 되물었다.

"뭐, 신문에서 지랄한 거? 다 끝났어. 너 덕분에 끝나서 난 고마웠는데?"

어떤 시절은 그렇게 지나갔다. 상처받아 사람이 넘어져도 단풍은 지고 수업시간은 흘러가고 버스는 아침마다 제시간에 도착하고 누군가들을 실어 지하철역에 내려준다. 내 OMR카드는 정말 내 글씨와 수정테이프로 고쳐져 있었기에, 빽과 리사도 혐의에서 벗어날 수 있었다. 학원은 이름을 바꾸고 다른 상가건물로 이사했고 푸토벤은 같은 재단 고등학교로 옮겨갔다. 기말고사가 닥쳐오자 다시 교실에는 긴장이 돌았고 언제 그런 일이 있었냐는 듯 다들 자기 공부를 했다. 평정을 못 찾는 건 나뿐이었다. 나는 그럴 수 없었다. 혼자 길을 걷다가 우뚝 서서 "억울해!" 하고 소리 지르기도 했다.

밤중에 일어나 자는 리사의 얼굴을 가만히 들여다보고

서 있는 날도 있었다. 잠이 긴장을 걷어간 덕분에 평소와 달리 여리고 여린 풀잎 같은 얼굴을 하며 자고 있는 리사를 내려다보았다. 나는 리사를 망치고 싶었다. 구길 수 있다면 구기고 싶었고 얼릴 수 있다면 그대로 얼려버리고 싶었다. 그런 내 마음을 눈치챈 날 나는 아빠에게 전화를 걸어 강화로 돌아가겠다고 말했다. 리사를 위해서가 아니었다. 그렇게 생성되는 악의에서 나 자신을 구하기 위해 그래야 한다고 결심했다. 그게 내가 겨우 떠올릴 수 있는 살길이었다.

학교가 정리될 때까지 순신을 피해 다니다가 학기를 마칠 때쯤에야 깡통만두에서 약속을 잡았다. 가기 전에 나는 종로로 나가 머리를 잘랐다. 남자아이들 머리만큼 짧게 잘라달라고 했다. 미용사는 "너무 짧은 것도 학교에서 걸리지 않아?" 하며 확인했다.

"학교 안 다녀요."

그러자 미용사는 투블록에 가깝게 이발기로 머리를 밀어주었다. 짧은 머리를 한번도 해본 적이 없던 나는 약속 장소까지 다 가지도 못하고 모자를 샀다. 머리가 시려서 도저히 걸을 수가 없었다. 크리스마스를 앞둔 종로의 풍경은 어느 때보다 따뜻했다. 작은 꼬마알전구들이 상점에 달렸고 캐럴이 흘러나왔다. 비로소 이렇게 근사해진 겨울 풍경을 즐기지 못하고 서울을 떠나게 된 것이 아쉬웠다. 인생에 브레이크를 걸어놓고도, 어쩔 수 없는 아이였던 나는 그런 감상에 빠져들었다.

순신은 바람막이를 입고 만둣집에 먼저 와 있었다. 반 가움에 손을 들었다가 시선이 내 머리에 가닿더니 차게 굳었다. 우리는 말없이 칼국수와 만두를 먹었다. 내가 연락을 피하는 동안 순신이 매일 낙원하숙 문 앞에 서 있다 간다는 걸 나도 알고 있었다. 딩 아주머니가 전해주는 날도 있었지만 그냥 느껴지기도 했다. 지금 나를 걱정하는 애가 문밖에서 창을 바라보고 있다는 걸.

이따금 눈덩이가 담장을 넘어와 툭 떨어지는 소리가 들렸다. 걔가 부르는 영두야, 하는 목소리가 들리는 것도 같았다. 하지만 리사가 공부하는 방에서 죽은 듯 누워 있는 나를 일으켜주지는 못했다. 나는 누구를 믿을 힘이 없었다. 살기 위해서 누군가를 믿어야 한다는 사실을 알던 나는 이제 없었다.

"머리는 무슨 의미야?"

밥을 거의 다 먹어갈 즈음 순신이 숟가락질을 멈추지 않고 물었다. 최대한 무심한 체하고 싶은지 시선은 식당

안 작은 텔레비전에 두었다.

"아는 대로잖아."

순신은 기가 막힌 것처럼 웃었다. 거기에는 내가 처음 보는 노여움이 깃들어 있었다.

"그럼 나도 이거 먹는다."

순신이 단무지를 집더니 나와 눈을 마주치며 입에 넣고 씹었다. 사각사각 소리가 났다. 나는 순신이 단무지를 씹을 때면 이런 소리가 나는구나 하고 생각했다. 사각사각 소리가 나는구나, 단무지를 씹을 때면 얘가 이런 소리를 내는구나, 싶어서 나는 그냥 웃었다. 그런데 그 웃음이 순신을 더는 견딜 수 없는 분노로 몰아넣은 듯했다. 어떻게 이러냐고 화를 내기 시작했다. 자기는 서울용 남친이고 강화 가면 강화용이 따로 있느냐고, 자기도 믿지 않으면서 억지를 썼다. 만둣집을 나오고 나서도 그 상처는 멈출 리 없었고 나중에는 내 팔을 거칠게 붙잡았다.

"야, 너 성당 다니는 애가 어떻게 이럴 수 있니?"

도로 맞은편에는 그 여름 우리가 서 있었던 가회동성당이 눈에 덮여 있었다. 그 앞으로 수정테이프를 길게 그은 듯한 횡단보도의 흰 줄들이 보였다.

"성당 다닌다매, 구원이 있다매?"

순신이 고래고래 소리를 질렀다. 머리는 왜 자르고 나타났냐고 대체 왜 이러느냐고 자기가 뭘 잘못했느냐고. 그때 네가 잘못한 것은 하나도 없다고 말해주지 못한 일을 나는 오랫동안 후회했다.

방학식 전날 창밖을 보는데 운동장을 걸어오는 익숙한 사람이 눈에 띄었다. 문자 할머니였다. 갑자기 왜 학교를 왔을까 의문이 들었다가 리사 때문이겠지, 하고 흥미를 잃었다. 자퇴를 결정하고 수업에 점점 더 관심이 없어진 나는 책상에 엎드려 있거나 멍하니 창밖을 보는 날이 잦았다. 어떨 때는 아주 작은 상자에 들어간 것처럼 답답했고 그러다가도 갑자기 졸음이 쏟아져 병든 병아리처럼 내내 잤다. 쉬는 시간인지 수업시간인지도 모르고 자고 있는데, 반장이 나를 흔들어 깨우더니 상담실로 가보라고 했다. 학년주임이 찾는다고.

상담실에 가보니 리사와 할머니가 있었고 학년주임이 예의 그 신경질적인 얼굴로 가운데 소파에 기대 있었다. 학년주임은 나를 보더니 와서 앉으라고 시켰다.

"할머니가 손녀들한테 큰일이 난 걸 이제 아시고 걱정의 마음으로 걸음을 하셨는데, 다 해결됐다고, 이제 괜찮다고 너희가 분명하게 말씀드려라."

 나중에 알았지만 그 모든 얘기는 유화 언니가 할머니에게 전한 것이었다. 할머니는 베이지색 코트에 비로드 치마를 입고 있었는데, 옷자락 끝이 눈 녹은 물에 젖어 있었다.

 "해결은 억울한 애가 없어야 해결이지요. 영두는 그 시험지를 볼 애가 아니에요. 답안지에도 문제가 없다고 결론이 났다고 하지 않았어요?"

 "그러니까 해결이 났잖아요. 그렇게 착한 애니까. 할머니 대체 왜 갑자기 이제 와서 억지를 써? 나 죽는 거 보고 싶어서 그래?"

 리사가 화가 나서 하얗게 질린 얼굴로 목소리를 높였다. 할머니는 리사 말에는 아무 반응도 없이 학년주임을 향해 몸을 숙이며 부탁했다.

 "다 우리 아이들입니다. 그러니 뭐가 어떻게 되더라도 진실은 밝혀줘야죠. 그게 어른이 할 일 아닙니까?"

 학년주임은 또다시 시끄러워질까봐 잔뜩 경계하듯 손사래를 쳤다.

 "다 잘 해결됐습니다. 애들 기록부에 뭐 하나 안 남았고 이제 조용해졌는데 어르신 왜 손녀를 곤란하게 만들려고 하세요? 혹시 신문사에 알리고 그러셨다가는 진짜 큰일

납니다. 손녀 앞길 막는 거예요."

할머니는 내게 시선을 던졌다. 그 눈길을 받자 나는 내가 그토록 원하지 않던 용기가 나는 것을 느꼈다. 한번 싸워보고 싶은 용기, 그렇게 해서 억울함을 바로잡고 여기 남아서 내가 그토록 원했던 미래를 포기하지 않겠다는 의지와 욕심. 나는 미래가 욕심나는 것이 두려웠다. 이미 차가운 실망 속에서 마음의 문을 닫아버렸기 때문이었다.

"영두, 해결이 되었니?"

할머니는 물었다. 그때 내 답에 따라 상황이 달라졌을까. 내가 할머니를 믿고 하나도 해결되지 않았다고, 나는 아픈 사람이 되었다고 솔직하게 말했다면. 나는 눈물이 그렁그렁한 눈으로 할머니를 보았고 리사를 보았고 낙엽을 다 떨어뜨리고 고요히 겨울을 받아들이고 있는 창밖의 나무를 바라보았다. 이미 내가 버리기로 한 것을 떠올렸고 떠나기로 결심한 순간을 떠올렸다. 그리고 돌아가기로 한 결정을.

"할머니, 이제 그만해요."

나는 손을 뻗어 할머니의 손끝을 건드렸다. 리사와 같은 말이었지만 같은 마음이 담기지는 않은 말이었다.

"다 해결되었어요."

5장

당신은 배고픈 쿠마 센세이

아침 창경원으로 들어선 5척 6촌 장신의 나는 마리코 히메다. 빨간 등은 철제 철창이 듬성듬성 빠진 원숭이사에 있다.

"먹을 것 좀 있어?"

빨간 등이 묻는다.

"없어."

"뭔가 있는 것 같은데?"

빨간 등은 속지 않고 코를 창살에 댄 채 애원한다. 주머니에 있는 것은 어린이들이 싫어하는 콩. 나 마리코 히메가 콩을 손바닥에 올리자 빨간 등이 가까이 온다. 다른 원숭이들도 우르르 몰려든다. 한마리가 아니다. 얼굴이 유마 아기 때 얼굴이랑 닮았다. 빨갛고 눈이 크고 못생겼다. 서로를 밀쳐가며 나도, 나도, 하고 모여드는 얼굴 모두가 아기 얼굴이다. 하나 둘 셋 넷…… 이제 스무마리 남았다. 나 마리코 히메는 아름다운 드레스를 입고 금실로 장식한 머리끈을 하고 있다.

"어디 갔어?"

"누구?"

오물오물 콩을 씹으며 빨간 등이 답했다.

"꼬리감기 선수."

"그 자식, 오줌을 제 손으로 어찌나 여기저기 바르던지."

콩이 목에 걸렸는지 빨간 등이 캑캑 헛기침을 한다. 꼬리감기 선수는 꼬리 끝이 염색물에 담근 듯 색이 짙었다. 한마리밖에 없어서 늘 눈을 동글동글 굴리며 눈치를 봤고 얌전했다.

"고무장화가 왔다 갔지?"

"맞아."

빨간 등은 콩을 나눠준 일에는 그다지 고마워하지 않는다. 콩이 없으니 관심도 시들하다. 매미를 잡아먹으려는지 나무 위를 올려다본다.

"나도 죽을 뻔했어. 손을 할퀴고 공중 그물에 매달린 덕분에 살았지."

나 마리코 히메는 놀라지만 빨간 등은 심드렁한 말투다. 무서워하지도 화를 내지도 않는다.

"별일 아니야. 죽음이란 명예롭고 아름다운 거야."

나 마리코 히메는 믿지 않는다. 그건 그냥 원숭이가 하는 말일 뿐이니까. 등을 돌리고 발걸음을 옮기는데 빨간 등이 부른다.

"마리코 히메, 다음번엔 과일을 갖다줘."

"그런 건 없어."

"없긴 왜 없어? 대온실에 가면 바나나가 있다고."

빨간 등이 얼빠진 표정으로 침을 흘린다. 그 바나나는 마리코 히메조차 손댈 수 없다. 오니 아이가 가만있지 않을 것이다. 오니 아이는 식물원과 동물원의 대장이다. 진짜 대장은 조류 박사이지만 늘 표본실에 처박혀 있고 쩡쩡 울리도록 소리 지르는 건 오니 아이뿐. 오니 아이는 아이가 아니라 어른인데 마리코 히메의 외모에 빠져 있다. 언제든 자기 집에 와서 풍금을 치라고 열쇠를 주었지만 받았을 리 없다. 한심한 인간에게는 손 내밀지 않는 것이 마리코 히메의 지혜이니까.

마리코 히메는 양부와 살고 있다. 이것이 좀 슬픈 대목이다. 엄마는 일본에 있다. 지바현 이치하라시, 유채

꽃과 벚꽃나무가 많은 작은 마을에서 아픈 할머니를 보살핀다. 그래서 마리코 히메만 유마와 함께 경성에 왔다. 유마는 마리코 히메의 진짜 동생이다. 엄마가 낳는 것을 보았으니까.

콩을 뺏기고 돌아선 마리코 히메는 텅 빈 담비 사육장으로 향한다. 창살이 다 뽑혔고 담비도 사라졌다. 지겨운 물자헌납 때문이다. 그렇다고 담비가 '반자이!' 외치며 전쟁터로 간 건 아니고 독수리장에 던져졌다. 상한 생선 대가리나 먹으며 견디고 있던 대머리독수리에게.

이 모든 건 다 고무장화가 한 짓이다.

"고무장화는 나쁜 분이 아니야."

양부는 고무장화가 명령에 따르고 있을 뿐이라고 해명한다.

"미국 비행기가 경성에 폭탄을 떨어뜨려 창경원 밖으로 동물들이 뛰쳐나가면 인간들을 다치게 할 수가 있어."

담비가? 토끼가? 말도 안 되는 소리다. 따오기가? 쇠기러기가? 지빠귀가? 황새가? 왜가리가? 새장을 열어 주면 모두 날개를 펴고 날아갈 텐데 왜 그러지 않고 육식동물 사육장으로 던져넣는 걸까? 나 마리코 히메는 명정전 옆 감자밭을 지나 쿠마 센세이를 만나러 간다. 식량증산이라는 푯말과 함께 감자가 자라고 있다.

"안녕하세요, 쿠마 센세이."

나 마리코 히메는 빠르게 사육장 안을 살핀다. 고무장화가 왔다 갔나 살피는 것이다. 먹이가 바닥에 수북이 놓여 있으면 그날이다. 어디서 났는지 옥수수며 고구마 따위를 놓고 "많이 먹어라, 저승밥 많이 먹어라" 하며 고무장화가 히잉 우는 날이 있다. 그러면 장화 속까지 눈물이 흘러 다 젖는다. 엉엉 울면 그 눈물이 춘당지 연못까지 흘러간다.

"쿠마 센세이, 오늘 날씨가 아주 좋지 않아요?"

나 마리코 히메는 벚나무의 울창한 초록빛을 가리킨다. 쿠마 센세이는 내 손가락을 따라 고개를 들고 지그시 눈을 감은 다음 킁킁 냄새를 맡는다. 관람객들 소리에 귀를 쫑긋거린다. 처음 만날 때는 달처럼 둥근 몸이었지만 지금은 갈비뼈가 고토(거문고와 비슷한 일본의 전통 악기)줄처럼 드러나 있다. 만지면 현을 따라 연주할 수도 있을 만큼이다.

"배고파요? 콩을 가져왔는데 드실래요?"

쿠마 센세이는 창살 가까이 다가서는 나 마리코 히메를 가만히 바라본다. 엉덩이를 바닥에 붙이고 바르게 앉아 있다. 발톱은 까맣고 털은 붉다. 코는 까맣고 눈은 반짝인다. 쿠마 센세이는 괜찮다며 사양한다. 그래도 예전에는 고무장화가 갖다주는 멀건 밀기울이나 콩깻묵이라도 먹었다. 나 마리코 히메가 엄마가 보고 싶어 울면 "늠름해져!"라고 격려했다. "마리코, 마리코 히메야. 눈이 내려 숲은 어둡고 언 물에는 차가운 별이 내려앉는데, 그만 울고 내 등에 타렴. 너를 엄마에게 데려다 줄 테니" 노래도 불러주었다. 창살이 없으면 정말 나를 태우고 멀리 일본까지 가줄 것 같은 센세이였다.

하지만 바로 옆 동물사에서 라이온 상, 퓨마 상, 오오카미 상이 한날한시에 사라지자 사흘을 울었고 더이상 밥을 먹지 않았다. 밀기울 위에서 파리 떼만 윙윙 춤을 추었다. 쿠마 센세이는 종이처럼 얇아졌고 새벽처럼 고요해졌다. 이따금 입이 마른지 혓바닥으로 입술을 축일 때조차 적막한 죽음이 느껴졌다.

"배고프지 않아요, 센세이?"

"사무라이는 굶어도 먹은 체하고 이를 쑤신다잖니."

"말도 안 돼요. 그리고 당신은 사무라이도 아니고 센

세이잖아요."

쿠마 센세이가 앙상한 팔을 들고 농담한다.

"그 둘에 차이가 있니?"

그때 인간들이 나타났고 마리코 히메는 얼른 휴게소 건물 쪽으로 숨었다. 지는 해를 등지고 관복을 입은 관리들이 서 있다.

"군에서 최후 알림을 했네. 아홉시에 보자고."

고개를 내밀어 봤더니 조류 박사였다.

"아이고, 원장님."

젖은 양말을 짜듯이 우는 건 고무장화 목소리였다.

"이 얘기는 가족한테도 하지 말라고 직원들 모두에게 일러두게."

"150두를 한번에…… 이 죄를 어떻게 할까요."

고무장화가 울상을 하며 어깨를 내려뜨렸다.

"그런 소리나 할 때가 아니야."

험악하게 말하는 건 오니 아이였다.

"초산이 모자라면 식물원에 가서 잿물을 얻어 와."

고무장화가 바들바들 떨면서 가는 꼴을 보자 쌤통이다 싶었다. 그런데 잿물이라니? 사람들이 가고 마리코 히메는 쿠마 센세이에게 얼른 도망가라고 소리쳤다. 센세이는 희미하게 웃으며 "드디어"라고 했을 뿐이었다. 마리코 히메는 고무장화보다 더 빨리 식물원으로 뛰어갔다. 창경원 안이라면 눈 감고도 어디에 뭐가 있는지 다 알았다. 대온실 뒤편만 가도 인부들이 모아놓은 호미나 가래 같은 농기구들이 수북하다.

"마리코 히메, 왜 그걸 가져가는 거야?"

귀찮게 양부가 물었다. 대답도 않고 뛰어가자 감히 나 마리코 히메를 붙들어 앉혔다.

"어린애가 막을 수 있는 일이 아니야. 얼른 집에 가라, 유마가 기다리잖니."

"유마는 죽지 않잖아!"

마리코 히메는 한 손에 호미를 들고 뛰었다. 여름 해도 다 졌으니 아홉시가 곧 다가올 것이었다. 쿠마 센세이를 끄집어내서 그 등을 타고 멀리멀리 가버릴 테다. 일단 우리 집에 가서 먹을 것을 주어야지. 쌀만두를 쪄서 같이 먹어야지. 마리코 히메가 호미로 자물쇠를 내리치자 동물사의 동물들이 소리를 질러댔다.

"도망쳐!"

나 마리코 히메는 열심히 알렸다. 그 소리를 듣고 정작 갇힌 동물들은 도망치지 못하고 경비원에게 마리코 히메만 쫓겼다. 큰물새우리 근처에 숨었다가 쿠마 센세이에게 갈 수 있는 때를 기다렸다. 모기 떼가 감히 나 마리코 히메의 다리를 물어대는데도 기다렸다. 폐장한 창경원 안으로 총을 든 엽사들이 오가는데도 기다렸다.

이윽고 아홉시가 되었는지 고무장화를 비롯한 여러 그림자들이 돌아다니며 동물 우리 안으로 고구마를 던졌다. 얼마 지나자 그것을 먹은 들소가 캥거루가 하마가 멧돼지가 타조가 사지를 떨며 쓰러졌다. 고무장화는 왕의 마부였던 시절부터 길렀던 제주 말의 자손들을 죽이며 꺼이꺼이 울었다. 바로 죽지 않는 동물은 그림자들이 직접 들어가 해결했다.

"약이 모자란지 안 죽는데. 이봐, 창을 가져와. 내가 찔러볼 테니."

쿠마 센세이 앞에서 오니 아이가 말했을 때 나 마리코 히메는 안 된다고 소리를 질러대다 누군가에게 얻어맞고 기절해버렸다.

아랑씨가 넘겨준 자료에는 흥미로운 것들이 많았다. 태평양전쟁 막바지인 1944년 조선에 살던 내지인 초등학생이 썼다는 작문도 그랬다. 「낙선재 마마님」「배고픈 쿠마 센세이」라는 두편의 글은 그 당시 일본의 진보적 학생잡지 『주간소국민(週刊小国民)』에 발표된 것이었다. 시미즈 마리코(淸水眞理子)라는 이름의 학생 저자였다. 경성의 계동공립국민학교 4학년 6반 반장이라는 그는 내지 어린이들이 조선 생활을 진심으로 궁금해한다는 말을 어머니께 전해 듣고 글을 써보기로 결심했다고 첫머리에 설명했다. 세편을 쓰겠다고 포부를 밝혔지만 두편만 발표됐고 이후 잡지는 일본정부에 의해 강제폐간되었다.

「낙선재 마마님」은 전쟁 수탈기에 창경원 동물들이 굶는다는 얘기를 들은 '순종비 윤씨'가 자기 몫의 과일을 넘겨주었다는 내용이었다. 여기서도 자기 자신을 가리키는 마리코 히메, 즉 마리코 공주가 주인공이었다.

아랑씨는 만약 이런 글도 필요하다면 후배에게 번역을 맡겨주겠다고 했다. 어린아이의 글이었기에 번역하는 데 어렵지는 않았다. 아이는 관리의 자식으로 창경원을 자유로이 드나든 듯했다. 두근거리는 마음으로 읽어내려가던 나는 약간의 실망을 느꼈다. 실증담이리라 기대했던 글은 동화였다. 「배고픈 쿠마 센세이」도 결말 부분에 가자 주인공이 여신의 도움을 받아 곰과 함께 바다용궁을 거쳐 일본으로 떠났다. 이를 의식했는지 문학교사가 해설을 달았는데, 수리 보고서에 쓴다면 그런 논평 정도일 것 같았다.

그는 어린아이답게 상상의 세계로 표현하고 있어도 상당 부분이 사실과 일치한다고 밝혀놓았다. 태평양전쟁으로 동물들이 대량 처분된 사실은 경성이나 도쿄나 마찬가지였다. 자기 손으로 애지중지 기르던 동물들을 죽여야 했던 사육사와 직원들의 비극은 짐작조차 어려운 것이었다. 150마리의 동물을 처리하는 데는 독살, 교살, 액살, 척살 등 다양한 방법이 동원되었다. 결과적으로 해방이 될 때까지 경성에 미군 폭격이 없었던 점을 생각한다면 더 한스러운 참상이었다.

책상에서 빠져나와 마루에 누웠는데 발끝이 시렸다. 상상의 세계이고 마리코가 공주일 리 없더라도 창경원에서 일어난 비극은 현실일 것이다. 마음이 아파왔고 슬픔이 밤이슬처럼 내려앉았다. 그때 지하 배양실의 뼈들도 그런 과정에서 옮겨진 것들이리라는 확신이 들었다. 마리코 글에 독약이 모자라면 식물원에 알아보라고 했다는 구체적인 정황이 있지 않은가. 죽은 동물들을 지하 배양실 근처에 묻었을 수도 있다. 시간이 지나 지하의 상황이 변하면서 뼈들이 그 위치로 내려앉았겠지. 그러면 동궐관리청도 부담이 덜하지 않을까. 나는 덮어두었던 「배고픈 쿠마 센세이」를 꺼내 다시 차근차근 읽어보기 시작했다. 그때 알림 소리를 내며 문자메시지가 들어왔고 삼우씨가 다음주 약속을 상기시켰다.

동궐관리청 사람들과 회식을 앞두고 소목이 직원들을 불렀다. 말이 회식이었지 사실은 어떻게든 지하 배양실을 발굴하려는 절박한 작전 회의였다. 소장은 일이 있어 먼저 나가면서 설계도서 납품 기간을 어기면 계약해지의 빌미를 주는 것이라고 상기시켰다. 어쩌면 장과장이 술수를 쓰는지 모른다고, 미적거리다가 골치 아프게 구는 우리와 선 긋고 싶을 수도 있다고. 계약해지가 되면 지금까지 헛일한 셈이니 상상만으로도 아찔했다.

우리가 내세울 수 있는 명분은 문화재청에서 작성한 수리공사 예규 정도였다. 문화재의 연혁, 가치, 특성 같은 고증조사와 문화재 주변 현황조사를 실시해야 한다는 것. 하지만 세상일이 그렇듯 그런 원론적인 얘기야 현실에서는 소용없기 마련 아닌가. 일단 무너진 지하 공간이 복원 대상인지부터 따지게 되리라고 소목은 내다봤다.

이번 공사에 반드시 필요한 발굴인지도 보는 사람마다 다를 것이다. 소장을 통해 의견을 전해도, 그 좋아하는 공문을 보내도 반응이 없던 장과장은 설계도서 납품일이 코앞까지 다가온 때에야 약속을 잡았다. 우리는 장과장을 설득할 마지막 기회라고 별렀다.

"그냥 속을 터놓고 얘기하면 되지 않겠어? 젊은 사람들 진심이 통하면 되겠지."

소목이 사람 좋은 웃음을 짓자 제갈도희가 말도 안 된다는 듯 손을 내저었다.

"절대 그런 순진한 분 아닙니다. 그냥 넘어가지 않겠다, 언론에 알리겠다 이렇게 으름장을 놓아야 해요. 땅 밑 유물 쉬쉬한 동궐관리청, 우리 문화재 지킴이 맞나? 기사 나고 클릭수 올라가고 유튜버들 창경궁에 몰려들고 홈페이지 다운되고."

은세창은 가능한 시나리오를 펼쳐나가는 제갈도희를 우려하는 얼굴이었다. 손가락으로 샤프를 초조하게 돌리며 한숨을 쉬었다. 그렇게 되었을 때 아쉬워지는 건 당연히 바위건축사사무소였다. 계약 실행 중 발주처를 폭로한 설계사무소라니, 앞으로 입찰에 명함도 못 내밀 상황이 뻔했다.

"다들 그냥 넘어갈 수는 없다는 거잖아. 내가 이해한 게 맞지?"

"그럴 수야 없죠. 매장문화재 발견 시 신고하는 거 공사 주체들 의무잖아요."

은세창의 말을 나도 이어받았다.

"막상 만나서 얘기해보면 어려운 문제가 아닐 수도 있어요. 예산이 가장 걸림돌일 텐데 아랑씨가 귀띔해준 바로는 일단 시굴비는 과장 전결로 처리할 수 있는 변경사항이래요."

"그나마 희소식이네요."

제갈도희가 수첩에 뭔가를 끄적거리며 시들하게 동의했다.

"소고기를 사야겠네. 일단 소고기가 구워지면 사람들 마음이 변하잖아?"

소목 말에 모두들 착잡한 가운데에서도 웃었다.

"변하죠. 없던 인류애도 생겨납니다."

은세창이 답했다. 처음에는 보고서를 위한 관심이었지만 지금은 사명감 같은 것이 생겨나고 있었다. 마리코라는 어린아이가 자기 아픔을 환상으로 처리하면서까지 이야기하려 한 진실, 거기에 응답하고 싶었다.

"채식주의자라던데요."

제갈도희가 아무도 예상 못하셨죠? 하며 주위를 둘러

보았다. 어떻게 알았느냐고 소목이 묻자 거래처 사람 카톡 프로필이랑 SNS 방문은 일종의 에티켓 아니냐고 되물었다. 소개팅 전에도 사전 리서치가 필수인 마당에 나한테 돈을 주거나 내 노동력 가져갈 사람에 대해 그 정도는 알아야 한다고. 소목은 난 카톡도 SNS도 안 해서 다행이네, 하며 가슴을 쓸어내렸다.

"며칠 전 대둔산 다녀오셨죠?"

방심하지 말라는 듯 제갈도희가 재잘거렸다.

"어떻게 알았어?"

"차 유리창에 공영주차장 영수증이 낙엽처럼 찰싹 달라붙어 있습니다. 사람은 흔적을 남기게 마련이에요. 유령이라면 모를까."

접선 장소는 쏘가리회를 파는 식당이었다. 은세창과 소목은 소장 차에, 제갈도희는 내 차에 타고 파주를 출발했다. 서울로 진입하는데 난지한강공원에 단풍이 와르르 물들어 있었다.

"아무리 봐도 빨간 맛이 최곤 거 같아요." 제갈도희가 들뜬 목소리로 말했다.

"무슨 음식 중에서요?"

"낙엽 중에 빨간 낙엽이 제일 예쁜 것 같다고요."

나는 제갈도희의 독특한 표현 때문에 한바탕 웃었다. 저번에 삼우씨와 연락된 일을 전할 때도 "그분 뭔가 식어버린 만주 같은 느낌이었어요"라고 했기 때문이다. 주말에 삼우씨를 만나기로 했다고 전하자 제갈도희는 낙원하숙에 대한 정보를 풀어냈다. 한옥이 너무 근사해 열심히 알아봤다고 설명했다. 낡고 사람이 살지 않아 더 흉흉해진 집 어디가 근사했을까. 나는 제갈도희를 뼛속까지 건축가라고 인정했다.

"그럴까요? 저 맞게 길을 가고 있는 걸까요?"

"맞고 틀리는 개념은 아닌 것 같아요. 저도 인생 잘 모르지만."

"우리 영두님 역시, 언니라고 부르고 싶다."

제갈도희는 그 집이 어째서 문화재청 산하에서 관리되지 않는지 궁금했다고 설명했다. 역사적 보존이 필요한 한옥들 상당수가 지정문화재는 아니더라도 등록문화재 정도의 푯말은 달고 있으니까. 흥신소 직원 같은 호기심에 등기를 열람하고 약간 놀랐는데 최초 소유자가 조선총독부였기 때문이다. 일본인 관리 사택으로 쓰였을 것 같다는 짐작이 들었다. 한국전쟁 이후에는 여러번 주인이 바뀌었다가 1986년부터 안모씨가 소유했다고 말이 이어졌다. 문서에 공란으로 남은 이름은 '문자'일 거였다. 이름들을 안다는 건 서류가 말해주지 않는 역사를 채워넣을 수 있는 것이구나 싶었다.

"최근 주인에게 명의이전된 때는 언제던가요?"

"재작년인가 그렇더라고요? 외국인이고. 근데 소송을 했나보더라고요. 사회복지법인으로 이전된 소유권을 소송으로 되찾아온 것 같던데."

문자 할머니가 돌아가신 때는 불과 몇해 전이었다. 마지막으로 얼굴을 볼 수 있지 않았을까 후회스러웠다. 이런 가정은 소용없지만 한번 할머니를 찾아뵀더라면, 대온실 수리가 몇해 먼저 시작되어 내가 원서동으로 일찍 돌아왔다면 아니, 그저 내가 좀더 용기를 내었다면.

식당에 먼저 도착해 기다리는데 장과장과 왕주무관 그리고 아랑씨가 방으로 들어왔다. 날씨 얘기나 하며 어색하게 앉아 있다 미리 예약해놓은 음식을 주문했다. 장과장이 방 안을 둘러보더니 "일반 횟집이 아닌가요?" 하고 물었다.

무슨 트집을 또 잡으려나 싶은지 제갈도희가 눈을 둥그렇게 떴다. 장과장이 손바닥을 비비면서 뭔가를 찾더니 메뉴판을 확인했다.

"우리 뭐 쏘가리 먹는다고 했죠? 가격이 싯가네."

"쏘가리가 청정 1급수에만 살아서 구하는 게 아주 어려운 생선이에요. 서울에서도 회로 하는 건 몇집 안 되죠."

소목이 말했고 은세창이 의욕적으로 거들었다.

"요즘은 그나마도 안 잡혀서 지난번 지자체에서 쏘가리축제를 했는데 한명이 딱 네마리 낚았답니다."

"아니, 쏘가리축제를 하는데 쏘가리를 한명밖에 못 잡으면 어떡해. 그건 축제가 아니잖아."

소장이 테이블 위에 스카프를 벗어놓으며 농담했다. 모두들 웃는데 장과장이 쏘가리 말고 다른 메뉴를 먹자고 말했다. 쏘가리만 파는 식당에서 쏘가리를 먹지 않으면 뭘 먹는단 말인가? 우리가 당황하자 정부기관이라 인당 허용되는 저녁값이 정해져 있다고 선을 그었다. 반찬을 놓으러 직접 들어온 사장은 토끼 눈이 되었다. 여덟명에 맞게 쏘가리를 마련해놨는데 대체 무슨 말인가. 회가 무슨 다른 재료처럼 내일 써도 되는 음식인가.

"장과장님 걱정 마세요. 밥 먹는 것 가지고 너무 그런다. 이거 그렇게 안 비싸요."

소장 말에는 아랑곳없이 장과장 시선이 사장에게로 향했다.

"싯가가 얼맙니까?"

50대 연배의 사장은 미소가 싹 걷힌 얼굴로 "킬로당 이십……"이라고 하려다 소장과 눈을 마주치더니 "이거 한 상 이십만원이요" 하고 말을 바꿨다. 거짓말이 분명했지만 말 그대로 싯가란 식당 사장 마음대로라는 얘기였으므로 장과장도 캐물을 수 없게 되었다.

"거봐요. 민물고기가 비싸면 얼마나 비싸다고. 독일은 생선 무지 비싸지, 바다가 없어서."

소장이 화제를 돌리려는데 장과장이 자기 법인카드를 꺼내 삼만원만 결제해달라고 했다.

"그러면 제, 제 것도 계산을……"

왕주무관이 눈치 빠르게 상황을 알아챘다.

"왕주무관은 그냥 먹든가 개인카드를 쓰든가 하면 되지, 뭘 장급처럼 몸을 사려. 계속 승진해서 3, 4급까지 갈 거야? 아니잖아. 요즘 세대들 공무원직에 오래 안 붙어 있거든."

왕주무관은 할 수 없이 자기 카드를 내밀었다. 아랑씨는 그냥 먹겠다고 했다.

"오 연구사는 상관없지. 어차피 기간제니까."

"네, 저는 상관없어요. 업체에서 사주시는 쏘가리 실컷 잘 먹겠습니다."

하지만 쏘가리에 대한 장과장의 탐닉이란 청정지역의 최상위 포식자 메기에 못지않았다. 그는 정말 그 싯가의 쏘가리회를 좋아했다. 같은 생각을 했는지 제갈도희도 어이가 없다는 얼굴로 나를 마주 보았다. 이윽고 타이밍을 잡아 시굴 얘기를 꺼내자 장과장이 두 손을 흔들며 중단시켰다. 설계도서에도 언급하지 말고 외부에 나가서 문제삼지도 말라고 주의를 줬다.

"강영두 선생님이 보고서 주신 것처럼 창경원 곳곳에서 그런 뼈가 자주 발굴됐어요. 해방 때만 문제가 아니라 한국전쟁 때는 오죽했겠어요? 북한 애들이 그랬겠지만 낙타랑 사슴이랑 얼룩말들 발목이랑 머리통만 남아 있었다고요. 표본실도 털렸는데 호랑이 어금니를 빼 가려고 쑥대밭으로 만들어놨고. 그런 역사 이미 여러분이 나서지 않아도 다 아는 옛날얘깁니다."

장과장은 더이상 말할 필요 없다는 듯 맥주잔을 들어 건배를 제안했다.

"지금은 잘 모르잖아요, 저도 그랬지만. 사람들에게 다시 기억시켜야죠."

"그러니까 그 복원, 지금 대온실 공사에서 안 해도 된다고요. 아니, 그리고 식물도 아니고 동물 일인데 왜 신경을 써. 이봐요, 강영두씨. 그런 의욕은 임시고용 끝나고 진짜 본인 일 찾았을 때나 발휘하세요."

"와, 정말 너무하시네요."

제갈도희가 깻잎을 쥐고 있던 손으로 테이블을 치며 정색했다.

"아니, 뭐 고용노동부장관이세요? 남 고용상태에 관심이 찐으로 많으신 것 같아요. 지금 갑질하시는 거 모르시죠?"

제갈도희는 더는 참을 수가 없는 모양이었다. 미소한 부리이지만 어떻게든 쪼아서 장과장을 회개시키겠다는 투지가 느껴졌다.

"아이고, 우리 막내가 술이 너무 약해서 취했네. 이해 부탁드려요. 얘가 엠지라 그래, IMF 때 태어난 거잖아. 나 유학 갈 때야."

소장이 팔을 내밀어 날갯짓하는 곤줄박이를 횃대로 주저앉혔다. 발주처 한마디면 피곤할 대로 피곤해지는 확실한 을의 자리로.

"자, 이렇게 정리하고 두번은 만나지 맙시다, 네? 지금 예산도 시간도 부족해요. 충분하지 않아. 바위건축에서는 설계도서 제때 납품하고 나중에 수리공사에서 문제가 되면 그때 자문회의 안건으로 올려서 처리할게. 뭣 하러 이 단계에서 일을 벌이려고 하냐고. 자기들도 일만 느는 것 아냐?"

"구트, 그러면 되겠네. 장과장님 역시 이십년 공직생활 판세가 훤하십니다. 우리 의욕 넘치는 직원들도 이만하면 오케이지?"

식당에서 나온 뒤 아무도 2차를 가자고 하지 않아 헤어졌는데, 제갈도희가 휴대전화로 약도를 보내며 맥줏집에 잠깐 들르라고 했다. 그사이에 얼마나 마셨는지 아니면 원래 술이 약한지 완전히 취한 왕주무관과 그런 그를 약간은 흐뭇하게 지켜보는 제갈도희가 있었다. 둘은 공동의 적인 장과장을 안주로 놓고 마셔댄 모양이었다.

"우리가 회식을 하면은요, 에? 건배사만 사십분을 해요. 고기고 뭐고 다 타고 다 식어버려. 맛이 없어요. 맛은 뭐 죽을 맛만 있지."

"직장생활 다 그렇죠 뭐. 그래도 직장이 기관이니까 계약서상에서라도 갑이잖아요, 갑."

곤줄박이가 엄지를 치켜들고 왕주무관 얼굴 앞으로 내밀었다. 왕주무관은 그렇게 자기 눈앞까지 다가온 곤줄박이의 신체 일부분에 약간 당황하더니 "손가락이 예쁘시네요" 하고 말했다.

"왕주무관님은…… 목소리가 약간 엑소 디오 같은 게 딱 고막남친감이네요."

나는 팝콘을 집어 먹다가 갑자기 뭔가 찾아야 하는 것처럼 바닥으로 시선을 피해주었다.

"아무튼 건축가면 멋있잖아요. 자유롭고."

"아유 제가 입사하고 통모짜렐라예요. 잠을 통 못 자는 과노동의 신데렐라."

"그렇게 고생하시는데 이렇게 돼서 제가 죄송하네요."

"일 덜하면 몸은 편한데 마음이 무겁죠, 그런 채로 둔다는 게. 동물이라도 사람들이랑 같이 지내던 동물이잖아요. 걔들을 그렇게 해놓고 꽃이 피네 지네 대온실에서 그런다는 게 얼마나 이상해. 동물이나 식물이나 사람이나 원소상으로 보면 다를 게 없거든요. 같은 물질이죠."

제갈도희가 사뭇 진지해지자 왕주무관의 표정도 무거워졌다.

"장과장이 공사 시작하면 얘기해보겠다니까."

내가 상기시키자 왕주무관이 당나귀 울음소리를 내며 그러지 않으리라 장담했다. 하기는 모두가 그렇게 짐작하기는 했을 거였다.

"두분, 제가 알려드렸다고는 하지 마시고, 이렇게 해보세요. 내년 3월 공사가 시작되면 나타나시는 겁니다."

왕주무관의 표정은 큰 결단을 내린 사람처럼 엄숙했고 어느 면에서는 거룩함까지 풍겼다. 텃새 중에 가장 작지만 벼랑을 오가며 용감하게 먹이를 찾는 굴뚝새의 오라가 풍겼다.

"매장문화재 보호 및 조사에 관한 법률 시행규칙 제5조, 건설공사 사업 면적 중 2퍼센트 이하는 발굴허가 없이 표본조사가 가능!"

제갈도희의 눈이 휘둥그레지면서 노란 부리가 조그맣게 열렸다.

"수리 보고서 작성을 위한 표본이 필요하다고 하면 그런가보다 하고 파줄 겁니다."

"장과장은 어떻게 하고요?"

"기러기 아빠거든요. 3월마다 휴가 내고 캐나다를 간답니다. '마치 브레이크'라고 애들이 봄방학을 하거든요."

맥줏집에서 나와 왕주무관을 택시 태워 보내고 제갈도희는 주차장까지 나를 따라왔다. 너무 기대에 차 오히려 말이 없어진 것 같았다. 그건 나도 마찬가지였다.

"언니, 우리 둘만 알고 봄을 기다려요. 얼지 말고 버티

자고요."

 말투가 비장해서 나는 웃다가 제갈도희에게 손을 내밀었다. 제갈도희가 내 손을 잡고 힘차게 흔들었다. 그러고 자기는 소화시킬 겸 지하철을 타겠다며 역을 향해 성큼성큼 걸어갔다.

 다음 날 소장은 모두를 불러 지하 공간 건은 흔적도 없이 빼고 설계도서 납품을 끝내라고 지시했다.

 "다른 일 안 할 거야? 안동, 남해 현장에서 줄줄이 기다리는데 무슨 추리소설 읽는 애들처럼 거기 매달릴 거야? 그만해, 그만."

 "네, 얼른 일하겠습니다."

 제갈도희가 순순히 대답하자 소목이 의외라는 표정을 지었다. 다음으로 내게 남은 건 다분히 기계적이고 자료 기술에 가까운 작업이었다. 실측조사 결과를 각 부분으로 나눠 진단하고 수리 공사안을 기술했다.

 대온실을 받치고 있는 계단과 기단 같은 기단부, 축부, 추녀 및 수평보에 해당하는 지붕가구부, 유리와 서까래로 이루어진 지붕부, 타일, 난간, 홈통, 지붕 장식, 개폐 장식 같은 기타 부위. 기단석은 오래되어 오염이 심각했고 지의류가 붙어 자라고 있었다. 나는 홈통에서 흘러나온 녹이 물든 기단석 사진을 한참 들여다보았다. 그것은 마치 누군가 던진 붉은 과일처럼 방사형으로 번져나가 있었다. 철제 기둥을 지지하는 지대석은 심각하게 침하된 상태였다. 백여년 동안 대온실을 채우고 있던 습기는 페인트칠을 벗기고 나무 기둥을 부후(腐朽)시키고 유리가 맞닿은 창에 곰팡이를 만들었다. 하지만 또 그 습기는 식물들을 감싸면서 이 유리 공간을 살아 있는 존재들의 공간으로 유지시켰다.

대온실의 아름다운 유리 창호들은 모양과 작동방식이 조금씩 다른 수십가지 타입이었다. 한짝은 고정된 채 다른 한짝은 개폐가 가능한 여닫이창, 아예 열 수 없는 고정창, 문과 상부 살 무늬가 조금씩 달라 각자 다른 번호로 분류된 상하부창 등.

나는 유일하게 남은 축조 당시 유리문을 살펴보았는데 아무리 생각해도 낙원하숙 대문 손잡이와 비슷해 보였다. 낙원하숙이 본래 총독부 소유였다는 제갈도희의 말이 떠오르면서 어쩌면 그 당시 흔했던 형태인지도 모르겠다는 생각이 들었다.

"한옥 대문에? 유리 손잡이를?"

소목은 의아해했다. 모두 현장으로 나가고 둘이서만 식

사를 한 참이었다. 소목은 지금의 우리에게도 유리는 여전히 비싼 자재라고 했다. 옛날에는 어떠했겠냐고. 한때 영국에서는 집의 유리창 개수를 세어서 세금을 징수하기도 했다고 예를 들었다. 세금을 피하려고 창문을 없애는 바람에 사람들이 시름시름 앓고 우울증에 걸리기도 했다는 거였다.

"우리나라에서도 처음으로 유리창을 쓴 건 일본공사관 건물이었어요. 그뒤로 일본 상인들이 명동 거리에 쇼윈도를 들여왔는데 그 덕분에 상권을 잡았다는 얘기가 있을 정도지. 유리에는 자기 모습도 비쳤으니까 눈이 휘둥그레졌겠지. 그런 거 보면 우리 조상들이 쓴 창호지야말로 정말 좋은 창문 재료죠. 빛과 통풍 모두를 잡고 자기 자신에 대한 나르시시즘보다는 흰 벽을 마주케 하는."

소목의 말을 듣고 보니 손잡이는 할머니가 구해다 달았으리라는 생각이 들었다. 그래서 소중히 여겼을 것이다. 늘 소박했던 할머니에게 그런 화려한 손잡이가 필요했던 이유는 무엇이었을까. 나는 삼우씨가 혹시 알지도 모른다고 기대했다.

설계도서 데이터를 넘기고 금요일부터 토요일까지 내리 잠을 잤다. 몸에는 여름과 가을 동안의 피로가 남아 있었다. 긴장과 불안, 갈등과 두려움, 의욕과 낙담, 몰두와 보람의 시간들이 전체에 흐르는 듯했다. 몸살을 앓듯 진땀을 흘리며 자면서도 나는 잘 살았다,고 자부했다. 살아 있는 듯 일했고 잘라내려 했던 기억들도 이어 붙이게 되었다.

꿈에는 얼굴도 모르는 마리코 히메가 나왔다. 그 아이는 일본 애니메이션에 등장하는 여느 일본 소녀처럼 맑고 또렷한 눈이었고, 내가 마리코, 하고 부르자 뒤돌아보며 "내 이름을 어떻게 알아?" 하고 물었다. 나도 내가 어떻게 알아봤는지 설명할 수 없어서 멈칫했는데 마리코는 "다시 불러줄 수 있어?" 하고 청했다. 마리코 히메, 다시 불러주는 순간 아이 얼굴에 어리는 슬픔이 보였다. 나는 왜 슬픈지 알 수도 없으면서 실제로 울면서 꿈에서 깨어났다.

언제 들어왔는지 산아가 옆에서 자고 있었다. 산아 역시 우리 집 현관 비밀번호를 아는 사람 중 하나였다. 나는 산아의 얼굴을 들여다보았다. 주근깨가 두드러진 볼과 말랑하고 부드럽게 눈을 덮은 눈두덩과 뭘 하다 잠들었는지 터치펜슬을 꼭 쥐고 있는 손을. 누구에게나 있는 시절이고 모두가 겪고 지났을 시간인데 왜 아이들을 보면 다른 차원의 존재처럼 느껴지는지 알 수 없었다. 조금 시간이 흐르자 산아가 기지개를 켜더니 벌떡 일어나 앉았다.

"이모, 주일에 약속 있어서 오늘 저녁 미사 온다고 하지 않았어요?"

시계를 확인하니 미사 시간은 지난 지 한참이었다.

"애고, 오늘 또 생각과 말과 행위로 죄를 지어버렸네."

나는 참회기도 올리는 시늉을 잠깐 했다. 산아가 히죽 웃으며 자기가 내 몫까지 기도했으니 안심하라고 자랑했다. 산아는 기분이 좋아 보였다. 스미가 산아 말대로 잘 따르고 있다고 전했다. 산아의 태블릿 피시에는 스미의 소지품이 등교시간과 하교시간으로 나뉘어 기록되어 있었다. 해리 상태도 나아졌는지 처음에는 남의 물건이 어떻게 자기 가방에 들어 있는지 기억도 못했지만 나중에는 체육시간에 잠깐 가져왔던 것 같아, 하면서 도로 갖다준다고 했다.

"애들은 뭐라고 안 그래?"

"내가 시키면 애들은 잘 따르잖아. 한놈만 빼고."

"누구?"

"누구겠어요. 오태양 걔는 만날 그러니까 포기해야 해."

"좀 슬픈 말이다. 사람을 포기한다는 말."

"이모, 그렇게 마음이 약하면 어른으로 살 수가 없어.

안 되는 애는 안 돼. 으이구, 그러니까 엄마가 만날 이모 걱정을 하지."

산아가 정색을 했다. 그러면서 깃을 겹쳐 이불을 개기 시작했다.

"산아 엄마 은혜씨도 철없기는 마찬가지야. 이모는 은혜씨 걱정이 더 돼."

"하긴 그렇지. 어른들이란 아주 걱정투성이들이야."

말은 그랬지만 산아는 씩 웃었다. 나도 산아 나이 때는 아빠를 늘 걱정했다. 그것이 아빠에게 해줄 수 있는 유일한 일인 것처럼. 하지만 표현하지 않았기에 아빠는 그런 잔소리와 짜증이 사랑인 줄 몰랐을 것 같다. 아니, 아빠는 어른이었으니까 훤히 알고 있었겠지. 그래서 암 진단을 받고 나서도 숨겼겠지. 집 안에만 은신하는 딸에게 뭘 제대로 알릴 수나 있었을까. 나는 11월의 찬바람이 새어들어오는 창에 커튼을 쳤다.

"우정 여기까지 오셨는데 죄송하게도 이제 영두는 제가 제 분수껏 키우려고요."

강화로 문자 할머니가 찾아왔을 때 아빠는 집이 아니라 동네 식당으로 할머니를 모셨다. 할머니는 아빠와, 지금 할머니가 왜 여기 있는지조차도 오래 생각하고 있을 수 없는 위태로운 나를 그 특유의 먼눈으로 바라보았다. 식사가 끝나고 할머니는 나와 둘이서 산책해도 되겠느냐고 물었다. 아빠는 "아픈 애라…… 금방 보내주시겨" 하고 집으로 돌아가고 우리는 마른 갈대가 으스스 흔들리는 마을을 걸었다.

논 옆 방죽은 얼어 있었다. 할머니는 내내 들고 있던 종이가방에서 스케이트를 꺼냈다. 그걸 일부러 신발장에 놓고 온 건 나였고 다시 선물하기 위해 들고 온 건 할머니였다. 스케이트를 살펴보았다. 날은 반짝반짝 닦여 있고 가죽에도 부드러운 윤이 났다. 그때 내가 왜 그걸 신고 얼어붙은 방죽을 한바퀴 돌아보았는지는 기억나지 않는다. 어떤 속도로 얼마나 얼음 위를 지쳤는지도. 할머니가 지켜보는 가운데 양발에 힘을 주어 달리는 동안에는 바람마저 내 동력에 합류하는 듯했다. 그리고 마음 저편에 밀어넣었던 의욕이 아프게, 마음이 깨어지듯 아프게 올라오는 걸 느꼈다. 할머니가 원하는 대로 나도 하고 싶은 욕심이. 그 생각이 들었을 때 갑자기 나는 스케이팅을 멈췄고 얼음 위에 콰당 넘어졌다. 할머니가 괜찮냐며 그 미끄러운 곳까지 몇걸음 걸어들어왔다.

마지막으로 같이 걸었던 그 길에서 할머니는 조용조용

한 목소리로 당신이 좋아했다는 옛날이야기를 들려주었다. 할머니 역시 당신 어머니에게 들었다는 그 전래동화는 한 낚시꾼 청년이 거북이를 살려준 덕분에 용궁에서 환대를 받는, 어느 나라에나 하나씩 있는 설화였다. 나는 우리나라 얘기와 비슷하면서도 결말이 다르다고 생각했다. 그 얘기에는 흩날리는 지금의 입김 같은 슬픔이 서려 있었다.

"이모, 포도 과학자 얘기는 끝났어요?"

산아가 물었다. 유럽과 미주 여행을 끝내고 폭풍우를 겪으며 집으로 돌아간 데까지 얘기했다는 거였다. 내가 그뒤로 포도 과학자가 어떻게 되었을 것 같으냐고 묻자 산아는 포도를 아주 많이 심었을 거라고 대답했다. 넝쿨이 자기 집을 다 덮을 만큼 포도를 키워서 포도주의 신, 이를테면 로마 신화에 나오는 바쿠스처럼 되었으리라고. 그리고 엄청나게 아름다운 정원을 만들어 사람들이 다 구경을 갔을 것 같다고.

산아 예상대로 후쿠다는 더 많이 심고 가꿨지만 한동안은 본인 집에서만 그랬다. 조국에는 유럽에서 배운 지식을 활용할 여건이 조성되어 있지 않았다. 능력이 없었던 게 아니라 직(職)이 없었다. 죽을 고비를 넘기며 배워 온 원예 지식을 자신의 자택에 지은 신식 식물원에서 고독하게 시험했다. 프랑스에서 보고 들은 것을 토대로 온실 건물의 축소판인 온실 상자를 만들었고 거기에 똥, 낙엽 같은 열원을 사용하여 채소의 속성재배법을 개발했다. 바쿠스가 아니라 실질적 먹을거리를 고민하는 농업의 신 사투르누스가 되어 토마토, 오이, 상추, 배 등을 생산했지만 경제성과는 거리가 있어 널리 퍼지지는 않았다. 그런 인고의 세월이야 그의 인생에 옵션처럼 따라붙곤 했으므로 견딜 만했다.

그런데 신기한 변화가 일었다. 자신의 꿈을 제대로 펼쳐낼 수 없는 울분과 소외감 속에 일본 황실의 상징이기도 한 국화를 향한 열정이 살아난 것이었다. 국화는 식물원이나 연구소 신설에 관심 없는 고위관리들을 식물에 빠져들게 하는 좋은 수단이기도 했다. 후쿠다는 백작이나 기사 같은 고위관리들의 집에 정원을 지어주며 그것이 새로운 마음을 불러일으키기를 기대했다. 회고록에도 적었듯 후쿠다는 국화가 원과 백제에서 전해졌지만 그 품격을 높인 주체는 일본이라고 자부했다.

그가 행한 국화 원예는 행과 열에 대한 집요한 집중으

로 요약될 수 있는데 관리들은 물론 서양인들까지 그 기이한 아름다움에 감탄했다. 집합체가 만드는 질서와 규모, 자연물이라고는 믿을 수 없는 집체적 인공미. 궁핍한 시골 마을의 부흥을 꿈꾸며 반슈포도원 온실에서 포도뿌리혹벌레와 싸우던 시절은 가고, 그의 조국은 러시아를 물리치고 한반도와 만주를 점령하며 승승장구했다. 한 줄기에서 돔 모양으로 피어난 천송이의 국화 화분은 그런 일본을 상징하는 기념탑 같은 것이었다.

이후 후쿠다는 황실 업무를 주관하는 궁내성으로 아예 옮겨간다. 황실 정원을 조성하고 황실에 공급하는 채소와 과일, 원예용 꽃과 식물을 가꾸며 황실 연회를 총괄하는 직을 맡았다. 외국 공사들을 황실 정원으로 불러 꽃놀이를 하며 개항 초기의 불리한 조약들을 조금씩 고쳐나가던 시절이었다. 시간의 변화에 순응하고 비처럼 떨어져내리는 꽃잎을 기리며 모두들 애조의 '아와레(哀れ)'를 외쳤다.

천황은 사무라이를 대동하여 황실 정원을 산책하며 이따금 식물의 이름을 물었다. "이것의 이름은?" 천황이 물으면 사무라이가 관리들에게 다시 확인했다. 그때 일본어가 아닌 라틴어 학명이나 외국명을 대는 건 있을 수 없는 일이었다. 후쿠다를 비롯한 직원들은 머리를 쥐어짜 이국

의 식물 이름을 일본어로 바꾸어 부르기 시작했다. 남미가 원산지인 난꽃 카틀레야(Cattleya)는 히노데(日の出)라고 불리게 되었다. 그것은 해돋이, 욱일승천하는 기세를 뜻했다.

그후 일생일대 산업인 신주쿠교엔과 향초실이라는 온실을 완성하며 후쿠다는 승승장구했다. 관과 백성과 황실이 조화롭게 근대의 '진보'를 이루고 있다고 믿었다. 하지만 진보는 누군가의 굶주림도 불러왔는데, 노면전차의 등장으로 인력거꾼들이 직업을 잃는다든가 식민지에서의 쌀 수입으로 쌀값이 폭락해 농민들이 아사한다든가 하는 일이 벌어졌다. 도시로 올라와 분진과 수증기로 꽉 찬 직물공장에서 일하던 수많은 여자아이들은 폐병을 얻어 고향으로 돌아갔다. 관동대지진 시기 조선인을 향해 분출된 폭력성이나 학살은 이러한 사회불안의 연장선상에 있었다.

후쿠다는 신주쿠교엔에 온실을 지은 자부심을 바탕으로 조선으로 건너와 창경궁 대온실을 건설했다. 조선으로 올 때도 후쿠다는 자기 저택에서 실험하며 재배한 갖가지 식물들을 배에 실었다. 식물이 먼 나라에서 수입될 때면 몸이 아파도 얼음주머니를 든 채 항구에서 초조하게 기다리던 그이기에 그 과정 역시 유심히 살폈다. 그는 창경궁 대온실이야말로 철과 목재가 조화된, 동양에서는 유례없는 근대 건물이라고 자부했다.

일본의 한 연구자는 후쿠다가 창경원에서도 도쿄와 같은 역할과 '심득'이 일어나기를 바랐다고 서술했다. 황실정원이면서 국제교류의 장이 되고 원예 문화가 퍼져나갈 기반이 되기를 바랐다는 얘기다. 식물을 전정하다 접목칼에 손가락을 다쳐도 굴복하지 않았던 메이지시대 소년에게서 시작된 미래의 풍경. 창경원에서도 순종이 일본 군인들에 둘러싸여 산책을 했다. 조선의 군중은 궁 안으로 직접 들어와 풍경 자체가 되었다. 경성과 도쿄, 두 도시의 상황은 같은 듯 전혀 달랐다.

"포도는 잊었나?"

산아가 뭔가를 조르듯 내 팔을 흔들었다. 나는 전에 너무 좋아하면 안 된다고 하지 않았느냐고 산아를 슬쩍 놀렸다. 산아는 그래도 포도 과학자에게서 포도가 사라지니 재미가 없어졌다고 아쉬워했다. 나는 지금 세상에 나온 회고록은 후쿠다가 남긴 글의 일부이고 나머지 부분은 아직 공개되지 않았다고 알려주었다. 어쩌면 비밀로 남은 부분에 포도 이야기가 남아 있을지 모른다고. 실제로 은퇴 후 후쿠다의 행적에 대해서는 알려진 바가 없었다. 사직하던 날 장래 계획을 물었을 때 자택 온실에서 하던 일을 계속하겠다고 한 말만 전해진다. 마지막 피날레는 다이쇼시대가 열린 1915년, 궁내성 대선두에 취임해 천황의 즉위식을 총지휘한 임무였다.

"근데 즉위식 음식에도 복병이 있었어."

"그치, 복병이 없으면 포도 과학자가 아니지."

산아가 기대에 차서 눈을 반짝였다.

"이번엔 뭐였을 것 같아? 힌트는 포도뿌리혹벌레만큼이나 다리가 많다. 미리 말하자면 바퀴벌레는 아니고."

산아가 답을 맞히고 싶어 이리저리 고심했다. 산아는 어려서도 수수께끼책을 나와 함께 풀곤 했는데, 늘 더 어려운 문제를 내달라고 부탁했다. 더, 더, 더, 어려운 문제를 내봐, 이모.

"달팽이."

"어째서?"

"프랑스에서는 달팽이를 요리해서 먹잖아. 프랑스 음식을 안 올렸을 리가 없지."

"달팽이는 다리가 없잖니."

"아, 맞다." 산아가 박수까지 치며 자신의 실수를 안타까워했다. 나는 답을 말해주었다.

"가재. 포도 과학자는 가재수프가 꼭 올라야 한다고, 뜻을 꺾지 않았어. 그때 일본에서는 가재가 귀했는데도 말이야."

"역시 고집이 장난 아니네. 근데 왜 가재가 복병이었어? 맛이 없었나?"

다이쇼 천황의 즉위식은 열국 대립의 시대, 외국에 대한 일종의 선전포고이기도 했다. 러일전쟁의 승리로 세계무대에 등장한 일본이 자신들의 발전을 과시하고 서양문화와의 친연성을 내세우며 근대적 성취를 인정받으려는 목적이었다. 천황이 왕위 계승 선언을 하며 칙어를 낭독할 때 러시아, 프랑스, 영국, 미국, 이탈리아, 중국, 네덜란드, 포르투갈, 타이의 옛 왕국인 시암, 스웨덴, 덴마크, 아르헨티나의 대사 사절들이 열을 지어 서 있었다.

이제 후쿠다에게는 식물이 아니라 득시글거리는 이천마리의 가재가 필요했다. 가재는 살아 있어야 했고 접대하기 직전 끓는 수프 속으로 투하되어야 했다. 군인들까지 동원해 홋카이도에서 가재를 잡아 왔지만 정작 즉위식 당일 이천마리의 가재가 수조에서 자취를 감췄다. 그것은 불길하고 신성모독적이며 참사에 가까운 사고였다. 만약 끝내 못 찾았을 경우 궁내성 요리사로 대선료 주사장이었던 아키야마 도쿠조는 바로 자결할 생각이었다는 이야기가 전해질 정도였다.

다행히 가재들은 부엌 조리대와 수납장 밑에서 발견되었다. 빛을 피해 숨어든 것이었다. 수프가 되어 곧 죽을 운명임은 차치하고라도 가재들은 그 빛, 이천명의 귀빈들을 맞이하기 위해 켜놓은 그 빛부터가 견딜 수 없었다. 그 견딜 수 없어하는 가재를 다시 잡아 즉위식은 무사히 치러졌고, 온 대륙이 모인 지구본 같은 연회장 테이블은 완벽히 구성되었다. 신주쿠교엔에서 기른 60여종의 난꽃으로 홀 전체가 장식되었는데, 그것은 오로지 붉은색과 흰색으로 홍백분화(紅白分化)를 이루어 천황의 영광을 드러내었다. 그걸 바라보는 후쿠다의 표정에 안도와 황홀감이 번졌다. 하지만 그건 지는 꽃처럼 천천히 사그라들었는데, 몇년 전 창경원에서 열린 연회가 떠올랐기 때문이었다.

1909년 11월 동식물원 완공을 기념해 열린 그 연회에 후쿠다는 순종에게 하사받은 팔괘장까지 달고 앉아 있었지만 침통했다. 초대 통감이자 식물원 건설을 명한 이토 히로부미가 며칠 전 조선인에게 총격을 당해 유명을 달리했기 때문이었다. 수정처럼 황홀하게 빛나는 세계 유례없는 유리 건축물의 완성을 통감은 끝내 보지 못했다. 그런 그에게 일본인치고는 이례적으로 살이 찐 군의감 하나가 눈에 들어왔다. 처음 본 인물이 아닌데도 후쿠다는 그의 비대한 몸과 꽉 끼는 연미복이 거슬렸다. 식기를 요란하게 긁는 시끄러운 탐식도 눈살을 찌푸리게 했다. 군의감은 정성 들여 심은 수목이나 고결한 분재에는 눈길도 주지도 않고 테이블 위 음식들에만 정신이 팔려 있었다.

"칼로 잘라 드시오."

후쿠다는 맞은편에 앉아 조용히 한마디 했다.

"네, 맛있게 먹고 있습니다."

연회장이 시끄러워서인지 군의감은 엉뚱한 대답을 했다. 그러고는 다시 고깃덩어리를 베어 물었다. 군인들은 매번 후쿠다를 견딜 수 없게 했다. 서양 포도를 모두 불태워버리라고 했던 오래전 관리도 사무라이 출신이었다. 그 창경원 연회가 기억에 남는 건 군의감 목에 고깃덩어리가 걸려 한바탕 소동이 일었기 때문이었다. 군의감은 얼굴이 새빨개지더니 거품을 물었고 누군가 숨통을 조르기라도 하는 것처럼 자기 목을 움켜잡고 괴로워했다.

그가 씹다 만 음식물을 테이블보로 토해내는 순간 후쿠다는 일어나 오물을 피했는데, 누군가 달려와 그의 명치를 압박해 숨통을 틔워놓았다. 우여곡절 끝에 의식을 되찾자 모두들 다행이라고 박수를 치는데도 후쿠다는 그가 불러일으킨 혐오감을 숨기지 못하고 자리를 떠나버렸다.

그런 기억에 휩쓸려 들어가던 후쿠다는 일사불란하게 디저트를 대접하는 직원들의 기척에 정신을 차렸다. 오렌지와 리큐어 셔벗이 흰 접시에 올려져 있었다. 오래전 장면을 복기하다 후쿠다는 그때처럼 속이 불편해져 복도로 나갔다. 바람을 쐬면 나아질 것 같았다. 몇발 나가다 뒤돌아보았을 때 파티객 하나가 테이블에 놓인 난꽃을 꺾어 해사하게 뺨에 대보고는 바닥에 버리는 것이 눈에 들어왔다. 파티 모자에 꽂은 긴 타조 깃털이 그가 웃을 때마다 현란하게 흔들리는 것이. 이윽고 빈 그릇을 들고 지나던 서빙 보이가 꽃송이를 테이블보 밑으로 재빠르게 차 넣었다.

후쿠다는 계속 걸어나가면서 무언가 불쾌한, 기묘하게 불편한 감정이 퍼져나간다고 느꼈다. 아주 불길한 긴장이. 어쩌면 연회장에서 연주되고 있는 음악 때문이리라고, 정원으로 나가면 나으리라고 그는 생각했다.

연회장에 울려 퍼지는 푸치니의 「마농 레스코」는 원작에 있던 사랑과 신성은 없고 비극과 정죄만 남은 작품이었다. 주인공 마농이 미시시피강 연안의 뉴올리언스에서 다른 것도 아닌 갈증으로 죽는다는 결말도 엉터리였다. 그런데도 이 오페라는 엄청난 인기를 끌었다. 신대륙 미국에 대해 유럽인들이 얼마나 무지했는가를 알 수 있는 대목이었다. 다른 관료가 밀어붙여 마지못해 연주곡으로 허락하기는 했지만 후쿠다는 여전히 못마땅했다. 하지만 미국을 실제로 횡단한 자기 자신이 아니라면 누가 그 사실에 주목할까. 후쿠다는 멀거니 뒤를 돌아보며 서 있다 정원으로 향했고 한기와 함께 몰려오는 기억들을 몸서리치며 털어냈다.

    나는 산아에게 포도 과학자 얘기는 여기서 끝이라고 알려주었다. 산아는 한동안 선반의 책들을 바라보더니 "뭔가 슬픈데?" 하고 소감을 전했다. 영화 한편을 다 보고도 속편이 남아 있는 듯한 아쉬움이 든다고. 그리고 내가 쓰는 보고서에 이 이야기가 들어가 있느냐고 물었다. 아니라고, 이 이야기를 아는 건 산아 네가 유일할 거라고 나는 말했다.

  "어째서? 나만 알기에는 아까워."
  "그래? 그 정도로 재밌어?"
  "응, 스미한테도 좀 해줬는걸."

"그러면 이 이야기를 아는 어린이가 두명이 되었네."

"청소년이라고 몇번을 말해. 그리고 어른들도 알아야 할 것 같아. 글로 써봐, 이모, 우리 마마무 횐죽지수리 얘기처럼."

나는 그냥 웃어넘겼다. 산아는 왜 옛날이야기들은 이렇게 슬프게 끝나는지 모르겠다고, 역사책 읽을 때마다 해피엔드인 적이 없다고 말했다. 너무 옳은 말이라서 또다시 대답할 수가 없었다. 역사가 슬픈 건 죽은 이들 때문일 수도 있고, 늘 미완으로 남는 소망 때문일 수도 있을 것 같았다.

우리는 좀 춥지만 달을 보러 나가기로 했다. 하늘에는 몇가닥의 밤구름이 서려 있고 달은 차고 노랗게 빛났다. 이야기를 나누다보니 방죽까지 걷게 되었다. 문자 할머니와 함께 서 있었던 겨울이 떠올랐다. 발을 디뎌보니 방죽 물은 다 얼지는 않은 채였다. 바싹 마른 갈색 수초들이 얼음과 물 사이에 시들어 있었다. 하지만 뿌리는 다음 봄을 기다리고 있을 것이다.

산아가 위를 가리키며 태양계 끝에 얼음덩어리들이 모여 있는 걸 아느냐고 물었다. 약간 자랑하는 투였다.

"이름이 '오르트구름'인데 그중 얼음덩어리 한개가 지

구로 오는 게 혜성이래. 그러니까 얼음이 빛을 내는 거지, 이모."

우리는 고개를 들어 밤하늘을 올려다보았다.

"산아 정말 똑똑하다. 천재다, 천재."

"나 천재 아니야."

산아가 선언하듯 크게 소리쳤다.

"그럼 뭐야?"

"난 그냥 평범한 애야. 평범한 게 가장 어려운 거라고 그렇게 되라고 자꾸 엄마가 그러거든. 엄마는 모르나봐, 난 이미 평범한 앤데."

아이를 향한 은혜의 미안함에 대해 잘 알고 있었다. "넌 엄마 없이 이럴 때 어땠어?" 하며 내게 자주 물었기 때문이었다. 다른 애들처럼, 다른 부모처럼, 다른 자식들처럼 선선히 평범한 단계를 밟아 살아내는 것의 어려움. 나는 산아의 머리를 잠깐 헝클어뜨렸다.

별자리를 찾기에 겨울만큼 좋은 때는 없었다. 나는 아빠가 가르쳐준 것처럼 일단 오리온과 큰개자리, 작은개자리가 이루는 거대한 삼각형을 찾았다. 아빠는 GPS와 레이더가 아무리 발달해도 어부는 물길을 알고 바람을 읽고 별자리를 헤아릴 줄 알아야 한다고 말했다.

통발을 거두다 엄마가 사고를 당하지 않았다면 아빠는 계속 선장이었을 것이다. 그랬다면 육지에서 일을 찾아 헤매지도 않았을 것이다. 하지만 아빠는 바다에서 일할 수가 없었고 그럴 수 없었던 아빠를 나는 어려서도 이해했다. 이해했기에 밉지 않았다. 이해하면 미움만은 피할 수 있었다. 때론 슬픔도 농담으로 슬쩍 퉁치고 넘어갈 수 있었다. 산아와 나는 곧 별자리들을 찾았고 거기에 우리가 아는 이름들을 하나씩 붙여보았다.

*

"창덕궁 옆인데 상호가 일본어네."

삼우씨는 오랜만에 만나 어색한지 매장 안을 자꾸 두리번거렸다. 내가 센노나쓰는 천 개의 여름이라는 뜻이라고 말해주자 그래서 여름 사진들이 걸려 있구나 하며 고개를 끄덕였다. 그중 하나는 분명히 원서동 빨래터였다. 언제적 사진인지 사람들이 수로에 발을 담그고 더위를 식히고 있었다.

우리는 계동의 한 카페에서 드디어 만났다. 20대였던 삼우씨가 40대가 되어 앉아 있는데 이상하게 놀랍지도 부자연스럽지도 않았다. 삼우씨는 여전히 살집이 있고 안경을 쓰고 몸에 꼭 맞는 패딩점퍼를 입은 채였다. 눈이 마주칠 때마다 우리는 이유 없이 같이 웃었다. 카페 손님은 주로 주민들인 듯 들어오는 사람들마다 서로를 알은체했다. 아주 큰 개가 주인과 함께 들어와 앉기도 했다. 나는 그 개의 두툼한 앞발과 믿음직스럽고 차분한 얼굴을 바라보며 지금의 내 표정이 저 큰 개와 같았으면 좋겠다고 생각했다.

"영두씨, 기억나요? 우리 둘이서 이대 앞 사주카페에 사주 보러 간 거?"

나는 잠깐 당황했다가 이내 어렴풋이 떠올렸다.

"나 평생 살면서 그 사람 말 참 많이도 떠올렸다."

"나는 생각이 잘 안 나는데. 사주풀이를 기억해요?"

머그잔을 들며 삼우씨가 그럼, 하고 힘주어 말했다. 되는 일도 안 되는 일도 없던 시절 마음이 답답할 때면 나에게 하소연했다고 회상했다. 지금도 그렇겠지만 그때도 얼마나 속 깊은 중학생이었는지 인생 2회차인 줄 알았다고. 그날도 대화를 나누는데 내가 갑자기 사주를 보러 가자고 제안했고 위로나 받을 생각에 응했다가 완전히 한방 먹고 돌아왔다고 했다. 그제야 나는 명리학 책자를 소중히 들고 우리 테이블로 왔던 개량한복 차림의 예언가가 생각났다.

"아, 뭐라 그랬더라 그냥 아무것……"

삼우씨가 인상을 구기며 뒷말을 이었다.

"그래, 그냥 아무것도 안 하는 사람 있죠? 취업준비생도 아니고 그냥 집에서 아무것도 안 하는 사람, 그럴 사주인데? 요렇게 폭탄선언을 했지."

사실 그 당시 삼우씨 생활을 떠올려보면 틀린 말도 아니지만 사주 보러 가서 듣고 싶은 말이 아니긴 했다.

"내가 영두 앞에서 울 수도 없고 참았지만 얼마나 서럽던지. 사법시험 떨어질 때마다 이명처럼 들려오더라니까. 왜 아무것도 안 하는 사람 있죠? 그냥 아무것도 안 하는……"

여전히 불쾌해하는 얼굴이라서 나는 그때 그 사람 죄 나쁜 얘기만 했다고 편을 들어주었다. 내게도 방랑벽이 있다던가 하고 말했으니까. 하지만 나는 이사도 하지 않고 그 흔한 해외여행도 몇번 가보지 않은 채 얌전히 강화에 머물며 살고 있었다.

"아니야, 너한테는 관운이 있다고 좋은 말을 했어. 다만 늦을 뿐이지."

"그랬으면 더 맞힐 줄 모르는 사짜였네요. 공무원시험

도 본 적 없는데."

삼우씨에게 묻고 싶은 게 많아서 오히려 입이 떨어지지 않았다. 할머니에 관한 모든 것이 궁금했다. 그뒤로도 건강하셨는지 쉽게 삐치는 딩 아주머니를 잘 달래 오래오래 같이 일했는지, 행복하셨는지. 삼우씨는 할머니가 췌장암으로 돌아가셨다고 죽음의 경과부터 전하며 어두운 표정을 지어 보였다.

"나중에는 폐에 물이 차셨어. 더는 손쓸 수 없었고 나도 임종은 못 지켰어."

나는 그러면 리사가 지켰겠구나 싶었다.

"할머니가 돕던 보육원이 있는데, 그 사람들이 양로원 관계자들과 함께 임종을 지켰지. 장례도 치르고."

"리사는 뭐 하고요?"

"알잖아."

삼우씨는 약간 애매한 표정을 지으며 그렇게 넘어갔다. 할머니가 돌아가시고 낙원하숙을 두고 보육원과 리사 사이에 법적 분쟁이 일었다고 했다. 목구멍이 포도청이라 자기는 리사를 도왔다고. 나는 삼우씨가 왜 그런 수사를 붙여 자신을 변명해야 할까 의문이 들었다. 할 일을 해서 승소했다면 그렇게 자조할 필요가 있을까.

리사가 미국으로 간 뒤 리사와 할머니 사이에는 왕래가 없었다. 주소도 불명확해 상속 관련 서류도 반송되었고 낙원하숙은 할머니 유지에 따라 보육원으로 넘어갔다. 그러고 일년이 지났을 때 리사가 나타나 유언무효소송을 제기했다고 했다. 유언장에는 사소하다면 사소한 문제가 있었는데 날인된 도장이 '안문자'가 아니었기 때문이다. 리사는 유언장에 인감도장도 아니고 다른 곳에 사용한 이력도 없는 일본 도장이 찍힌 건 이해할 수 없다고 주장했다. 양로원과 보육원이 판단력이 흐려진 할머니를 이용했다는 논리였다.

"리사의 논리이자 변호사의 논리였겠죠."

"그렇지." 삼우씨는 선선히 인정했다.

한편 보육원에서는 할머니가 호적 정정을 준비하고 있었다고 반박했다. 안문자라는 이름을 한번도 자기 것이라 생각해본 적 없다 말했다고. 할머니가 일본 도장을 찍은 건 호적이 바뀌고 나서를 대비한 것이었다고.

"양녀로 리사네 집안과 맺어졌다는 건 저도 어렸을 때 들었어요."

나는 그 말을 전할 때 어린 리사가 짓던 싸늘한 표정을 떠올렸다. 할머니가 환영받지 못한 존재였으리라는 사실은 그 표정만으로도 충분히 알 수 있었다. 아이마저 노골적으로 무시하며 자기 멋대로 어른을 대하는데 다른 이들은 오죽했을까.

삼우씨는 한국전쟁 때 할머니가 피난지 부산을 떠돌다 그 집에 들어간 것 같다고 했다. 포목상을 운영했던 그 집은 나중에 일본식 전통 염색기법인 이른바 '홀치기' 공장을 운영했다. 농촌마다 홀치기 부업이 유행했고 그건 일일이 사람 손으로 실을 묶어 무늬를 만드는 까다롭고 번거로운 작업이었다. 거기서 생산한 기모노 원단은 그 당시 대통령까지 나서서 장려한 한국의 주요 수출원이었다.

일본어가 가능한 할머니는 경리로 일하며 겨우 종잣돈을 모았고 원치 않은 결혼을 했다가 정리하고 서울로 올라왔다. 그뒤 사기를 당해 전재산을 잃고 강화에 정착해 옷장사로 재기했다는 얘기를 삼우씨는 할머니에게 들었다고 전했다. 은인을 만나 겨우 죽지 않고 살아남은 셈이라고.

"할머니는 자주 영두 얘기를 하셨어."

생선 잇몸까지 시려 보이던 날, 몸의 허기로만 설명될 수 없는 굶주림과 허탈감 속에 서 있었을 할머니를 상상했다. 그런 할머니의 고난을 단숨에 알아봤던, 목장갑을 몇겹이나 끼고 겨울 시장에서 일했던 우리 할머니도. 나는 추운 날의 강화 부두로 잠깐 빨려들어갔다가 나왔다. 따뜻했다.

"호적 정정은 무슨 얘기예요? 일본 국적을 회복하고 싶어하셨다는 거예요?"

"그것까지는 모르겠어. 리사 증조할머니 양딸로 들어가면서 죽은 그 집 딸 호적을 받아 썼는데 그걸 바로잡고 싶어하셨다는 것 같아."

"그런데도 리사를 도와 소송을 하셨어요?"

삼우씨 표정이 어두워졌고 자기는 할머니가 최종적으로는 리사에게 낙원하숙을 넘겨주고 싶어했으리라 생각했다고 변명했다. 명목상이라도 가족이니까. 유언장이 은행의 할머니 개인금고에서 발견된 것도 할머니의 최종 의지에 대해 확신할 수 없는 대목이었다고 했다. 공표되지는 않았으니까.

어차피 법적으로 그렇게 정해진 바에야 낙원하숙은 리사의 의도대로 매매되어 사라질 것이었다. 등록문화재 예고가 뜨면 멀쩡히 있던 건물도 하루아침에 부수어버리는 요즘 사람들이니까. 궁궐까지 조망할 수 있으니 상업시설이 들어서기 아주 좋은 위치 아닌가. 물을 말이 있다고 하지 않았느냐고 상기시키자 삼우씨는 보육원에서 전화받은 이야기를 했다. 항소한다는 연락인가 싶었는데 그건 아니었고, 보육원을 도와준 일본인 할머니들에 관한 책자가 나와서 보내주고 싶다는 용건이었다. 자기가 소송 상대편이었던 건 신경 쓰지 않는다는 투였다.

"저희는 그 집 다 잊었어요, 할머니는 이미 충분히 많은 걸 주고 가셨거든요, 그러더라고."

책자를 보내는 이유는 할머니를 기억하는 사람들과 나누고 싶은 마음 이상도 이하도 아니라고 보육원 원장은 답했다.

"그리고 갈도희씨가 연락을 해온 거야."

"갈도희 아니고 제갈도희요."

"아, 미안하다. 그렇게 제갈도희씨 연락으로 너랑 인연이 닿으니까 솔직히 내가 뭔가를 잘못한 기분이었어. 잘못하는 줄 이미 알았는데 이러지도 저러지도 못하다가 그 사주쟁이 말처럼 이런 결과를 만들었나 싶기도 했고."

삼우씨가 가방을 들더니 책자를 찾아 꺼냈다. '우리 집 할머니(我らのおばあさん)'라는 책 제목이 아이들 손글씨로 삐뚤빼뚤 쓰여 있고 양로원과 보육원이 결연을 맺어온 이십여년간의 역사와 할머니들 인터뷰가 실려 있었다. 목

차에 적힌 열일곱개의 일본어 이름을 눈으로 읽어내려갔다. 여생을 보낸 양로원 방을 배경으로 자기가 가장 아끼는 물건과 함께 찍은 초상사진도 수록되어 있었다. 이윽고 삼우씨가 어떻게 생각하느냐고 물었다.

"뭘요?"

"할머니의 마지막 진심은 뭐였을 것 같아? 영두씨라면 알지 싶었어."

"이미 아시잖아요."

나는 죄책감이 들었다는 삼우씨에게 더한 짐을 주고 싶지는 않아서 그렇게만 말했다. 삼우씨는 고개를 숙였다. 낙원하숙에서의 하루하루가 말해주지 않는가. 우물마루 널 한장 한장에 기름칠하던 할머니, 미닫이문틀을 솔로 쓸고 모서리가 반들반들 닳은 2층 계단을 걸레로 훔쳐내던 할머니, 창덕궁 단풍나뭇가지와 맞닿은 기와지붕을 오래오래 응시하던 할머니. 그럴 때면 할머니와 그 오래된 집이 얼굴을 쓰다듬으며 대화를 나누는 듯했다는 걸 알고 있지 않은가. 다락을 청소한 뒤 막 세수를 마친 어린애처럼 말개진 얼굴로 나오던 할머니를 정말 모른단 말인가. 할머니가 낙원하숙의 어떤 미래를 준비하고 싶었는지 헷갈린다는 말인가. 하지만 삼우씨를 책망할 수는 없었다. 나도 할머니의 진심을 못 본 척한 적이 있으니까.

그 겨울 교실 창밖으로 베이지색 코트를 입은 할머니를 발견했을 때 나는 조용히 다가오는 빛 같다고 생각했다. 그렇게 할머니가 다가오는 이유를 나는 완전히 이해하고 있었다. 나를 구해주고 싶어한다는 걸. 텅 빈 내 눈 안으로 들어와 정신을 차갑게 깨우는 사랑이라는 걸. 하지만 나는 할머니가 내민 손을 잡지 않았다. 사람을 믿을 힘이 없었기 때문이다.

마음을 추스르려고 카페 사진들로 시선을 돌렸다. 여름의 느릅나무가 마치 코끼리 귀처럼 널찍한 잎을 역동적으로 펄럭이고 있었다. 삼우씨가 책자를 가져가라고 부탁했다.

"왜 저를 주세요?"

"그냥 운명 같아서."

나는 그 말에 설핏 웃었다. 삼우씨는 자기 잘못을 고해하는 사람처럼 긴장해 있다가 날 따라 웃었다.

"나 지금 이상하게 마음이 편안하다."

"저는 마음이 불편한데요."

그렇게 말했지만 나는 어느새 책자를 가방에 넣고 있었다. 낙원하숙을 둘러보기로 하고 우리는 겉옷을 입으며 일어섰다.

"그래, 궁은 다 고쳤고?"

"고칠 방향은 다 정해졌고 봄이 오면 본격적으로 공사한대요."

"나는 거기 온실이 있는지도 몰랐다. 옆에 살면서 어떻게 그럴 수 있는지, 그때 정말 아무 생각이 없었나봐."

"되게 유식한 젊은이였잖아요. 요즘으로 치면 힙스터랄까."

"그냥 떠들어댄 거지. 우리 세대들이 그런 것 같아. 지적 편집증이 있어서 그런 과장을 해가며 뭐라도 된 기분에 취해 있었지. 뭐가 중요한지는 가려내지도 못하면서."

카페에서 나오는데 삼우씨가 사진 하나를 가리키며 저거 순신이 아닌가? 중얼거렸다. 손가락을 따라가보니 삼선슬리퍼를 신은 남자아이 하나가 두 손을 놓은 채 자전거를 타고 있었다. 하지만 그런 식으로 자전거를 타는 애들은 많았다. 아슬아슬한 위험을 무릅쓰며 위태롭게 내달리는 아이들은 어느 도시에나 있었다. 그 옆에는 그때의 나처럼 교복치마 아래 체육복 바지를 입은 채 한 여자아이가 자전거를 탔다. 그런 아이들 또한 도시의 경적만큼이나 흔했다.

"이 사진들 다 사장님이 찍으신 건가요?"

호기심이 여전한 삼우씨가 물었다. 사장은 주민들에게 기증받은 사진이라고 설명했다. 동네 여름 사진으로 천장을 채우는 것이 목표라고.

"아, 그래서 카페 이름이 그렇구나. 나도 꽤 있는데 걸어놔야겠네."

삼우씨가 말하자 원서동 토박이라는 사장은 얼마든지 가져오라며 반겼다. 우리는 우리가 살던 시절보다 확실히 정비된 거리를 지나 낙원하숙 골목으로 들어섰다. 이미 예전에 집이 거기 있는 걸 확인했으면서도 마음이 또 한번 들떴다. 삼우씨는 열쇠로 문을 열고 광고전단지들을 발로 치우며 들어갔다. 마당에는 겨울바람이 몰고 왔을 눈더미와 쓰레기가 쌓여 있고 다 깨어진 플라스틱 대야가 빗물 홈통 아래에 놓여 있었다.

하숙집 사람들이 복작대던 집이 지금은 너무 적막했다. 마치 얼어붙은 듯했다. 침묵으로 무장하고 완강하게 우리를 밀어내는 듯 느껴졌다. 밤낮으로 사람들이 드나들며 먹고 자고 얘기하고 갈등하고 울고 서로에게 불평을 해대며 보냈던 시간들은 아예 없던 것처럼.

"딩 아주머니는 지금 어디 사세요?"

중문을 열고 들어가며 물었다.

"중국으로 돌아가셨어. 가기 전에 할머니를 붙들고 많이 우셨지. 중간에 결혼도 한번 하셨고."

"유화 언니 소식도 아세요?"

"걔 영화기자 됐잖아. 이따금 별점 주는 거 읽어보는데, 그때 성격 그대로더라. 무슨 블록버스터 영화에 '이럴 돈 있으면 인류의 가난을 구해라'라고 썼더라고."

나는 유화 언니는 언니답게 살아냈구나 싶었다. 안으로 들어가자 집 상태가 고스란히 드러났다. 삼우씨가 두꺼비집을 올리고 스위치를 눌렀지만 거실등은 켜지지 않았다. 닫힌 할머니 방에서 용케 형광등 불빛이 새어나왔다. 유화 언니 방은 아예 문을 떼어낸 상태였다. 언니 방 창으로 창덕궁 궐내의 감색 가로등 불빛이 흘러들어왔다. 내가 지내던 방은 마치 기다렸던 듯 반쯤 열려 있었다. 왜 그런지 침대는 하나만 남았고, 나는 거기서 웅크려 지금은 '상처'라고 간단하게 이름 붙일 수 있는 상태를 견디기 위해 애썼던 나를 떠올렸다.

"그 문손잡이 기억나요? 유리로 되어 있던. 대온실에 비슷한 손잡이가 있어서 그 생각이 났어요."

"그래, 손잡이 기억난다. 지금은 없지만. 할머니가 궁에 자주 가셨더라고. 책자 보면 어려서 거기서 스케이트 타셨다는 얘기도 나와."

2층으로 올라가니 다다미 평상이 나타났다. 머릿속으로 무언가를 맹렬히 탐하거나 밀쳐내면서 그 무게에 스스로 눌려 일어나지 못하던 리사가 떠올랐다. 다다미살에는 거스러미가 일어나고 검은 곰팡이까지 피어 있었다. 삼우 씨가 창을 열면서 집이 낡고 있다고 다시 걱정했다. 그러면서 날 만날 생각을 한 건 집 상태가 궁금해서이기도 했다고 털어놓았다. 건축사사무소에서 일하고 한옥을 다룬다고 하니 혹시 수리 비용이 얼마나 드는지 당장 급한 수리는 뭔지 알아봐달라는 것이었다.

"리사가 고치겠대요?"

"아니, 연락도 잘 안 돼."

미국 생활에 무슨 문제가 있는지, 아니면 소송을 한 뒤라 한국에서 오는 연락에 예민해져 있는지 집 파는 얘기가 아니면 메시지를 읽고도 답도 잘 않는다고 투덜댔다. 나는 리사라면 그럴 필요성을 못 느끼기 때문이리라 생각했지만 말로 내뱉지는 않았다.

"저기도 다 치웠죠?"

2층을 둘러보고 내려가려다 다락으로 가는 바닥문을

가리켰다. 삼우씨는 아마 그럴 거라면서도 한번 내려가보라고 했다. 기억에는 할머니나 겨우 드나들 만큼 좁았던 듯한데 나도 어렵지 않게 들어갈 수 있었다. 휴대전화 조명을 켜보니 칸칸의 수납장이 둘러싼 공간이었다. 물건들은 다 치워지고 쓰레기봉투 하나만 남아 있어서 들고 나왔다.

우리는 열었던 창과 문을 닫고 계단에서 내려와 2003년의 낙원하숙에서 그만 빠져나왔다. 마당의 나무를 보고는 삼우씨가 벚나무인가 했고 나는 가지 끝을 한번 매만져보았다. 대문을 잠그고 쓰레기봉투를 밖에 내놓는데, 언뜻 일본어가 적힌 종이가 눈에 들어왔다. 봉투를 열어 뒤적여보니 종이들이 꽤 많았다. 삼우씨가 뭐냐고 물어서 나는 글자를 읽기 위해 그중 하나를 가로등 쪽으로 들어올렸다. 아주 오래된 우편 소인이 찍힌 그 엽서는 도쿄의 시미즈 코하루(淸水小春)라는 사람이 보낸 것이었고 받는 사람은 기노시타 코주였다.

6장

큰물새우리

 3월의 춘당지에서는 원앙들이 부지런히 먹이를 찾았다. 왕주무관이 여기 원앙들은 겨울에도 궁을 떠나지 않는 텃새라고 알려주었다.

"사랑의 새잖아요."

 제갈도희가 말하자 왕주무관이 동의했고 나는 두마리가 함께 다녀서 그렇게 보일 뿐 사실 일부종사하지는 않는다고 알려주었다.

"그쵸? 그게 자연스럽지."

 제갈도희가 바지주머니에서 손을 빼며 맞장구쳤다.

"그게 자연스럽다니요? 백년해로의 상징인데 그러면 곤란하죠……"

 왕주무관이 반대 의견을 내놓자 제갈도희가 말을 툭 끊었다.

"변해요, 만물이 다 변한다니까요. 멀쩡하게 지어놓은 집도 무너지는 판에 사람 마음이야 시시때때로 변하죠."

그리고 둘은 한동안 사랑에 대해 논쟁했다. 그게 지금 서로에게 왜 중요한지는 모르지만 둘 다 결코 양보할 수 없다는 듯 진지했다. 걸어가는 쪽에서는 이제 대온실이 보이지 않았다. 공사를 위해 높이가 4미터나 되는 펜스를 설치했기 때문이었다. 펜스에는 "국가등록문화재 제83호 창경궁 대온실"이라는 문구가 커다랗게 적혔고 전경 사진도 붙어 있었다. 출입문의 폴딩도어를 열면서 제갈도희가 공사 안내문에 적힌 '설계 바위건축사사무소'라는 문구를 자랑스레 두드렸다.

펜스 안 대온실 역시 또다른 덧집으로 둘러싸여 있었다. 눈비를 피하고 지붕까지 공사하려면 거대한 덧집은 필수였다. 그렇게 집 안에 든 집이 되어 대온실은 보호받고 있었다. 설계도가 아니라 눈으로 직접 보니 안온한 느낌이었다.

제갈도희는 컨테이너에 마련된 현장사무소로 들어가 에너지 드링크를 건네며 인사했다. 그리고 남은 건 냉장고를 직접 열어 넣어두며 고생이 많으시다고, 기초 가설공사가 아주 깔끔하게 됐다고 넉살을 떨었다.

"아이고 이게 참 까다로운 공사라."

안전모를 쓴 현장소장은 간밤의 피로가 가시지 않는지 얼굴이 불그스름했다. 제갈도희가 내미는 드링크도 한번에 마셨다.

"소장님, 바로 그냥 원샷을 하시네요."

제갈도희는 곤줄박이답게 단숨에 다가갔다.

"한모금이지 뭐, 요런 걸 빨대 꽂아 마실까?"

우리가 대화하는 동안에도 인부들이 컨테이너를 드나들며 모자나 장갑 따위를 챙겨 나갔다. 제갈도희가 벽에 걸린 공사 일정표를 살피더니 굴삭기는 언제언제 들어오나요? 하고 말을 꺼냈다.

"굴삭기? 굴삭기는 만날천날 여기 들어와 있지. 이 정도 공사하면서 우리가 쩨쩨하게 굴삭기를 요때 부르고 저때 부르고 안 하죠."

"그러시구나, 그렇죠, 이게 보통 수리공사가 아니잖아요. 그래서 여기 동궐관리청에서도 신경을 쓰시고. 왕주무관님, 그렇죠?"

제갈도희가 도움을 청하듯 왕주무관을 비스듬히 바라보았다. 그는 멍하니 눈길을 받고 있다가 허둥지둥 한마디 거들었다.

"대온실 창고 쪽 거기를 굴삭기로 파서, 보고서 내용을 보충해야 할 일이 있으시답니다."

그러자 얼굴에 그득했던 현장소장의 호기로움이 사그라들었다.

"그런 건 수리 계획서에 없던데요?"

제갈도희는 표본 시굴이라 설계사무소 재량으로 결정할 수 있는 사안이라고 얼른 설명했다. 깊게도 안 들어가고 면적도 딱 세평이라고.

"우리 다음주까지 비계 설치 완료해서 용마루까지 해체를 해야 해요. 바쁜데……"

"그래, 그러면 두평, 두평만 팔게요. 그러면 법에서 보장하는 유존 면적의 10퍼센트도 안 돼요. 매장문화재 보호는 공사 주체의 의무잖아요. 위반하면 10년 이하 징역이나 1억원 이하 벌금이니까 저희가 돌다리도 두드려보고 건너게 해드리겠다는 거잖아요, 소장님."

"공사는 그런 규제들이 맨 문제라……"

현장소장은 마지못해 알았다더니 일정표를 보며 다음주 목요일이 좋겠다고 승낙했다. 시굴 이야기가 끝나고 나자 소장을 비롯한 직원들의 푸념이 이어졌다. 우리는 어떻게든 목요일에 땅을 파야 하니까 잠자코 다 들어주었다. 큰 나무들은 이전할 수도 없으니 온습도를 유지할 수 있는 보호실을 한 개체 한 개체 만들어줘야 했고 서까래 부분의 빗물받이는 일일이 사람 손으로 풀어 해체해야 했다는 것, 우리가 설계도서에 쓴 것처럼 타일을 복원해줄 제조업체를 찾느라 힘들었다는 것.

"이분이 그 얘기까지 다 해서 최종 보고서 책을 딱 만드실 분이세요."

제갈도희가 눈짓했고 나는 명함을 주고받았다.

"잘 부탁합니다."

현장소장은 자신들이 문화재 관련 공사는 베테랑이라 소화기 배치 상태까지 하나하나 다 기록 중이라고 자랑했다. 뒤에 가서 수정하고 보충할 것도 별로 없으리라고.

"감사합니다."

공사 과정에서 발생한 기록물들은 최종적으로 내 책상에 놓일 것이었다. 대온실 공사는 온실 유리창을 다 떼어내고 기둥의 나사 하나까지 모두 풀었다 조립하는 과정이었다. 무너뜨렸다가 다시 세우는, 중수와 중창과 재건 모든 차원의 일이었다. 우리는 현장사무소에서 나와 대온실 뒤편으로 향했다.

지난여름 은세창이 지표투과 레이더를 밀며 무심히 오

갔던 공간이 지금은 다르게 느껴졌다.

"어딜까요?"

제갈도희가 물었지만 나도 정확히는 몰랐다. 어디를 파야 시굴조사가 정식 발굴조사가 되어 여기에 뭐가 묻혀 있는지를 알아낼 수 있을까. 파편화되어 지층 속에 묻혀 있는 죽은 존재들을 어떻게 완결된 죽음으로 돌려보낼 수 있을까. 한번은 그런가 하고 파주겠지만 두번은 안 되겠지. 공문과 절차가 끼어들면서 흐지부지되기 십상일 것이다.

"두평이면 어느 정도 되죠?"

제갈도희가 운동화 뒤축으로 땅 위에 표시를 냈다. 아주 적당한 크기처럼 느껴졌다. 어린 남매가 숨어 있기에. 결과적으로 삼우씨가 건네준 책자는 대온실 지하 공간에 대한 결정적인 제보가 되어주었다. 한국전쟁 시절 대온실 지하가 방공호로 쓰였다는 할머니의 증언이 들어 있던 것이다. '공무'를 수행하고 오겠다는 아빠를 기다렸지만 다시 돌아와 문을 열지는 못했다고. 누구에게도 말하지 않았지만 지금은 여기 밝혀놓고 싶다고. 대온실 본 건물에는 지하 공간이 없었고 방공호로 쓰였다면 이 영역밖에 없었다. 후쿠다의 지하 배양실은 실재했던 것이다.

보육원 책자에서 흑백사진으로 만난 할머니는 일본 지

바현 시미즈 마리코라는 이름과 함께 모란꽃 무늬의 민소매 원피스 차림이었다. 여름 느낌이 났고, 각지고 커다란 안경을 쓴 채 카메라 렌즈를 아주 갸륵한 눈빛으로 바라보고 있었다. 짧게 자른 머리, 주름진 입술과 뺨. 하지만 할머니는 웃었고 거기에는 이해와 담담한 응시가 있을 뿐 회한이나 두려움 같은 건 없었다. 할머니가 지낸 양로원 방 사진도 게재됐는데 누구인지는 몰라도 일곱살 정도 돼 보이는 아이가 상 하나를 두고 할머니와 마주 앉아 있었다.

재봉틀, 벽걸이 달력 위의 파리채. 그리고 나를 가장 위로한 건 훌라후프, 펀치볼, 가정용 트램펄린 같은 운동기구들이었다. 방으로 찾아오는 아이들을 위한 물건인지 할머니가 썼는지는 알 수 없어도 활기가 느껴졌다. 할머니는 자신에게 가장 소중한 물건이라며 누군가의 위패를 들고 있었다. "자장원하정천진동자(慈藏院夏貞天眞童子)"라는 죽은 이에게 붙이는 일본식 불교 계명(戒名)이 적혀 있고 '동자'라는 단어로 봐서는 그가 적어도 열다섯살이 되기 전에 죽었다는 뜻이었다.

겨울 동안 나는 낙원하숙에서 들고 온 종이 뭉치와 보육원 책자와 모아둔 창경궁 자료들을 읽으며 과거를 맞춰보기 위해 애썼다. 하루하루가 바빴다.

"당신은 마리코에게 보게 해서는 안 되는 장면을 보게 만들었더군요."

시미즈 코하루는 엽서 몇줄에도 아주 엄중한 경고를 담아 남편 기노시타 코주에게 당부했다. 1945년 8월 17일 마리코는 문정전 서회랑 공터에서 조선인 관리가 천황의 사진과 초상화를 불태우는 장면을 봤다고 시미즈 코하루에게 엽서를 적어 보냈다. 불길 속에서 몸을 비틀듯 타는 어진영(御眞影)을 구하지 않고 지켜본 자신은 죄를 지은 셈이 아니냐고. 마리코는 『주간소국민』에 글을 보낸 그 어린이였고 문자 할머니의 일본 이름이었다.

종전이 되었을 때 할머니는 열살이었다. 천황의 항복 선언과 조선의 해방 같은 것에 대해 정확히 알 수 없는 어린아이였다. 해방이 되고 거리마다 만세를 부르며 춤추는 사람들이 몰려나왔을 때 동생 손을 잡고 구경을 가기도 했지만 천황의 사진이 불태워지고 뻐드렁니와 주먹코로 일본인을 희화화한 그림과 함께 "기어서라도 일본으로 돌아가라"라는 벽보가 붙기 시작하자 충격을 받았다. 더 받아들일 수 없는 점은 엄마가 일본으로 돌아오지 말라고 신신당부한 것이었다. 무조건 양부인 기노시타와 동생과 함께 조선에 남으라고 했다.

마리코는 양부를 따라 조선으로 왔지만 한번도 자신이 기노시타의 딸이라고는 생각하지 않았다. 그래서 시미즈라는 엄마 성을 유지한 듯 보였다. 마리코는 양부가 친아빠를 빼앗아갔다고 생각했을지도 모른다. 진실이야 어떻든 마리코는 양부에게 모든 책임을 전가했다. 아픈 상처 앞에서 아이들이 으레 그러듯.

가을이 되자 일본으로 돌아가기 위해 북에서부터 수십만의 일본인들이 내려왔다. 그들은 마치 유령처럼 파리했고 눈에 보이지 않는 쇠사슬을 찬 듯 발걸음이 무거웠다. 한마디도 않는 침묵 속에 걷는데도 마리코의 귀에는 달그랑 소리가 들리는 듯했다.

"왜 여자들이 머리를 깎고 남자 옷을 입고 있는 거야? 나베 그을음을 얼굴에 묻혔던데? 조선인들이 저렇게 한 거야?"

지금 자신에게 일어나는 변화를 이해하기 위해 마리코는 학교 대신 계동 언덕에 올라 하루를 보냈다. 그리고 그날 본 장면을 자기 집에서 일하는 조선인 네에야(姉や), 가정부에게 물었다.

'두자'라는 이름의 그 가정부는 마리코가 엄마처럼 따

르던 사람이었다. 조선에서도 여느 일본 여자애들처럼 커야 한다며 엄마는 다도와 고토 연주, 일본 전통춤인 시마이(仕舞)까지 과외받게 했지만 마리코는 그런 일본 선생들에게는 별 흥미가 없었다. 그보다는 창경원을 뛰어다니는 걸 좋아했고 두자 앞에서만 깔깔거리며 이야기했다. 두자는 늘 당당했고 솔직했으며 감정이 단순하고 즉각적이었다. 엄마와도 다르고 여느 일본 어른들과도 달랐다. 두자는 콩 따위를 다듬으면서 여자들이 소련군에게 강간당하지 않기 위해 스스로 머리를 밀고 왔다더라고 알려주었다. 강간이라는 말을 듣는 순간 마리코는 속이 느글거렸다.

"나는 그런 놈이 있으면 싸우지, 소중한 내 머리를 밀지는 않을 거야."

막상 밖에 나가면 일본인이라는 사실을 들킬까 조마조마했으면서도 마리코는 큰소리쳤다.

"아이고 그러다 목숨까지 빼앗기게요. 여자들 좋은 세상은 없는 거예요. 양반 가니 일본놈 오고 그게 가니 미국놈이랑 소련놈이 오고, 그다음에는 뭐가 올지 나는 이제 궁금치도 않아요."

두자는 심드렁했지만 해가 지면 절대 밖에 나가지 말라고 마리코를 단속시켰다. 며칠 지나 양부가 마리코와 동생 유마를 불러 서로를 조선 이름으로 부르라고 알렸다. 유마는 박유진이었고 마리코는 박진리였다. 그리고 자기는 창씨개명 이전 이름인 박목주로 돌아갔다고, 한자로 써서 보여주었다. 마리코는 당장 울며 누가 자기를 조선인으로 만들라 했느냐고 화를 냈다. 이름을 바꾸면 일본으로 돌아가지도 못한다고. 마리코가 싫다고 하자 유진도 따라 자기도 조선인이 되기 싫다고 떼를 썼다.

"중요한 건 조선인이냐 일본인이냐 하는 게 아니야."

양부는 슬픈 얼굴로 아이들을 바라보았다.

"우리가 가족이라는 건 변하지 않아."

그리고 마리코가 일본으로 가는 건 힘들더라도 엄마가 머지않아 경성으로 올 수도 있다고 안심시켰다. 하지만 그때 기노시타, 박목주는 누군들 일본에서 조선으로 쉽게 들어올 수 없다는 사실을 알고 있었을 것이다. 동네 사람들이 물으러 올 정도로 그나마 나라 돌아가는 상황을 가까이에서 듣는 공무원이었으니까. 둘만 남았을 때 유진은 조선인이 나쁜 거냐고 누나에게 물었다. 둘은 다락에 숨어 있었고 그곳은 둘의 아지트였다. 마리코는 학교에서 일어났던 한 사건을 떠올렸다. 일본인 교사가 조선인 아이를 심하게 때려 학생과 학부모들이 수업을 거부한 일이었다. 그는 발길질로 아이를 차서 복도까지 밀고는 조선놈 주제에, 하고 욕했다. 그러면 조선인은 나쁜 것인가. 하지만 그 내지인 교사는 마리코조차도 소름 돋게 싫었던 인물이었다. 양부의 상관인 가마야마 마사시만큼이나 혐오스러운 인간이었다.

"나는 그래서 싫어하는 게 아니야, 유마. 너는 일본이 기억나지 않지?"

조선으로 와 어느덧 다섯살인 동생은 엄마 얼굴도 사진으로만 겨우 기억했다.

"그럼 일본인인 게 나빠서 우리 이름이 바뀐 거야?"

마리코는 어디 가서 절대 일본인이라 밝히지 말라던 두자의 당부를 떠올렸다. 아가씨는 아버지 호적에 올랐으니 이제 조선인이라고. 두자까지 그렇게 말하자 마리코는 더이상 반항할 수가 없었다. 마리코는 두자를 신뢰했다. 두자가 정기적으로 숫돌 위에 놓고 썩썩 갈곤 하는 뭉툭한 조선칼, 한쪽을 기둥에 달아놓고 벌건 숯불을 넣어 주름을 펴는 무쇠다리미의 강퍅하고 완고한 생활감각을 믿었다.

"누나가 종종 말하던 쿠마 센세이 기억하지?"

"누나를 업어준 쿠마 센세이, 힘이 세서 군인들을 모두

물리친 쿠마 센세이."

유진이 흥얼거렸다.

"맞아, 근데 그때 누나가 거짓말을 했어. 쿠마 센세이는 죽었어. 나쁜 약을 먹여도 죽지 않고 비틀거리자 사람들이…… 표범은 약을 먹고 굴에 들어가 숨었다가 해방 지나서야 죽었다더라. 그렇게 만든 게 일본인이야."

유진이 얼굴을 찡그리더니 훌쩍이기 시작했다. 마리코는 자기 미래가 녹록지 않으리라는 걸 예감했다. 지금은 어렵지만 중학생이 되는 모습은 조선에 가서 볼 수 있으리라는 엄마의 엽서는 거짓이라는 걸. 두자는 하루에 스무 문장씩 일본어를 적어 오면 조선어로 바꾸어줄 테니 죽을 듯이 노력해서 어서 조선어를 배워야 한다고 일렀다. 그간 그럴 필요가 없었으므로 당연히 마리코는 조선어를 한마디도 못했다.

1946년 새해가 밝자 혼란도 어느 정도 자리를 잡았다. 혼란이 잠잠해진 게 아니라 일상이 된 셈이었다. 어느 밤 두자가 부엌에서 쌀죽을 끓이더니 통에 담아 대문 밖으로 나갔다.

"어디 가?"

마리코가 부르자 두자는 "아이, 애 떨어질 뻔했네" 하며 놀랐다. 마리코는 두자를 따라붙었다. 두자가 집에 있으라 해도 말을 듣지 않았다. 입김이 찬 공기를 조용히 어루만지고 지나가는 추운 밤이었다. 두자는 빨래터를 지나면서 조선어가 많이 늘었다고 칭찬했다. 아무래도 마리코는 천재가 분명하다고. 마리코는 두자의 팔짱을 끼고 응석 부리며 일본어는 더 잘하는데, 하고 아쉬워했다.

"나중에 다시 쓰면 되죠. 사람은요, 배우면 배울수록 좋은 거라."

"두자는 일본어 어떻게 배웠어?"

"내가 처음으로 남의집살이한 게 일곱살 때예요. 부모가 가난해서 나를 팔았죠."

마리코는 자기가 알지 못했던 게 너무 많다고 생각했다. 전쟁에 대해서도, 일본이 조선에 한 일에 대해서도, 이별에 대해서도, 오지 못하는 엄마에 대해서도 아는 게 없다. 두자는 중앙중학교를 지나 계동 언덕 끝까지 올랐다. 그리고 작은 한옥 문을 두드렸다. 안채에서 아주머니 한 분이 나왔고 걸음걸이와 동작으로 보아 확실히 일본인이었다. 두자는 끓여 온 쌀죽과 식량을 내놓았고 아주머니는 고마워했다.

"아가씨, 지금 보는 건 아무한테도 말하면 안 돼요."

두자가 당부했다. 마리코는 고개를 끄덕였다. 행랑채로 들어가자 눈처럼 하얀 얼굴의 여자가 벽에 기대 있고 그 옆에는 이불에 둘둘 말린 핏덩이 같은 아기가 있었다. 아기는 울지도 않고 눈을 꼭 감은 채 숨을 쌕쌕 쉬었다.

"내일 떠나신다고요?" 두자가 일본어로 물었다.

"네, 그간 고마웠습니다."

"젖이 안 나오면 쌀죽을 먹여요. 내가 끓여 왔어요."

여자는 울었고 눈물방울이 턱 끝에 맺혔다.

"고향에 돌아가는 거니까, 용을 써서라도 힘을 내요. 아기도 있으니까."

"내지에서는 저희를 전혀 안 반긴댔어요. '조센카에리'라고 멸시가 이만저만이 아니래요."

옆의 아주머니가 착잡한 표정으로 소곤거렸다. 조센카에리(朝鮮帰り)는 조선에서 돌아온 일본인을 가리키는 멸칭이었다. 영양실조나 폐병에 걸려 돌아오는 귀환자들을 일본사회는 싸늘히 대했다. 원폭과 패전으로 전국토의 30퍼센트가 파괴된 상황에서 그들은 본토가 겪은 수난에서 비껴난 열외자이자 어려운 조국에 폐를 끼치는 불청객이었다.

여자는 "하룻밤만 재워주세요" 하는 조선어만 외워 북

쪽의 청진에서부터 내려오다 리어카 위에서 출산했고 아주머니 집에서 받아주어 겨우 산후조리를 한 것이었다. 여자가 이 집의 문을 두드린 건 부엌에서 풍겨 나오던 미소된장 냄새 때문이었다.

"저희 집에도 조선인 네에야가 있었어요. 다정했죠."

여자가 마리코와 두자를 번갈아 보더니 아련한 추억에 잠겨 말했다. 둘의 관계를 짐작하는 것 같았다. 두자가 용무를 다 끝냈다는 듯 두루마기를 챙겼다.

"사과드려요, 이런 몸으로 폐를 끼쳐서." 여자가 다시 미안해했다.

"이런 몸이니까 꼭 일본으로 돌아가요. 아기를 죽게 하지 말아요. 그리고 조선인 네에야는 이제 잊어요. 더이상 조선인 종은 없으니까."

마지막으로 두자는 내일 두시에 부산행 기차가 있다더라는 소식을 알려주었다.

여기까지는 청진에 머물렀던 한 일본 관리의 가족이 기록한 회고담이다. 쌀죽을 가져다준 계동의 조선인 가정부가 할머니네 두자였는지 그 도움으로 부산까지 가서 목숨을 건진 사람이 눈물을 방울방울 흘리던 행랑채의 그 아기 엄마였는지는 확신할 수 없다. 하지만 보육원 책자에 몇줄로 남은 할머니의 회상은 이렇게 다른 증언들로 사실의 두께를 얻어갔다. 수리를 통해 보강되어가는 대온실처럼. 기억은 시간과 공간으로 완성하는 하나의 건축물이나 마찬가지였다.

지하 공간을 파면 마리코 할머니나 박목주의 흔적을 찾을 수 있을까. 묻혀 있는 지하의 것들과 그 일가는 어느 정도 연관이 있을까. 나는 후쿠다의 설계도를 떠올리며 고민했다.

"언제까지 정하면 될까요?" 제갈도희에게 물었다.

"굴삭기로 파기 직전이면 되죠. 영두님, 우리 너무 부담 갖지는 말아요. 이번이 아니면 다음도 있겠죠. 이럴 수도 있잖아요. 공사 끝나면 영두님이 이 얘기를 책으로 쓰는 거예요. 그래서 알게 된 독자들이 동궐관리청에 발굴조사 하라고 항의하고 홈페이지 다운되고 언론에서 취재 나오고······"

"아, 그렇게 되기까지 얼마나 걸릴까요?" 왕주무관이 다급히 물었다.

"그걸 어떻게 알아요? 한 일년? 영두님 일년이면 책 한 권 나와요?"

"나보고 책 쓰라는 사람 많아서 요즘 황송하네."

산아 말이 생각나서 웃었다. 처음 면접을 볼 때 소목이 또다른 수리 이야기를 쓰는 것 아니냐고 했던 말이 실현되는 셈이었다.

"아무튼 그렇게 되기 전에 귀띔은 해주셔야 합니다. 이직 준비해야 하니까. 제가 제일 싫은 게 민원이에요."

우리는 대온실에서 나와 춘당지와 옥천을 따라 걸었다. 나무 수액을 먹으려는지 곤줄박이가 팥배나무 둥치를 쪼아댔다. 저 새가 곤줄박이라고 알려주자 제갈도희는 아, 곤줄박이는 비건이군요, 하며 자기와는 식성이 좀 다르다고 했다. "아니에요." 나는 웃으며 정정했다. 말벌 애벌레도 잡아먹는 의욕 있는 미식가라고.

함양문을 지나 창덕궁으로 넘어왔고 금천 옆 회화나무까지 다다랐다. 1762년 영조가 사도세자를 뒤주 속에 가두어 살해했을 당시에도 자리를 지킨 나무였다. 나무는 높이뛰기 가로대를 넘는 사람처럼 낮게 뒤틀려 자라고 있었는데, 사도세자의 비명을 들은 나무가 고통으로 비틀리고 속이 텅 비어버렸다고 안내판에 쓰여 있었다. 할머니도 이 나무를 지나쳤겠지 싶자 회화나무 풍경은 그냥 관상으로 그쳐지지가 않았다.

왕주무관과 제갈도희를 먼저 보내고 책고로 가서 아랑씨를 만났다. 『인사관계철』에서 가마야마 마사시에 대해 확인해보고 싶은 점이 있었기 때문이다. 해방 후 일본인 관리들이 귀환할 때 당연히 일본으로 건너갔어야 할 가마야마 마사시는 공직생활을 이어간 것으로 보였다. 기노시타는 아내에게 마사시 상이 한번도 말하지 않았기에 그가 조선인인 줄은 전혀 몰랐다고 적었다. 정말 수수께끼 같은 사람이라고. 조선인이면서도 조선인 멸시에 열심이었다는 사실 때문에라도 할머니가 왜 그렇듯 싫어했는지 짐작이 갔다. 아랑씨는 먼저 나와 봄볕을 쬐고 있었다. 오늘도 투어를 하는지 쪽빛 저고리의 생활한복 차림이었다. 내가 나타나자 반겨주었고 우리는 책고 문을 열었다.

『인사관계철』은 동궐관리청 내 조직이 변할 때마다 표제를 달리해 남아 있었다. 아랑씨는 천천히 잘 찾아보라더니 책고 창을 조금 열어 밖을 바라보았다.

"오다가 회화나무 거쳐 왔어요."

미군정 시기 자료를 꺼내며 말을 건넸다.

"아, 그 나무, 정말 슬픔이 눈에 보인다면 그런 형태일 거예요. 춘당지 쪽 월근문이 정조대왕이 보름마다 사도세자를 기리는 경모궁으로 거둥하던 문이거든요. 사도세자

사당이요. '이 문을 거쳐 가며 어버이를 그리워하는 내 슬픔을 풀 것이다'라고 한 말이 『승정원일기』에 나와요. 슬픔으로 열고 그리움으로 닫는 문인 거죠."

리사와 나, 할머니가 각자의 이유로 그 문을 드나들었을 밤들을 떠올렸다. 시대는 달라도 문을 넘은 사람들 모두 자기 고통에 빠져 있었다는 사실에 대해.

해방 전 이왕직에 속해 있던 식물원은 이후 미군정에 의해 구왕궁사무청 소속으로 바뀌었고 1948년에는 구왕궁재산관리위원회가 맡았다. 이러한 변화는 돈 때문이었다. 동식물원이 있는 창경원 수입은 상당했고 경복궁에 일제가 지은 박물관도 값나가는 유물들을 소장 중이었다. 왕가가 소유한 땅과 궁궐, 그 밖의 건물들도 막대했다. 이 재산들은 어떻게 됐을까. 국유화가 원칙이었지만 적지 않은 재산이 횡령으로 새어나가고 있었다.

"그런 일에는 관심 두지 말아요."

시미즈는 엽서에서 애타게 부탁했다. 왕가의 것에 아무 참견하지 말아요. 주홍에 섞이면 스스로도 붉어지는 법이니까요. 신주쿠교엔도 폭격으로 사라졌어요, 온실은 흔적도 없고 정원은 불탔어요. 다만 당신이 독서로 사사했던 후쿠다 선생의 재배서들은 지하 보일러실에 피신시켜 구해냈다고 하더군요. 신문에서 봤어요. 지금은 모두 개간해서 식량증산을 위해 고구마와 감자를 키우고 있다고요. 도쿄조차 식량난이 심각해요. 애들이 조선에 남은 건 조상신이 도운 거예요.

나는 의심되는 인물을 특정해 그가 언제까지 『인사관계철』에 등장하는지를 살폈다. 동식물원부 부장 겸 이왕직 촉탁사무관이었던 마사시는 해방 후 이창충이라는 조선 이름으로 돌아와 구왕궁사무청 서기관이 되었고 한국전쟁이 일어나기 전 해에는 구황실재산사무청 사무국장으로 승진했다. 이후 황실 재산 관련 업무를 맡았다. 문서 기록과 이창충의 증명사진을 휴대전화로 찍었다. 마른 체구의 그는 성마른 인상으로 턱을 들어 앞을 쏘아보고 있었다.

책고를 나오며 창경원 건물은 전쟁 피해를 입지 않았느냐고 아랑씨에게 물었다. 아랑씨는 말해서 뭐해요, 하더니 특히 1·4후퇴 때 장서각 건물이 전소에 가깝게 탔다고 말해주었다. 그런데 그 화재가 방화라는 설이 아직도 돈다고.

"왕실 재산 국유화를 앞두고 정리한 재산 목록과 문서들이 싹 다 탔다고 해요. 우리 쪽에서 그랬다는 설이 파다

하죠. 재산 빼돌려서 한몫 잡은 놈들이 공무원들 중에도 있었다니까요."

"돈이 참 무서운 거예요." 나는 쓸쓸하게 말했다.

"사람이 돈을 무섭게 만들었죠."

아랑씨는 후배에게서 이메일이 왔다며 화제를 바꿨다. 그때 내 일을 도와준 계기로 후배는 1940년대 일본의 청소년잡지에 관심을 갖게 되었고 『주간소국민』을 발행한 출판사와 연락을 주고받았다고 했다. 출판사는 전후에 다시 문을 열고 주로 사회과학 서적을 펴내고 있었다. 그렇게 해서 끝내 인쇄되지 못한 마지막 잡지 교정본과 함께 1992년에 『주간소국민』 앞으로 그 학생의 원고가 도착했다는 증언을 들었다고 전했다. "木魚と鳥", '목어와 새'라는 제목의 글이었고 한국전쟁 후에 써놓은 원고 같다고.

"그 글 좀 볼 수 있을까요?"

아랑씨는 일본 사람들이 그런 문제에 있어서 꽤 까다롭지만 후배를 통해 설득해보겠다고 약속했다. 나는 심장이 뛰었다.

"모두들 깜짝 놀랐다더라고요. 죽었다고 알려져 있었으니까요."

"왜 아이가 죽었다고 생각했대요? 잡지가 없어져서 글

을 보내지 않았을 수도 있잖아요."

"아이 집안과 편집장네 집안이 아는 사이였다고 해요. 글도 그렇게 해서 실리게 됐고. 한국전쟁 이후 온 가족이 연락이 끊겨서 그쪽에서는 모두가 몰살된 슬픈 비극이라고 생각했대요. 그런데 어느 날 출판사 앞에 원고가 놓여 있었으니 귀신이 도쿄까지 왔다 갔나 싶어 놀랐다고요."

머릿속을 정리하며 천천히 원서동으로 걸었다. 한국전쟁 때 할머니는 가족을 잃고 리사네 집으로 들어가 살면서 일본과는 연락을 끊었다. 아예 죽은 사람처럼. 왜 그래야 했을까. 일본과 국교가 정상화된 때는 1960년대, 자유롭게 오가지는 못하더라도 엄마에게 소식 정도는 전할 수 있었을 것이다. 그렇게 그리워했으면서 죽은 딸이 되기를 선택한 이유는 무엇이었을까. 이해가 가지 않았다. 가회동성당에는 현수막이 걸리고 있었다. "당신 깃으로 너를 덮으시어 네가 그분 날개 밑으로 피신하리라(시편 91,4)"라는 문장이 내가 서 있는 사이 팽팽하게 펼쳐졌다.

창경궁에 올 때마다 이제 자연스레 낙원하숙을 들렀다. 삼우씨가 복사해주겠다는 집 열쇠는 받지 않았지만 집을 살펴보는 것만으로 누군가를 만나고 돌아가는 기분이었다. 대개는 할머니였지만 가끔은 나 자신이었고 리사인 듯한 날도, 한번도 보지 못한 할머니의 어린 남동생 유진이기도 했다. 할머니가 이 집을 되찾기 위해 일생 돈을 악착같이 모아왔으리라는 생각도 했다. 그렇게 해서 할머니는 꿈을 이룬 셈이었다. 마당의 나무는 벚나무가 맞는 듯했고 꽃눈이 내려앉아 4월을 기다리고 있었다. 가방을 한번 추스르고 돌아서는데 누군가가 나를 바라보고 있었다. 자전거를 탄 채로.

"어, 삼우 형 말이 맞았네."

나는 갑자기 팔다리에 힘이 빠지는 걸 느꼈다. 아주 찬 것이 몸을 만지고 지나듯 오소소 소름이 돋았다.

"무슨 말을 들었기에 그래?"

순신이 아무렇지 않은 듯 물었으므로 나도 다른 인사는 모두 생략하고 그렇게 답했다.

"네가 돌아왔다고."

나는 그 말에 약간 어이가 없어 웃었다. 내가 집을 산 것도 아니고 동네로 이사 온 것도 아닌데 왜 그런 표현을 썼을까. 돌아옴, 귀환이란 이럴 때 쓰는 말이 아니지 않나. 내가 웃자 순신도 자전거에서 내려 따라 웃었다. 순신은 어려 보였다. 내가 알던 옛 모습에서 조금도 성장하지 않은 채였다. 그렇게 어려웠던 조우가 쉽게 이루어지는 게 이상해서 나는 눈앞의 사람이 순신이 맞는지 다시 확인했다.

"이순신 맞아? 단무지 죽어도 안 먹는 이순신?"

"무슨 소리야, 단무지 없이 어떻게 짜장면을 먹어. 다 지난 일이지."

나는 그렇게 상상하다 실제로도 웃어버렸지만 그런 재회는 일어나지 않을 거였다. 그럴 수 있다면 정말 낙원이겠지, 잃어버린 모두를 되찾는 곳이 바로 낙원일 테니까. 나는 문손잡이가 뜯겨나간 대문 앞에서 순신에 대해 생각하다가 최대한 온실 시작 부분에 가깝게 파자고 결정했다. 유리 손잡이는 온실 출입문에 사용되었으니까. 할머니는 그걸 구해다 달아놓고 누군가 문을 열고 돌아와주기를 바랐을 것 같았다.

한국전쟁까지 박목주는 식물원 책임자로 성실히 일했다. 중학교를 그만둔 마리코가 걱정이었지만 언젠가는 학교로 돌아가겠지 생각했다. 함께 살던 두자가 결혼해 떠난 뒤로 마리코는 눈에 띄게 침울해졌다. 쪽바리라며 돌을 던지는 애들도 있으니 외출을 싫어했다. 어느새 팔 힘이 자란 유진만이 그런 녀석들을 끝까지 쫓아가 대들곤 했다. 이사를 고민했지만 관사를 떠나 다른 집을 얻을 돈이 없었다. 관사에서 계속 살 수 있는 것도 이창충이 힘써 준 덕분이었다.

얼마 안 되는 급여는 강화 본가에도 보내야 했고 생활비로도 써야 했으며 무엇보다 아내를 밀항시킬 돈을 모아야 했다. 국교가 끊겼다 해도 암암리에 사람을 데려오더라고 고무장화 박영출이 귀띔해주었다. 직원들이 하나둘 자기 살길을 찾아 떠나 다른 직업을 가질 때 박영출만은 동물원을 지켰다. 비원의 풀을 베고 열매들을 주워다 남아 있는 사슴사와 큰물새우리를 돌봤다.

1950년 6월 북한군이 서울을 점령했을 때 피난 간 직원들은 거의 없었다. 정작 대통령은 떠나고 없는 서울에서 평소처럼 출근해서 어리둥절해하며 자기 일을 했다. 상황을 살피기 위해 종로로 나가자 누군가가 깃발을 주며 만세를 부르라고 권했다. 박목주는 자기를 움켜쥔 그의 손을 얼른 떨쳐냈다. 경험상 만세는 위험한 것이었다.

며칠 지나자 붉은 완장을 두른 인민위원회 사람들이 나와 업무보고를 받았다. 최소한의 인원만 남고 무너진 교량과 도로를 복구하는 노력동원에 나가라고 명령했다. 젊은 직원들은 총 한번 들어보지도 못한 채 인민군으로 차출되었다. 북한에서 일본인과 친일부역자들을 어떻게 처리했는지 잘 알았으므로 박목주는 마리코에게 나다니지 말라고 신신당부했다. 그렇게 가을을 보내고 나자 서울이 수복되었고 일상이 되돌아온 듯했다. 하지만 1월이 되자 다시 국군이 후퇴한다는 소식이 들렸다. 이번에 서울에 남으면 호되게 곤욕을 치르리라며 모두들 짐을 쌌다.

박목주도 피난을 결심하고 대온실 문을 걸어 잠갔다. 온실을 데우는 양열물은 천천히 식고 식물은 모두 죽을 것이었다. 착잡한 마음으로 돌아서는데 이창충이 서 있었다. 보자기에 싼 서류를 건네며 수원의 농업시험장에 다녀오라고 지시했다.

"지금 말씀입니까?" 박목주는 당황했다.

수원이라면 아무리 빨리 갔다 와도 이틀은 걸리는 거리였다. 박목주가 아이들 때문에 어렵다고 하자 이창충은 황실 서류라고 위압적으로 말했다. 중요한 문건이라 소실되어서는 안 된다고, 농업시험장에서 수합해 경주로 이동시키기로 했으니 다녀와서 피난을 가라고.

"사무국장님은 피난 안 가십니까?"

"나도 떠날 거야."

날이 찬데도 이창충은 홑겹으로 된 공무복만 달랑 입고 있었다. 추워서인지 얼굴이 파리했다. 할 수 없이 박목주는 서류를 받아들었다.

"기노시타!"

정원을 걸어나오는데 이창충이 그를 일본 이름으로 불렀다. 고드름이 맺힌 대온실 처마 밑에 선 이창충은 그 순간만은 옛날의 마사시처럼 보였다. 나는 부모와 다른 오니 아이, 도깨비다 하던 마사시처럼.

"열어볼 생각은 안 하는 게 좋을 거야."

그는 이유 없는 웃음과 함께 경고하고는 궁 안으로 사라졌다.

집으로 돌아온 박목주는 아이들을 어떻게 하고 가야 할지를 고민했다. 식량과 이불과 냄비를 챙겨 다들 피난하는 마당에 아이들을 맡아줄 사람은 없었다. 고민 끝에 두 자를 떠올렸지만 벌써 떠났을지도 모르고 그의 집은 서대문 너머로 멀었다. 마리코는 집에서 기다리겠다고 우겼다.

"집에서?"

박목주는 갈등했다. 집은 위험했다. 박목주의 머릿속에 시미즈의 엽서가 떠올랐다. 그래도 온실 지하에 넣어둔 책자들은 무사했다는 말. 아이들을 지하 배양실에 숨겨두고 다녀오면 괜찮을 듯했다. 겨우 이틀이니 북한군이 들어온다 해도 식물원까지 뒤질 시간은 아닐 거였다. 찾아

먹을 게 없는 시설이니까.

박목주는 아이들에게 짐을 싸라고 시켰다. 돌아와서 바로 피난을 떠날 수 있게 보리쌀과 통조림 같은 식량과 사계절 옷가지를 챙겼다. 수원에 다녀와서는 인천이나 평택으로 가서 배편을 이용해 부산으로 가리라 계획했다. 얼마 안 되는 돈은 전대에 넣어 마리코에게 차게 했다. 마리코는 아예 치마 안으로 넣어서 감췄다. 그렇게 해서 짐을 이고 걷는 셋은 서울의 다른 피난민들과 구분되지 않았다. 모두들 다리를 건너기 위해 한강으로 가는데 셋만 그 흐름을 거스르고 있다는 점만 다를 뿐. 그러다 박목주는 거리에서 박영출과 마주쳤다. 박영출은 리어카에 짐을 싣고 식구들과 바삐 걷는 중이었다.

"사육사님!"

박영출은 황망한 얼굴로 돌아보았다. 박목주와 아이들을 알아보고는 허둥지둥 달려와 손을 잡았다.

"이제 떠나?"

박목주는 아이들을 박영출에게 맡길까 갈등했다. 하지만 그에게도 아이만 넷이었다. 박목주는 잠깐 공무를 보고 출발할 거라고 말했다.

"아니, 이 사람아, 지금이 그럴 때야? 얼른 다리를 건너야지, 저번처럼 한강 다리가 폭파되면 다 죽네."

"설마 그러려고요. 남쪽 어디로 가세요?"

"나는 일단 공주로 가네. 몸 성히 봄세."

박영출은 더는 시간을 지체할 수 없어 돌아섰다가 다시 와서 유진의 주머니에 양갱을 넣어주었다.

"감사합니다!"

유진이 꾸벅 허리를 숙여 인사하는데 리어카에 놓인 새장에서 앵무새가 "바갓바갓" 하고 소리쳤다.

"고노야로."

마리코는 앵무새가 일본어로 멍청이라고 욕하는 걸 알아듣고는 저게, 하며 발끈했다. 그 앵무새는 더이상 동물들을 먹이기 힘들어진 동물원장이 직원들에게 분양한 것이었다. 원하는 만큼 소동물을 가져가라고 했지만 사람도 먹고살기 힘든 마당에 동물을 거둔 사람은 몇 안 됐다.

박목주는 창경원으로 와서 대온실 지하 문을 열고 아이들을 데리고 내려갔다. 어둡고 따뜻했다.

"두루미야?" 유진이 물었다.

"방금 울었잖아."

마리코는 자기들만 남겨진다는 사실이 두려웠지만 동생 앞에서 태를 낼 수는 없었다. 어금니를 꽉 물었고 이제야 모든 일본인들이 겪은 그것, 그 수난이 자신을 찾아왔다고 각오했다.

"아마 왜가리일 거야. 큰물새우리에서 들리는 소리야."

박목주가 유진에게 답했다. 박목주는 집에서부터 쉬지 않고 당부를 해댔지만 지하에서는 말이 없었다. 괴로운 표정으로 한구석에 이불을 깔아줄 뿐이었다. 그리고 아이들에게 절대 아무것도 만지지 말라고 주의를 주었다.

"보일러실에도 들어가지 말고, 수납장 용액은 다 위험하니까 건들지 말고. 하룻밤만 지나면 내가 오니까, 알았지?"

박목주는 일어나 둥지에 남은 새알들처럼 웅크린 아이들을 내려다보았고 이윽고 결심한 듯 걸어나가 문을 잠갔다. 잠시 후 마리코는 발딱 일어나 문손잡이를 돌려보았지만 잠김쇠가 단단하게 걸린 문은 열리지 않았다. 온실 식물들은 검은 그림자가 되어 어둠 속에 붙박였다.

차를 세우고 집으로 들어갔는데 내 방에 누군가가 쪼그리고 앉아 있어서 깜짝 놀랐다. 운전하면서 내내 지하 배양실을 상상했더니 헛것이 보이나 싶었다.

"불 켜지 마, 이모."

무릎을 세우고 얼굴을 파묻은 건 산아였다. 창에서 달

빛이 들어와 산아의 새하얀 가르마를 비추었다. 헤드폰을 써서 내 말이 들릴지 모르겠지만 나는 알았다고 답했다. 그리고 옆에 털썩 앉았다. 달빛이 내 목덜미까지 옮겨왔을 때쯤 은혜에게서 '거기 갔지?' 하는 메시지가 왔다.

'아무 말도 안 하는데 무슨 일이야?'

'서울 애가 도로 서울 가.'

'갑자기 왜?'

'걔 가야 해. 골칫거리야. 엄마들은 내심 다행이다 하는데 산아만 지랄지랄을, 내가 유별난 걸 낳았다 싶다. 섬 들어가는 중이니까 조금만 고생해라, 친구야.'

"엄마랑 카카오톡 하는 소리 다 들려. 엄마는 아무것도 모르고 스미만 탓하지?"

산아의 말에 나는 휴대전화를 주머니에 얼른 넣었다. 그리고 아니라고, 이모 집에서 밥 잘 먹고 오라 했다고 말했다. 산아는 내 귀에도 들릴 정도로 큰 볼륨으로 노래를 듣다가 갑자기 뚝 끊더니 "억울함은 어떻게 해야 해?" 하고 물었다. 길을 걷다가 불길 같은 노여움을 느끼면서 억울해,라고 소리 질렀던 시절이 떠올랐다. 억울함은 억척같이 대거리해야 한다고 가르치던 딩 아주머니도. 하지만 아주머니도 그렇게 풀지는 못했을 것이다. 그러니 한국을 떠나기 전 한 맺혀 울지 않았을까.

"잊는 건 불가능해."

나는 엉덩이를 산아 쪽으로 밀며 말했다. 그러자 산아는 해안가까지 날아갈 듯한 깊은 한숨을 쉬었다.

"왜 억울했는데? 말할 수 있니?"

잘못은 산아의 앙숙인 오태양이라는 아이가 먼저 한 것 같았다. 방과후 수업으로 드론 조종을 배우는데, 갑자기 달려들어 조종기를 빼앗으며 산아를 괴롭히기 시작했다. 산아도 화가 났지만 애걸하다시피 해서 돌려받았는데, 그 장면을 스미가 지켜보고 있었다. 스미는 산아의 표정에서 고통을 읽었고 태양이의 얼굴에서 누군가를 괴롭힐 때 이는 희열과 득의만만함을 읽었다. 언제라도 벌집 아래의 무대로 아이를 끌어당기는 상처의 반복적 환기였다.

자신을 괴롭힐 때는 가만히 당했지만 자기가 좋아하는 사람 곁을 어슬렁거리는 그 괴물을 가만히 두고 볼 수 없었을 것이었다. 스미는 아무도 이해할 수 없는 방식으로 용기를 냈고 가방을 가지러 교실로 올라가는 태양이를 앞질러 가 계단에서 밀어버렸다. 물론 밀었다를 두고 두 아이의 말은 달랐다. 우는 태양이를 버려두고 스미는 운동장으로 돌아와 산아에게 오늘도 자신이 아무것도 훔치지 않았음을 보여주고는 조용히 귀가했다. 태양이는 8주 동안 다리에 깁스를 해야 하는 부상을 입었다. 당연히 태양이의 부모는 가만있지 않았다.

"스미는 자기가 밀지 않았다고 했어, 그거 거짓말 아니라고."

상담치료를 받던 시절 나도 폭력성을 드러내곤 했다. 왜 우산으로 길 가는 사람을 때리면 안 되느냐고 상담사에게 물었던 기억도 있다. 스미가 태양이를 밀었는지 밀지 않았는지는 알 수 없지만 그런 충동에 어떤 아이들이 확실히 취약한 건 사실이었다. 그런데 그건 공격이라기보다는 자학에 가까웠다.

상담사 앞에서 으르렁거리며 공격성을 드러내다가 상담시간이 끝나 빌딩 화장실을 간 날이었다. 한 엄마가 아이를 달래가며 옷을 갈아입히고 있었다. 화장실 칸으로 들어가 그 소리를 들으며 일을 보던 나는 그 순간 참을 수 없는 수치심을 느꼈다. 둘의 대화가 너무 따뜻하고 다정했기 때문이다. 나는 그들이 화장실에서 나갈 때까지 문을 열고 나가지 못했다. 나쁘고 더럽고 가치 없는 내가 그들에게 가까이 가면 안 될 것 같았다.

"산아야, 더 억울해지는 건 그 억울한 일에 내가 갇혀버리는 일 같아. 갇혀서 내가 나 자신을 해치는 것."

산아는 고개를 들고 손바닥으로 눈물을 닦았다. 얼굴을 적신 눈물이 어둠 속에서도 눈길처럼 반짝였다.

"이모는 하루 마감하면서 가끔 이렇게 기도한다. 오늘 다행히 아무도 안 죽였습니다."

산아가 어이가 없는지 약간 웃었다.

"그럼 하느님이 칭찬하셔?"

"침묵하시지, 기도는 답을 듣기 위해서가 아니라 기다리기 위해 하는 거니까."

산아는 한숨을 쉬면서 올해는 마마무를 보러 못 갔다고 화제를 바꿨다. 그러고 보니 할머니와 대온실을 고민하느라 겨울을 다 보내고 말았다. 올해도 나타났다면 네 살, 마마무는 더 늠름해졌을 거였다. 굵은 갈고리 같은 부리는 단단해지고 금빛 깃털은 목덜미와 등으로 이어지며 잿빛과 혼합되고 어깨깃의 흰색은 뚜렷해졌을 것이다. 성조가 되었으니 더 빠르게 사냥하고 독수리 무리에도 절대 지지 않았을 거였다.

"마마무 잘 있다 갔겠지?"

"그럼. 쇠기러기 많이 잡아먹고 흰꼬리수리랑 다투고 귀찮게 하는 까마귀들 무시하면서 잘 지내다 시베리아나

몽골로 갔겠지."

"정말 멋있어, 하늘에서 사냥할 때 화살처럼 꽂혀."

"맞아, 하지만 그러기 전까지 마마무는 대체로 나무에서 뭘 했지?"

"기다렸어."

은혜가 산아를 데리러 왔고 산아는 엄마를 보자 다시 입이 나와서는 불만스러운 표정을 지었다. 그리고 사과하기 전까지는 안 가겠다고 버텼다.

"아니, 내가 뭘 사과해? 야, 걔가 사고 친 걸 내가 왜 사과해야 하니?"

오늘 하루도 바빴는지 피로로 눈 밑이 거뭇한 은혜가 목소리를 높였다. 하지만 산아는 은혜의 사과를 듣기 전까지는 가지 않겠다고 버텼다. 은혜의 하소연은 요즘 들어 툭하면 문을 걸어 잠그고, 혼자서 자식 키우는 엄마의 수고에 관심도 없으며 차갑고 냉정하기만 한 딸에 대한 한탄으로 번져갔다.

"그래도 엄마, 사과해. 스미 보고 정신 나간 애라고 한 거 사과하란 말이야."

나는 사과를 깎다가 잠시 멈추고 은혜에게 눈짓을 보냈다. 산아 말을 들어주라는 신호였다.

"그래, 엄마가 무식해서 그렇게 막말했다. 사과한다, 사과해."

나는 포크로 사과를 집어 둘에게 내밀었고 표정이 좀 나아진 산아와 달리 이번에는 은혜의 얼굴이 어두워졌다.

"애들은 왜 이렇게 부모들 앞에서 자존심을 세우는지 모르겠어."

은혜는 사과를 씹어 넘길 기운도 없어 보였다. 요즘 애들만 그런 건지 우리도 그랬던 건지 통 알 수가 없다고. 가장 중요한 사람이고 잘 보이고 싶은 사람이라 그렇겠지,라고 나는 답했다.

"그러면 잘할 생각을 해야지, 무조건 우기고 보니."

산아는 그러거나 말거나 태블릿 피시로 벌써 뭔가를 집중해서 읽고 있었다. 산아네가 돌아가고 나는 책상에 앉아 은혜가 푸념처럼 한 말에 대해 생각했다. 아주 조심스럽게 일던 의혹이 밀물처럼 힘차게 밀려들어왔다. 할머니는 왜 일본에 연락하지 않은 채 안문자로 살았을까. 거기에는 어떤 '사건'이 있었다. 그리운 엄마에게 차라리 죽은 것으로 해야 하는, 돌이킬 수 없는 일이. 순간 두렵고 그것이 뭔지 알기도 전에 아주 차디찬 슬픔 속으로 빠져드는 느낌이었다.

낙원하숙에 머물렀던 2003년의 기록에서 뭔가를 찾을 수 있지 않을까. 차마 펼쳐볼 엄두가 나지 않았던 그 시절 다이어리를 꺼내기 위해 할 수 없이 창고를 열었다. 아빠가 사용했던 어구들과 녹슨 자전거, 몇번 쓰지 않은 캠핑 도구와 함께 학창 시절 물건들이 있었다. 초등학생 때부터 쓰던 그 물건들을 보관한 건 아빠였고 창고로 몰아넣어버린 건 나였다. 그 당시 다이어리를 가져와 지금은 소식을 알 길 없는 아이돌과 배우들 사진을 넘기며 기록을 살폈다.

사춘기임을 감안해도 어쩔 수 없이 낯 뜨거워지는 감상적인 고백들을 지나 나는 색 바랜 종이에 낙엽처럼 찍힌 붉은 원을 발견했다. 시험 삼아 찍어본 할머니 도장에는 '眞理子', 마리코라는 한자가 새겨져 있었다. 나는 삼우씨에게 연락해 도장이 사용된 흔적을 찾았다고 말했다.

"그래? 그러면 항소도 가능한데 어디서 찾았니?"

다이어리라고 하자 공적 문서이면 더 확실할 텐데, 하고 아쉬워했다.

"일수 장부를 구할 수 있지 않을까요?"

나는 말하면서도 오해를 살까봐 필요하다면요, 하고 단서를 달았다.

시굴 작업이 있는 목요일, 차를 운전해 궁으로 갔다. 정확히 일년 전, 복잡한 마음으로 안국역에서 걸어나와 창경궁으로 향했던 게 생각났다. 지금은 달랐다. 가는 목적은 일하는 사람에 꼭 맞게 단순했고 감정의 결도 단정했다. 나는 간결한 내 마음이 마음에 들었다.

굴삭기와 파낸 흙을 모으는 스키드 로더가 현장에 준비되었다. 기계가 들어오기 위해 덧집의 일부가 해체되었고 그제야 현장소장이 왜 난색을 표했는지 이해할 수 있었다.

"배양실 안쪽이 아니라 온실 쪽이 아무래도 낫겠어요? 하기는 데이터상으로도 거기에 유존물이 더 많이 보이기는 해요."

나는 은세창에게 고개를 끄덕여 보였다.

"뭐 별게 안 나오더라도, 한번 트라이해본 거, 그게 남는 거 아니겠어요."

곤줄박이가 씩씩하게 말했다. 그러고는 기록으로 남기기 위해 삼각대에 카메라를 설치했다. 시굴에는 처음 참여해 가슴이 인디애나 존스처럼 웅장해진다고 했다. 소목이 소개해준 연구자도 곧 도착했다. 한 사립 문화재연구기관에서 일하는 백실장이었다. 우리는 계획을 숨기고 싶었지만 같은 팀인 은세창에게는 말할 수밖에 없었고 은세창은 소목에게 전할 수밖에 없었다. 소목은 우리의 무모함에 혀를 찼지만 곧 일이 틀어지지 않게 방향을 잡아주었다. 시굴이라고 해서 무작정 파면 되는 줄 아냐며 전문가를 붙여준 것이다.

백실장은 팔짱을 끼고 현장을 둘러보더니 그런데 정확히 뭘 기대하는 거예요? 하고 물었다. 말문이 막혔는데 제갈도희가 "뭘 기대할 수 있을까 싶어 파는 겁니다"라고 설명했다. 그 모호한 답을 알아들은 백실장은 고개를 끄덕끄덕하며 지하 배양실 설계도를 보여달라고 했다. 그러고는 내가 지목한 유리 온실 쪽을 파되, 일단 유적층이 나올 때까지 1미터쯤은 토층을 기계로 걷어내자고 제안했다.

"정말 좋은 계획이십니다."

은세창이 재빨리 동의했다. 민들레와 쇠뜨기와 냉이 같은 식물들을 밀며 굴삭기로 작업을 시작했다. 붉은 흙이 파헤쳐지며 풀뿌리들이 엉켜 있는 땅 밑 공간이 드러났다. 30분 정도 진행했을까. 굴삭기에서 기사가 내리며 점심을 먹으러 가야 한다고 말을 툭 던졌다. 시계를 보니 열한시가 조금 넘은 시각이었는데, 답도 기다리지 않고 기사는 휑하니 사라졌고 우리는 파다 만 구덩이 앞에 남겨졌다.

"현장에선 기계 모는 사람이 왕이에요."

은세창이 말하며 다들 식사하러 가자고 앞장섰다. 중식당에서 백실장은 우리가 어수선하게 설명하는 시굴조사의 목적을 들었다. 기관과 공사업체를 난처하게 만들더라도 정식 발굴에 나설 명분을 찾아야 한다는 말을 어떻게 좋게 좋게 전할까 고심했는데 백실장은 한방이 있어야겠구먼, 하고 간단히 정리했다. 혹시 괜한 일에 나서 기관에 밉보일까 몸을 빼면 어쩌나 싶었는데 기우였다.

"공사현장에서 제일 싫어하는 게 우리 같은 사람들이에요. 문화재 연구자들. 세상 중요하다는 발굴 업적, 대체로 도둑놈처럼 현장에 숨어들어가서 얻어낸 것들이거든요. 고고학자들이 반은 학자고 반은 도굴꾼이에요. 저기 풍납토성 있죠? 거기 백제 유물들도 한 교수가 설 연휴로 공사가 쉴 때 잠입해서 찾아낸 거거든요. 바로 공사 멈추고 발굴 들어갔는데 재건축 중단됐다고 주민들 난리 나고 분위기 어마하게 살벌했어요. 어디든 그래요. 어디든 안 싸우면 일이 안 돼."

"그래도 저희는 동궐관리청의 협조 아래 법령이 정한 만큼만 시굴하는 거니까 무단침입까지는 아니고 담당 과장 외유라는 약간의 행정 공백을 융통성 있게 운용하는 셈이죠."

은세창이 군만두를 집으며 줄줄이 변명하자 백실장이 그렇게 될 것 같으냐고 놀렸다. 정말 법령이 정하는 만큼만 시굴할 생각이냐고.

"한번 파봐요, 마음이 그렇게 되나. 삽 들면 끝장을 보게 돼 있어요."

제갈도희와 나는 밥을 먹다가 눈을 마주치며 어색하게 웃었다. 일이 잘되어가는 건지 부담스러워져가는 건지 애매했다. 점심을 먹고 현장으로 돌아가니 굴삭기 기사는 그늘 아래서 눈을 붙이고 있었다. 백실장이 구덩이로 들어가 깊이를 재고 사진을 찍었다. 그리고 모종삽처럼 생긴 도구로 땅을 긁더니 일부 흙을 비닐팩에 담았다.

"저게 트라울이에요. 고고학자의 심벌 같은 거라서 서로 빌려 쓰지도 않는대요."

제갈도희가 알려주었다. 여기까지는 별게 없다고 백실장이 밖으로 빠져나오며 말했다. 오수에서 깨어난 굴삭기 기사가 기계에 오르고 삽날로 다시 흙을 퍼 올렸다. 얼마 파지도 않은 것 같은데 스키드 로더의 짐칸이 제법 차 있었다. 생각보다 큰 작업이라서 마음에 긴장이 일었다. 그때 굴삭기가 멈췄다.

"뭐가 걸렸어요."

기사가 운전석에서 얼굴을 빼꼼히 내밀며 말했다. 백실장이 구덩이로 들어가 살펴보았다. 그리고 은세창에게 이제 인부들을 부르라고 했다. 여기서부터는 수작업으로 파야 할 것 같다고. 굴삭기 삽날에 부딪힌 건 목재 벽면이었다. 후쿠다가 설계한 지하 공간이 정말 있었구나 싶어 나는 놀랐다. 대온실을 보면서도, 회고록을 산아에게 얘기해주면서도 실감하지 못한 그의 얼굴이 비로소 드러난 느낌이었다.

"저기, 백실장님, 저희가 팔 겁니다."

은세창이 나와 제갈도희를 가리키며 웃었다. 백실장은 대온실을 드나드는 인부들을 가리키며 저분들 중에는 아무도 없냐고 확인했다.

"없어요. 아시다시피 저희가 알아서 해야 한답니다."

"아니 그런데 이런 차림으로 오셨어요?"

백실장이 우리의 별것 없는 옷차림을 가리키며 소리쳤다. 청바지와 티셔츠, 그리고 점퍼를 입은 우리에 비해 백실장은 벙거지 모자에 각종 도구가 든 조끼, 장갑을 착용했고 특히 장화를 신고 있었다. 백실장은 유적 다 밟아놓을 일 있느냐고 신발이라도 바꿔 신으라고 다그쳤다.

"어떤 걸로 바꿀까요?"

은세창이 난처하게 묻자 백실장은 고무신이 가장 좋다고 말해주었다. 제갈도희가 은세창과 내 발 사이즈를 확인하더니 기념품 가게로 달려갔다.

"정말 아무도 안 와요?"

"네······"

은세창이 미안한 표정을 짓자 백실장은 소목 선생님은 그런 말씀까진 없으시던데, 중얼거리면서 난감해했다. 그랬을 것이다, 그랬다면 백실장은 오지 않았을 테니까. 그는 잠시 도망갈까 갈등하는 듯했지만 이내 포기하고 우리에게 업무를 배정했다. 제갈도희는 여기서도 도면 작업 담당이었다. 발견되는 모든 것의 위치를 정확하게 표시하고 함척과 레벨로 측정한 수치를 기록했다. 함척은 깊이를 재는 긴 자였고 레벨은 그것을 읽는 기계였다.

"저기, 저희는 트라울이 없는데 괜찮을까요?"

은세창이 두리번거리며 묻자 백실장이 그건 자기만 있으면 된다고 시큰둥하게 답했다.

"여러분, 꽃삽이라고 하는 요건 아무나 잡는 게 아니에요. 저도 이거 잡을 때까지 현장에서 삽질만 한 오년 했거든요. 제 지시대로 잘 파시기만 하면 됩니다."

나와 은세창은 삽을 쥐고 구덩이로 내려갔다. 수리 보고서 담당이 여기서 왜 삽질을 하고 있을까요, 내가 은세창에게 농담하자 은세창이 영두님 아이디어잖아요, 하고 짓궂게 받았다. 그래도 신기루 같았던 지하 공간이 실재하는 걸 알게 되자 기쁘다는 위로의 말을 건넸다.

"이거 파도 조선시대 유물이 나오는 건 아니죠?" 백실장이 물었다.

아마 그럴 거였다. 창경궁의 다른 건물 위에 지은 것이 아니니까. 그 말을 듣자 백실장이 "그래서 청에서 영 관심이 없구먼"이라고 혼잣말했다.

그때 은세창이 꽥 소리를 질렀다.

"아 놀래라, 황소개구리가 왜 여기 앉아 있어?"

"그거 두꺼비예요." 내가 말했다. 3월인데도 아직 겨울잠을 자던 두꺼비를 은세창이 깨운 셈이었다. 땅속이 습한가보다고 백실장이 말했다. 삽질을 할 때마다 은세창의 나지막한 탄식이 흘러나왔다. 당연히 땅 밑에는 산 것들이 우글거렸다. 두꺼비를 근처 수풀로 옮겨다놓고 돌아왔을 때는 지렁이와 땅강아지가 문제였다. 미래에 뭐가 될지는 알 수 없지만 희고 통통한 몸으로 때를 기다리는 굼

벵이들, 거미들, 심지어 달팽이까지 은세창을 꺼림칙하게 만들었다.

"뭐예요, 재벌집 막내아들도 아니면서."

제갈도희가 지친 은세창과 교대하면서 핀잔을 주었다. 얼마나 파 내려갔을까. 문틀이 드러났다. 우리는 벽이 나타났을 때보다 더 크게 환호했다. 백실장은 "뭐가 보이는데?" 하더니 구덩이로 내려와 트라울로 흙을 걷어냈다. 뼈였다.

"또 있어요!"

백실장을 눈여겨보던 제갈도희가 소리 지르며 거무스름한 조각을 집어 올렸다. 백실장이 "아니, 기록도 안 하고 들어올리면 어떻게 해요?" 하고 소리쳤다. 제갈도희가 놀라 다시 내려놓았다. 마침 대온실에서 나던 공사 소음이 뚝 그치면서 주변이 고요해졌다. 백실장이 뼈 길이를 재고 사진을 찍은 다음 조심스레 폴리백에 넣었다.

"동물일까요?"

"육안으로는 정확히는 알 수 없고요. 연구소에 보내봐야 해요. 사람이나 동물이나 뼈는 뭐 그리 다를 게 없잖아요."

뼈가 발견됐다는 소식이 대온실을 수리하던 인부들을

통해 현장사무소까지 전해졌다. 현장소장이 허둥지둥 달려와 사람이 나온 거냐고 물었다.

"아니요, 그건 검사를 해봐야 안답니다."

"아니, 이 사람들아, 그냥 뭐 좀 알아본다더니 시체를 파놓으면 어떡해?"

현장소장이 은세창에게 소리쳤다. 괜한 일을 도왔다고 후회하는 것 같았다. 공사현장에 문화재가 나타나면 조용히 덮으라고 지시하는 건축주도 많으니 소장을 탓할 수도 없었다. 마치 케이크처럼 몇겹의 레이어를 쌓으며 도시를 만들고 부수고 하다보면 언젠가 선택의 순간이 오게 되니까. 서로 다른 이해관계 사이에서 다투다 건축물은 남거나 허물어졌다.

"시체는 살이 좀이라도 붙어 있는 거고. 뼈예요, 뼈. 아직은 무슨 뼈인지도 모르고요."

은세창이 현장소장을 안심시켰다.

"이런 건 새뼈네요. 차골."

백실장이 내가 막 발굴한 'V'자 모양의 뼈를 가리켰다. 사람으로 치면 쇄골에 해당하는 그 뼈는 인간과 다르게 하나로 붙어 있어서 한눈에 알 수 있다고 했다. 백실장이 "삼계탕 먹을 때 우리 자주 보잖아요"라고 말해서 우리는 얼굴을 찌푸렸다.

"여기 원래 새 우리였나요?"

차단막 아래 죽 펼쳐놓은 뼈들을 살피며 백실장이 물었다.

"원래는 온실이 있었어요."

"온실, 그런 건 토질 분석해보면 나올 테고. 근데 뼈들이 대부분 새뼈 같긴 하네?"

현장소장은 사색이 되어 있다가 새뼈가 많다고 하자 별일 아니다 싶은지 "시체 치우는 줄 알고 놀랐잖아, 새 우리를 파면 판다고 말을 해야지" 하고는 돌아갔다. 네시쯤 되었을 때 이제 슬슬 정리하자고 은세창이 말했다. 우리가 모은 뼈들은 꽤 많았다. 반나절 정도 모았다고 하기에는, 식물 관련 시설이 있던 자리라고 하기에는 이상할 정도로.

"정말 어느 시절에 여기를 새 우리로 쓴 거 아닐까요? 아니면 화초랑 새를 같이 길렀나?"

은세창이 물었지만 나는 그럴 가능성은 희박하다고 답했다. 일단 그런 기록이 없고 할머니도 피신한 이야기를 하며 지하 배양실이라고 똑똑히 언급했기 때문이었다. 만약 새 우리가 있었다면 그 언급을 했을 텐데 할머니는 남동생이 멀리서 나는 새소리를 들었고 박목주가 왜가리라 설명했다고 회상했으니까.

"내일도 할 거죠?" 백실장이 당연하다는 듯이 확인했다. 백실장의 예상처럼 우리는 그만두고 싶은 마음이 없어졌다. 장과장이 돌아오기까지 이틀만이라도 작업을 더 하고 싶었다. 백실장은 자기 차에서 파란 덮개를 가져와 현장을 덮었다. 구덩이 위에 펼치고 모래주머니를 두어 날려가지 않게 했다. 그러자 현장 간부인 듯한 사람이 여기를 파놓으면 공사가 힘들어진다고 불평했다.

"이곳도 엄연히 수리공사 현장이에요. 정말 너무 양해를 안 해주신다. 보고서 완성하면 덮지 말라고 해도 저희가 와서 다 덮어드릴게요."

삽질을 하느라 흙투성이가 된 곤줄박이가 못 참겠다는 듯 한마디 했다.

"다시 오기는, 그냥 연락이나 줘요. 우리가 후딱 덮을 테니까."

우여곡절 끝에 하루가 끝나고 우리는 근처 설렁탕집에서 저녁을 먹었다. 백실장은 뼈들을 정리해 가져가면서 내일은 오후에나 올 수 있다고 전했다. 종일 삽질을 했더니 모두 기진맥진했다. 식당 창문으로는 불 밝힌 동궐이 보였고 은은한 저녁 하늘 아래 그곳은 평화롭고 안온해 보였다.

"사람들의 하루하루가 정말 다 달라요. 누구는 소장 말대로 시체 파다 하루가 가고 누구는 궁궐에 놀러가고 누군가는 오늘 실연당한 사람도 있겠지."

"왜 그런 나쁜 생각만 해요? 오늘 청혼받은 사람도 있을 텐데."

"시체 되는 거랑 뭐 그리 다르지 않네요."

제갈도희가 설렁탕 소면을 젓가락으로 뜨며 말했다. 왕주무관은 진지한 얼굴로 제갈도희의 말을 반박했는데 그의 말주변으로는 완고한 곤줄박이를 설득할 수는 없을 것 같았다. 그때 내게 모르는 번호로 보이스콜이 떴다. 받지 말까 하다가 혹시 일과 관련한 것일 수 있어서 통화를 눌렀는데 연결 상태가 좋지 않았다. 여보세요,를 반복하다가 끊으려는 순간 "안 들려?" 하는 목소리가 들렸다. 누군데 받자마자 반말일까. 내 표정이 변했는지 제갈도희가 무슨 일이냐고 눈짓으로 물었다. 나는 자리에서 일어나 식당 밖으로 나가 전화를 받았다.

"누구시죠?"

"나야, 리사."

큰물새우리

그 이름은 여기와는 완전히 매질이 다른, 이를테면 물속에서 들려오는 것 같았다. 이해할 수 없고 비현실적이며 듣기를 기대하지 않은 이름이었다.

"끊어졌나, 왜 말이 없어."

리사의 중얼거림에서 오래전 말투가 묻어났다. 혼잣말로 포장하지만 사실은 타인을 향한 불만의 말, 주변에 긴장을 일으키는 얼음 같은 어조였다.

"듣고 있어, 말해도 돼."

나는 담담하게 답했다. 그리고 그동안 잘 지냈느냐고 의례적인 인사를 겨우 했다. 리사와 다르고 싶었기 때문이었다.

"그래, 오랜만이다. 근데 며칠 전에 삼우씨가 메시지를 길게 남겼더라고? 아주 길게. 뭘 찾았다며?"

나는 삼우씨가 왜 얘기를 전했을까 화가 났다. 그런 증거들을 모아 정말 다시 한번 소송을 하자는 차원에서 한 말은 아니었다. 그저 할머니의 진심을 확인하기 위해 필요하면 해볼 수도 있지 않을까 아이디어를 냈을 뿐이었다. 나는 그래도 가족이니까 리사에게 집을 넘겼으리라는 삼우씨 말에 전혀 동의하지 않았다. 할머니가 힘들게 그 집으로 돌아왔다는 생각을 할수록 그런 미래를 조금도 원하지 않았으리라는 것은 분명했다. 과거의 원한을 되갚으려거나 리사를 곤혹스럽게 하려는 의도는 전혀 없었다. 내가 그렇게 설명했지만 리사는 듣지 않았다.

"넌 늘 그래. 착한 척, 밝은 척, 사려 깊은 척. 항소에서 이기기 진짜 어렵다. 네가 모를 거라고 생각 안 해. 그냥 너는 너대로 뭐랄까, 뭐든 하고 있어야 감정이 풀리니까 그러고 있겠지. 너 좋아했던 스케이트 탈 때처럼 열심히 밀고 나가보는 거겠지."

속이 울렁댔다. 슬픔은 차고 분노는 뜨거워서 언제나 나를 몽롱한 상태로 몰아넣고는 했다. 그런 극단의 마음과 싸우다보면 아주 간단한 일상의 일도 할 수 없었다. 길을 못 찾거나 버스 번호를 잊어버리거나, 걸어다니거나 물건을 사는 평범한 동작에도 서툴러졌다. 그게 상처로 부스러진 이들이 감내해야 하는 일상이었다. 트라우마는 그렇게 기본적인 행위부터 부수며 사람을 위태롭게 만들었다.

"전화는 왜 건 거니? 지금 좀 상식에 어긋나게 굴고 있는데."

"아, 기분 나쁘게 하려던 건 아닌데, 미국에서 살다보니까 말투가 많이 직설적이지. 근데 넌 목소리도 안 변했다.

애를 안 낳아서 그런가?"

리사는 자기는 아이가 하나 있고 이혼 후 양육비를 받지 못해 경제적으로 어렵다고 얘기했다. 너 같은 싱글은 상상도 못할 어려움을 겪는 중이라고. 낙원하숙을 빨리 팔아야 하는 이유를 리사는 그렇게 설명했다.

전화를 끊고 돌아와 다시 자리에 앉았는데 입맛이 없었다. 마치 혀가 사라져버린 듯했다.

"영두님, 오늘 땅 파느라 힘들었죠? 좀 먹어요."

제갈도희가 깍두기 국물을 설렁탕에 넣어보라고 권했다. 자기도 소목님에게 배운 건데 야근 죽도록 하고 나와서 피로 푸는 데 최고라고. 나는 제갈도희가 말한 대로 깍두기 국물을 넣어서 숟가락으로 한입 떠먹었다. 시큼한 깍두기 맛이 돌면서 그런대로 밥이 들어갔다. 놀라지 말아야지, 하는 생각이 들었다. 사람이 변하지 않아도 놀라지 말아야지, 괜찮다 싶던 상처가 건드려져도 놀라지 말아야지, 정신을 차려야지. 리사보다 더 실망스러운 건 삼우씨였다. 내 말을 왜 전했을까. 하기는 그렇게 말 많은 사람이 비밀을 지키기는 어려웠을 거였다. 집으로 가는 차 안에서 삼우씨에게 전화를 걸어 항의하자 자기는 그런 의도가 아니었다고 펄쩍 뛰었다.

"매수자가 나타났어. 그래서 한번쯤 다시 생각해보라는 의미로 말한 거야."

그러자 전화 끊을 때 리사가 한국 가면 한번 보자고 한 말을 이해할 수 있었다. 돈이 리사를 움직이게 한 거였다. 두통이 일어서 나는 차창을 끝까지 내렸다.

"나 보육원 원장님 좀 만나게 해줘요."

나는 전부터 망설이던 말, 내가 왜 이렇게까지 할머니의 과거를 맞춰보려 하는지 알 수 없어 참고 있던 말을 꺼냈다.

"알았어." 삼우씨는 금세 답했다.

"이것도 리사한테 알릴 거예요?"

아직 화가 다 풀리지 않아 그렇게 물었다.

"아니, 근데 걔는 네가 그럴 거라고 예상하더라고. 멈추지 않을 거라고, 영두 너는 할머니를 좋아했으니까 뭐든 하고 싶어할 거고 최선을 다할 거라고."

전화를 끊고 섬으로 돌아가면서 어쩌면 리사와 나의 어긋남은 서로를 너무 잘 알고 있기 때문일지 모른다고 생각했다. 그런 점에서 우리는 누구보다 상대를 이해하고 더 나아가 그런 점에서 슬프게도 서로를 믿고 있는 사이였다.

*

 장과장이 '마치 브레이크'를 즐기고 돌아왔을 때도 우리가 파헤친 공간은 다시 덮이지 못했다. 장과장은 아주 포효하듯 왕주무관을 질책했고 우리가 미리 말하지 못해 미안하다고 해도 흥분을 가라앉히지 않았다. 그는 공문 한장 없이 우리가 이런 일을 벌인 데에 가장 분노했다. 수리 설계 주체로서 재량껏 할 수 있는 범위였다고 항변해도 그래도 공문은 있어야 한다고 핏대를 세웠다. 결국 제갈도희가 나서서 맞섰다.

 "그깟 공문 지금이라도 써드릴게요. 근데 그건 아셔야 돼요. 공문 써서 문서화하는 순간 동궐관리청 직원들 줄줄이 연대책임 지게 되는 거라고요. 그런 일 없이 해드리려다가 이렇게 된 거잖아요."

 순간 장과장은 말을 바꿨다.

 "누가 사후 결재 받으랍니까? 공사 멈추는 일이나 없게 하라고요. 말귀 알아들어요?"

 우리가 세운 계획은 이 시굴의 결과를 너무 얕잡아본 것이거나 혹은 그 파장에 대해 애써 눈감은 것에 가까웠다. 식사 후 식곤증에 빠져 있던 오후 2시 40분, 백실장이 확실한 인골을 발견한 것이다. 부채꼴 모양의 그 뼈는 상당히 부식돼 마치 질긴 가죽처럼 보였다. 겉모양으로는 정말 사람뼈인지 실감이 나지 않았다. 하지만 백실장은 확실히 긴장한 얼굴이었고 그 뼈가 위팔뼈와 연결되는 어깨뼈가 분명하다고 했다.

"모두 나가세요."

백실장은 혼자만 구덩이에 남아 작업을 계속했다. 그렇게 흘러간 한시간이 하루처럼 길었다. 어젯밤 이메일로 도착한 마리코 할머니의 마지막 글「묵어와 새」를 읽고 한숨도 못 잔 나는 이 한낮의 풍경 앞에 더욱 아득해졌다. 그것이 지금까지 발견한 숱한 새뼈와 달리 사람의 것이라면 아마 유진의 뼈일 것이다. 아니 그건 그 소름 끼치는 도깨비 아이 마사시의 뼈일 것이다. 혹은 그 둘 모두의 뼈일 것이다.

이윽고 백실장이 폴리백을 달라며 손을 내밀었다. 제갈도희가 건네주자 "가장 큰 걸로요" 하며 다시 부탁했다. 지금과는 전혀 다른 크기를 발굴했다는 얘기였다. 이윽고 백실장은 폴리백에 제각각 모양이 다른 뼈들을 넣어 나왔고 그중에는 두개골의 일부도 있었다. 표정이 심각했다.

"덮으면 안 되겠죠?" 은세창도 함께 목소리가 가라앉

왔다.

"안 되죠."

나는 평정을 유지하고 싶었지만 잘되지 않았다. 마리코 할머니의 어린 동생, 유진의 몸이라고 생각하니 견딜 수가 없어졌다. 마사시의 몸이라고 해도 견딜 수 없는 건 마찬가지였다. 할머니가 증언한 1951년의 고통이 정말 그곳에서 행해졌음을 의미하기 때문이었다.

"맞아, 안 돼. 안 되는 건 안 되는 거야." 은세창이 말하고 제갈도희가 고개를 끄덕였다

"그럼 뭐, 다들 욕먹을 각오는 하시고요. 과거를 끄집어낸다는 거 되게 용기가 필요한 일이거든요." 백실장이 싱긋 웃어 보이며 장비를 정리했다.

파주로 돌아가며 우리는 각자 역할을 분배했다. 일단 은세창은 소목에게 현상황을 알리기로 했다. 강변북로를 지나 자유로로 들어설 무렵 창밖만 보던 은세창이 전화기를 들고 손으로 허벅지를 문질러가며 통화했다. 나는 그곳을 발굴할 수밖에 없었던 이유를 소장에게 직접 설명하기로 했다. 지시를 어기면서, 회사를 곤란하게 만들면서까지 왜 그 공간을 확인했어야 했는지를. 하지만 일이 어떻게 흘러 여기까지 왔는지 나조차 혼란스러웠다. 일단

어디서부터 얘기할지 갈등이 일었다. 그 많은 이야기를 어떻게 말로 전할까.

내가 강화를 떠나 낙원하숙에 도착했을 때부터? 아니면 마리코가 눈 오는 밤 두자와 함께 계동 언덕길을 오르던 시기부터? 아니면 후쿠다가 미국 상선에서 매 맞는 일본인 노동자를 응시하고 있었을 때부터? 아니면 아무도 돌아오지 않는 지하에서 사흘을 기다린 아이들이 자물쇠를 부수기로 결심한 순간부터? 그런 질문들이 거칠게 휩쓸 때마다 늦은 봄 강 하구를 느긋하게 지키는 새들에게로 시선을 돌렸다. 철조망과 감시초소 뒤의 큰기러기들은 딱히 두려울 것도 경계할 것도 없다는 듯 천천히 날며 시간을 보내고 있었다.

"그럼 저는 어떤 역할을 맡습니까?"

제갈도희가 물었다. 첫 직장에서 아주 혹독한 신고식을 치르는 제갈도희에게 미안해졌다. 다른 직원들을 위해서라도 적당히 물러났어야 하는 것이 아닐까. 어쩌면 회사 자체를 어렵게 만든 건지도 모른다. 아주 오랜만에 협업의 기쁨을 느꼈던 시간들이 물거품이 된 듯 느껴졌다. 계약직은 말 그대로 계약 속에서만 가능한 관계이지만 그래도 오랜만에 소속감을 느꼈고 움츠린 어깨가 점점 펴지는 듯한 기운을 얻은 몇달이었다.

"제가 주도적으로 한 일이니까 주로 설명할게요. 괜히 책임을 떠맡지는 마세요. 사실도 아니잖아요."

"사실이 아니긴요? 저도 거기 파고 싶어서 몸이 달았던 사람인데요, 공동 책임입니다. 우리는 원팀!"

그 상황에서도 깃털을 고르며 힘을 내보려는 제갈도희가 미덥고 고마웠다. 회사에 도착해보니 모두 퇴근하고 소장실에만 불이 켜져 있었다. 그래도 소목은 남아 있겠지 했는데 없었다.

"내가 퇴근하라고 했어. 직원들이 가끔 잊는데 내가 엄연한 바위건축사사무소 대표야. 소목 선배도 내 말을 들어야 한다."

예상했지만 소장은 무척 화가 난 상태였다. 무슨 말을 하려고 소목까지 퇴근시켰을까 각오했지만 입안이 바싹 말랐다. 소장은 아주 짧게 이 회사는 자신의 모든 것이라고 강조했다. 이혼한 뒤 딸의 양육권까지 포기하며 한국에 들어와 겨우 이룬 성과.

"자기 전에 늘 스스로에게 물어봐. 이게 한국으로 돌아와 네가 하려던 일이었니? 고작 이만큼이, 가지 말라고 우는 네살짜리 여자애를 헌신짝처럼 버려가며 갖고 싶어한 미래였어?"

마지막 말에서 소장의 목소리가 떨렸고 은세창은 눈짓으로 책상의 양주잔을 가리켰다. 취한 것 같다는 신호였다. 나는 설명하고 싶었다. 헨젤과 그레텔의 과자부스러기처럼 우연과 발견이 이어져 도착한 이 결과에 대해. 열심히 조사하다보니 도리어 회사를 곤란하게 만들게 된 과정에 대해. 하지만 그 모든 이야기는 너무 길고 또 중요해서 말로는 불가능했다. 그것은 쓰여야 했다.

"주제넘은 말씀이지만 제가 수리 보고서를 쓰고 나면 회사에 이런 피해를 입히게 된 데 대해 소장님이 조금은 이해해주실 것 같아요. 혹시 그때까지만 양해해주시고 기다려주시면……"

"주제넘네. 강영두씨."

"네?"

"수리 보고서에 들어가야 하는 건 사업 추진 개요, 역사적 고증과 연혁, 실측조사, 설계 방향, 공정별 공사 사진, 부록, 참고문헌…… 다스 이스트 알레스. 그게 다야. 내 인생도 이게 다고 영두씨가 할 일도 그게 다라고."

"소장님 죄송합니다. 다시 한번 사과드리고요. 어떻게 수습해보겠습니다." 은세창이 말했다.

소장은 소파에 몸을 기대고 십자가 펜던트의 목걸이를 만지작거렸다. 그러고는 이 시간 이후로 나는 업무에서 손을 떼고 다른 수리공사 보고서의 최종 교정만 맡으라고 했다.

"소장님, 그러면 대온실 수리 보고서는 어떻게 하고요?" 제갈도희가 발끈해 물었다.

"자료를 모두 나한테 넘겨요. 하나도 빠짐없이. 이 사안과 관련해 타협은 없어."

우리는 방을 나와 서로의 얼굴을 최대한 보지 않은 채 인사하고 퇴근했다. 나는 차창을 열어놓고 속력을 내어 섬으로 돌아갔다. 얼른 가서 무화과나무가 있는 마당을 지켜보며 마루에 누워 섬의 소리를 듣고 싶었다. 정작 마을에서는 파도 소리가 들리지 않지만 물결치는 소리만이 섬 소리의 전부는 아니었다. 배를 타고 나갔다 빈 배로 돌아온 사람들의 불평 소리, 어느 집에서인가 쓰레기를 쌓아놓고 타닥타닥 태우는 소리, 밥을 짓거나 부엌에서 그릇을, 외할머니가 '설음질'이라고 부르던 것과 똑같이 설렁설렁 닦는 소리, 말린 생선을 노리는 고양이들의 착지, 마을 노인정에서 들려오는 노래방 소리. 소라껍데기에 귀를 가져다대고 그 안에서 바닷소리를 발견해내듯 그런 섬의 소리를 변별하다보면 다시 평정이 찾아올 것이다.

현관을 열고 들어가자 은혜가 갖다놓은 반찬이 식탁에 놓여 있었다. 어묵볶음과 오이소박이 그리고 순무물김치였다. 나는 선 채로 물김치 국물을 벌컥벌컥 들이켰고 그제야 두통이 좀 가셨다.

"아빠 나 어떡해?" 불도 켜지 않은 집에 내 목소리가 퍼졌다. 당연히 답이 있을리는 없지만 묻고 싶은 마음이 앞섰다. 낙원하숙으로 챙겨갈 짐을 쌀 때 아빠가 해준 거의 유일한 충고가 떠올랐다.

"서울 가면 벨스럽게 굴지 말고 그냥 남들 허는 데로 묻어서 가. 그리만 허믄 긍맬 일이 없지."

재생되는 목소리는 너무 생생했고 마치 어제 같았다. 나는 식탁 의자에 앉아 내 책상을 멀거니 바라보았다. 열린 창의 바람으로 종이가 살짝살짝 들렸다. 어젯밤 일본에서 도착한 그 글은 어린 할머니가 남긴 마지막 증언이었다.

7장

목어와 새

"누나 배고프지?"

"너 배고프지?"

"누나 무섭지?"

"너 무섭지?"

"누나 눈물 나지?"

"너 눈물 나지?"

말을 계속 되받아치자 유진이 주먹으로 나 마리코의 팔뚝을 툭툭 쳤다. 마리코도 있는 힘껏 주먹으로 유진의 등을 때렸다. 시무룩해진 유진은 무릎 사이로 얼굴을 묻고 냄새가 난다고 불평한다. 하지만 저건 우리가 싼 똥이고 오줌이잖아, 우리 몸에서 나온 거라고. 말뜻을 모르는지 듣기가 싫은 건지 유진은 냄새가 난다고만 한다. 박 상은 돌아오지 않는다. 박 상은 우리를 버리고 혼자 살려고 갔다. 아니 그렇지는 않겠지. 마리코는 자기는 버릴 수도 있겠지만 유진은 본인 자식이라 버릴 리가 없다고 생각한다. 큰물새우리에서는 꽥꽥 하는, 마치 짖는 듯한 울음소리가 계속 들렸다.

"새들 배고프겠다."

나 마리코는 슬쩍 말을 꺼낸다. 더이상 이렇게 있을 수는 없다. 밖의 상황을 알아보고 먹을 것도 구해야 한다. 마리코는 유진에게 큰물새우리를 보러 갈래? 하고 묻는다. 반색하던 유진은 하지만 아버지가 여기 있으랬잖아, 하며 머뭇거린다. 박 상은 오지 않을 거고 우리는 굶어 죽을 거다. 하지만 그런 말을 할 수는 없으니까 마리코는 지금 큰물새우리에 남아 있는 왜가리며 기러기며 홍학들이 굶어 죽을지 모르니 가보자고 꾄다.

"우리 먹을 것도 없잖아. 새들한테 뭘 줄 수 있어?"

고무장화가 준 양갱은 진작 먹었고 우리에게는 돌처럼 딱딱한 떡과 쌀가루 몇홉이 남아 있을 뿐이었다. 마리코는 밖으로 나가 온실에서 씨앗이나 열매, 꽃송이들을 가져다주면 된다고 대답했다.

"누나는 정말 똑똑해."

"너도 똑똑해."

유진은 기분 좋아하며 마리코를 꼭 안았다. 그리고 둘은 배양실 안을 뒤지기 시작한다. 알파벳과 한자와 한글이 뒤섞여 이름이 적힌 갈색병에는 두자가 빨래할 때 쓰던 잿물도 있다. 가성소다라고 유진이 읽는다. 일단은 문에 난 창을 깨야 할 것 같았다. 그러고 책상을 문 쪽으로 옮긴 뒤 유진이 밖으로 넘어가야 했다. 마리코는 빠져나갈 수 없는 크기였다. 유리창을 깨는 건 어렵지 않았다. 파편에 맞지 않게 최대한 멀리 떨어져서 저울추들을 집어던졌다. 마리코가 그렇게 창을 부수는 동안 유진은 이불을 뒤집어쓴 채 떨었다. 마리코는 청소도구함에 있는 걸레로 창틀을 한번 더 닦은 다음 유진의 몸을 흔들었다.

"누나 안 무서워?"

유진이 이불 속에서 물었다.

"넌 무서워?"

"아니."

비로소 유진이 이불을 내리고 얼굴을 보여준다. 울었는지 눈물자국이 나 있어 마리코는 유진의 얼굴을 손으로 닦아준다. 그리고 자기 겉옷을 벗어 유진에게 입힌다. 실험용 가운도 덧입힌다. 몇겹이고 입혀 다치지 않게 하고 싶지만 그러면 창틀을 넘어갈 수가 없게 된다. 옷을 껴입은 유진은 책상을 밟고 올라가 조심스럽게 밖을 넘겨다 봤다.

"바깥에는 발 디딜 책상이 없잖아."

"맞아."

"그럼 어떡해?"

"그쯤 떨어진다고 다치지 않아. 서려고 하지 말고 그냥 넘어져버려."

나 마리코는 자기 말투가 어딘가 귀 익다고 생각한다. 어느새 두자처럼 말하고 있었다. 투박하고 명확하게 잘라 말하고 있다, 숨기지 않고.

"누가 이미 먹이를 주지 않았을까?" 유진이 무서운지 헤실헤실 웃으며 물러난다.

"너 겁나?"

"누나 겁나?"

마리코는 전혀 그렇지 않다고 힘 있게 고개를 저었다. 이윽고 유진은 결심한 듯이 창틀을 넘었고 쿵 하고 떨어졌다. 아픈지 놀랐는지 외마디 소리를 지르더니 이내 훌쩍거렸다. 마리코는 울음소리가 잦아들 때까지 기다렸다가 배양실에서 찾은 초강산이라는 용액과 망치를 건넸다. 일단 용액을 붓고 최대한 멀리 도망가 있으라고 했다. 그런 다음 망치로 때리면 다 삭은 자물쇠가 떨어져나갈 거라고. 용액을 뿌리자 독한 냄새가 풍겼고 마리코는 배양실의 가장 구석으로 유진은 아예 온실계단 쪽으로 달아나버린다. 혹시 이러다 폭발하지 않을까 싶을 정도로 소리가 요란했고 연기도 났다. 하지만 시간이 흐르자 모든 것이 잠잠해졌고 유진이 돌아와 삭은 자물쇠를 망치로 내리쳤다. 덩 덩 덩 덩 망치 소리는 텅 빈 궁궐에 울리고 담장을 넘을 듯 크게 느껴졌지만 아무도 와보지 않았다. 아픈 데는 없느냐고 묻자 유진은 엉덩이가 얼얼해, 하고 답했다. 이내 자물쇠가 떨어져나가고 마리코는 문을 열었다. 유진을 안고 이제 밖으로 나가자고 하자 유진은 흥분해 혼자 온실 계단까지 앞서갔다.

"안 돼, 우리는 들키면 안 되잖아."

유진은 아 그렇지 하고 다시 돌아왔다. 그리고 각자 새들에게 먹이고 싶은 것을 땄다. 이름을 알 수 없는 동그랗고 빨갛고 푸릇하고 혹은 다 말라 거무죽죽한 열매와 씨앗을 주머니에 넣었다. 혹시 몰라 작은 묘목에서 나무껍질도 벗겨냈다. 지상은 심장이 얼어붙을 듯 추웠다. 무거운 습설이 얼음으로 된 나비 떼처럼 눈과 목덜미와 손등과 발끝으로 날아들었다.

유진과 나 마리코는 거의 동시에 딸꾹질을 시작했다. 지하는 그래도 춥지는 않았는데, 유진이 시무룩하게 중얼거렸다. 유리가 박살 난 대온실 안으로도 눈송이들이 떨어져내렸다. 몸체가 물컹해져 죽은 키 큰 코코넛나무에도 눈이 쌓이고 있었다. 다 마른 국화들은 그대로 얼어붙어 마치 금속 장식품이 된 듯했다. 빛이 없는 온실은 그저 어둠이 칸칸이 쌓인 창고에 불과했다. 유진과 나는 대온실에서 출발해 큰물새우리로 걷기 시작했다. 춘당지에서는 이제 아무도 스케이트를 타지 않았다. 유진이 쪼르르 내려가 발을 디뎌보았지만 그런 털고무신으로는 어림없었다. 몇번 미끄러지던 유진은 시무룩하게 올라왔다.

"여기 아무도 없나?"

"아무도 없을걸? 다 피난 갔으니까."

"아빠는 왜 안 오지?"

"아빠가 기다려지니?"

"누나는 안 기다려져?"

나 마리코, 중학교에 가지 않고 집에서 노는 얼 나간 일본인 계집애는 박 상을 기다리지 않는다. 엄마만 원망한다. 오지 않는 엄마, 내가 초경을 시작했는데도 그 사실조차 모르는 엄마. 이제는 편지를 보낼 수 없고 보내지도 않는 엄마. 큰물새우리에 도착해보니 남은 새들은 여남은마리쯤이었다. 나머지는 돌멩이처럼 딱딱하게 얼어 바닥에 떨어져 있었다. 우리는 가까이 다가가 준비한 모든 것, 먹을 수 있는지 확신할 수 없는 작은 좁쌀 같은 씨앗과 열매들, 그리고 천 쪼가리처럼 얇은 나무껍질을 그물 틈으로 던져 넣었다. 텅 빈 눈으로 허공을 보던 새들이 다가와 부리로 쪼아 먹었다.

그뒤부터 유진과 나 마리코는 궁을 돌아다니기 시작한다. 집에 가보고 싶지만 꺼려진다. 사람들은 우리가 공무원 가족이기 때문에 북한군이 내려오면 위험할 거라고 했다. 더군다나 나 마리코는 일본인이기 때문에 더 고생을 하리라고 버젓이 말하는 이웃도 있었다. 낮에는 절대 움직이지 않았다. 지키는 사람은 없었지만 이따금 북한군과 중공군이 마치 관광하듯 몰려와 궁을 구경했기 때문이었다. 하지만 밤이 되면 다 사라졌다.

명정전 앞에는 얼기는 했지만 그래도 감자가 있었다. 옥수수콩과 같이 심긴 나물을 뽑아서 먹어보기도 했는데 둘 다 복통을 심하게 앓은 뒤 다시 감자만 먹었다. 주운 페인트통에 검불을 넣은 다음 불을 붙였다. 성냥은 관리사무소 책상에서 훔쳤다. 대온실과 밖을 오가며 먹을 것을 구해 먹고 새 먹이를 구해 새들도 먹이는 것, 박 상을 한 없이 기다리는 유진을 달래며 며칠만 더 기다리면 온다고 말해주는 것, 그게 나 마리코의 1951년 1월의 겨울이었다.

그러던 어느 밤 누워 있던 유진이 신음 소리를 내면서 허공으로 손을 들었다. 마치 무언가를 붙들려는 것처럼. 혹시 양말로 쓸 수 있을까 마끈처럼 보이는 것을 이리저리 짜보고 있을 때였다. 꿈을 꾸나? 마리코는 그렇게 생각한다. 하지만 유진의 얼굴은 너무 붉었고 위로 올려 내민 손도 내리지 않았다. 마리코는 마끈을 내려놓고 유진에게 다가가 몸을 흔들었다. 하지만 유진은 눈을 떴다가도 다시 힘없이 눈꺼풀을 내렸다. 손으로 짚어보니 이마가 뜨거웠다.

"유진, 유진."

한참 뒤 눈을 뜬 유진은 나도 만났어, 누나, 하고 말했다. 아버지를 만났느냐고 묻자 유진은 고개를 흔들더니 쿠마 센세이,라고 답했다. 나 마리코는 돈이 든 전대를 차고 지하계단을 쾅쾅 올라 달렸다. 월근문을 열어젖히고 나가 무작정 종로 쪽으로 달렸다. 건물이 부수어진 곳도 있었지만 괴괴한 분위기 말고는 평소와 달라 보이지 않는 곳도 많았다. 마리코는 불 켜진 병원이나 약방을 찾았

목어와 새

다. 종로 거리의 약방들은 문이 닫혀 있었고 간혹 열린 곳은 약탈로 텅 비어 있었다. 마리코는 그렇게 거리에서 혼자가 되자 비로소 눈물이 났다. 밤거리를 울면서 뛰는 어린애에게는 아무도 신경 쓰지 않았다. 전쟁 중이니까. 나도 엄마가 있어! 마리코는 정신없이 달리다 문득 서서 주먹을 꼭 쥐고 어둠을 쏘아본다. 죽은 개 한마리가 기름집 앞에 버려져 있다. 죽은 개는 마치 살아 있을 때처럼 갈색 털 한올 한올이 온전하다. 너무 온전해서 금방이라도 일어나 헤살대며 꼬리를 흔들 것 같다.

그때 불빛이 새어나오는 한약방이 눈에 들어왔다. 바로 달려가 문을 열었을 때 얼굴을 순식간에 녹이는 온기, 은은한 약재향, 주전자 물이 보글보글 끓고 붉은색 약장에 물건들이 칸칸이 정리되어 있는 평온한 질서가 마리코를 맞았다. 불과 며칠 전만 해도 마리코의 일상이기도 했던 그 질서가. 한약방 주인은 중국 사람이었다. 마리코에게도 먼저 중국어로 말을 걸고 다시 조선어를 뱉었다. 나가라는 거였다. 갑자기 뛰어들어온 거지 차림의 여자애를 본 그가 한 유일한 말이었다.

"돈이 있어요."

마리코는 전대를 가리켰다.

"얼마나 있어, 여기는 과자 파는 점방이 아니야."

"약 살 만큼 있어요. 열 내리는 약 필요합니다."

두툼한 흰 눈썹을 가진 그는 마리코의 얼굴과 허리 그리고 발끝을 내려다보더니 돈부터 보여줘야 약을 줄 수 있다고 했다. 마리코는 뒤돌아 치마를 걷은 다음 전대를 꺼냈다.

"우리 아가씨는 일본인인가?"

마리코는 순간 긴장했지만 무표정한 얼굴로 아무 반응도 하지 않았다. 다만 백원짜리 지폐들을 자신 있게 보여주었다. 한약방 주인은 웃었다.

"지금 백원짜리는 돈도 아니야. 오백원을 써도 닭알 하나 못 구해. 인민해방군이 이기고 나면 나아지겠지만."

마리코는 눈을 둥그렇게 떴다. 그전까지 오백원이면 달걀 한꾸러미를 살 수 있었다. 한약방 주인은 "더 큰 지폐는 없어?" 하고 물었다.

"부모가 아픈 건가? 피난은 왜 못 갔지?"

주인은 엽차를 한잔 내밀며 의자에 앉으라고 권했다. 너무 추워서 마리코는 엽차를 받아들었지만 앉지는 않았다. 이미 엽차를 건네줄 때 주인은 마리코의 손을 아주 작고 보드라운 것, 이를테면 병아리를 대하듯 의뭉스럽게 만졌으니까. 마리코는 전대에 있는 돈을 다 꺼냈다. 지폐들을 손가락으로 집어 하나하나 세면서 마리코를 훑어보던 그는 내실로 들어가 환약 몇알을 통에 담지도 않고 내밀었다.

"잘 가져가라. 곧 좋은 세상이 될 테니."

마리코는 약을 손에 꼭 쥐고 달렸다. 그러다 잃어버릴 수 있다는 생각에 멈춰 서서 전대에 다시 잘 넣었다. 여남은개의 그 환약이 들을지는 알 수 없지만 일단 뭔가를 구했으니 빨리 돌아가야 했다. 폭격으로 파괴된 전차 앞에 북한군들이 서 있어서 마리코는 벽에 바짝 붙어 섰다. 그리고 그들이 지나가자 다시 뛰어 월근문에 도착했다. 그런데 월근문은 나올 때와 달리 잠겨 있었다. 애가 탄 마리코는 또다시 달려 담장이 허물어진 동물사 쪽으로 갔다. 겨울바람이 너무 차서 마치 얼굴의 핏줄을 따라 얼음이 주사되는 듯했다. 담장을 기어서 넘은 마리코가 동물사를 지나 장서각 앞을 통과하는데 누군가 마리코를 불렀다.

"진리야!"

마리코는 깜짝 놀라 주저앉았다. 무슨 일을 겪었는지 옷이 다 찢긴 채 왼다리를 절고 있는 박목주였다. 마리코는 너무 놀라 입을 벌리고 있다가 반가움에 얼른 일어섰지만 그때 누군가 장서각 문을 열고 나왔다. 마리코는 버드나무 뒤로 숨었다. 박목주도 마리코에게 고개를 끄덕이며 가만히 있으라는 신호를 보냈다. 북한군인 줄 알았는데 흰 눈을 밟으며 등장한 건 이창충이었다. 마리코는 안도의 한숨을 쉬었다.

"다녀왔나?"

이창충은 주머니에 손을 넣은 채 물었다. 눈 오는 하늘 저편이 빛의 산란으로 붉어져 있었다.

"네, 사무국장님."

"왜 이리 늦었나?"

"오는 길에 트럭에 치여서 이렇게 절름발이로 오느라 늦었습니다."

"서류를 봤겠지?"

"……아닙니다, 보긴요."

"기노시타,"

"네?"

"이게 뭔지 아나?"

탕

탕

총소리가 날 때마다 박목주의 몸이 튀어올랐다. 죽어

가는 게 아니라 기운차게 살아나고 있는 것처럼. 이창충은 박목주의 발목을 붙잡고 질질 끌며 뒷걸음쳤다. 그렇게 끌려가는 박목주의 몸에서 붉은 피가 흘러나왔다. 어둠 속에서 그건 더이상 검을 수 없을 정도의 검정, 말이 다 담아낼 수 없는 정도의 검은 자국을 남겼다. 이윽고 장서각에 불이 타올랐다.

마리코는 충격으로 얼이 나간 상황에서도 대온실을 향해 달렸다. 그리고 온실 앞에 도착해서야 방금 목격한 장면이 떠오르며 눈물이 나왔다. 최대한 숨죽여 우는 마리코의 울음은 울음이라기보다는 자기 신체 가장 안쪽으로 슬픔과 공포 그리고 분노를 어떻게든 눌러넣으려는 몸부림에 가까웠다. 그런 압력에 자리를 내준 감정들이 눈물방울이 되어 어쩔 수 없이 밀려나왔다.

나 마리코는 이제 그전처럼 살 수 없다는 것을 빠르게 받아들인다. 그리고 오직 마리코만이 이 사실을 알고 있어야 한다는 것도.

중국인이 준 환약은 효과가 뚜렷하지는 않았지만 유진은 최소한 헛손질은 멈췄다. 다음 날이 되자 지하실에도 햇빛이 들었다. 낮이 된 것이다. 큰물새우리에서는 먹이를 기다리는 울음소리가 들렸지만 마리코는 꼼짝도 하지 않았다. 오히려 배양실 안쪽으로 유진의 몸을 더 옮겨 꽉 끌어안았다. 저녁이 되자 온실 문이 열리는 소리가 났다. 이창충이 뭔가를 옮기고 있었다. 시모코리야마 세이이치의 동물 박제들이었다. 이창충은 짐을 계속 옮겼고 더 중요하다고 생각하는 것들은 배양실로 들어와 쌓기 시작했다. 그렇게 해서 기다리던 박목주가 아니라 이창충, 가마야마 마사시가 유리 손잡이를 열고 들어왔고 둘은 들킬 수밖에 없었다.

사무실에 나가지 않는 동안 답답해지면 바다를 보러 갔다. 세련된 카페들이 들어선 해수욕장은 아직까지는 낯설기만 했다. 어려서 내게 해수욕장은 끝을 알 수 없이 열을 지어 막막하게 펼쳐진 모래빛 카펫으로만 기억되었는데 이제 거기는 걷는 사람보다는 앉아서 관상하는 사람들을 위한 공간이 되었다. 주일이 되면 산아와 이야기했다. 아이들은 금세 잊는다는 말이 사실인지 산아는 평소와 다르지 않아 보였다. 하지만 가만히 얘기를 듣다보면 스미의 흔적을 느낄 수 있었다. 서울에 대해 자주 물었고 궁금해했다.
"이모, 한강에 사는 괴물 본 적 있어?"

"에이, 그거 영화에 나왔잖아, 괴물이 어딨어?"

"있대. 유튜브에서 그러던데?"

"그러면 그 괴물이 여기까지 올 수도 있겠네. 모든 강은 바다로 흐르니까."

무심코 말하자 산아는 서울과 강화가 이어져 있다는 사실에 흥미를 보였다. 구글 지도로 한강 하구를 한참 살펴보더니 괴물이 수영해 왔으면 좋겠다, 하고 엉뚱한 바람을 말했다.

"왜?"

"그러면 텔레비전에 우리 동네가 나올 거 아냐."

은혜는 2학기를 앞둔 산아를 강화 시내에 있는 학원에 보내기 시작했다. 그동안은 공부방에서 배웠지만 그렇게 해서는 답이 안 나온다고 초조해했다.

"강화 애들은 어때?"

"좋은 애들도 있고 이상한 애는 이상한데 교외체험학습 한다고 학교 빠져본 걸 대단한 자랑처럼 말하더라. 나는 학교 빠져본 적 없다니까 해외여행도 안 가봤냐 그러고. 갔다 온 휴양지 이름이 쓰여 있는 티셔츠를 막 입고 다니며 뽐내."

산아는 언젠가는 스미를 만나러 서울에 가고 싶다고

속내를 비쳤다. 그때 후쿠다가 만들고 이모가 수리한 대온실도 보고 싶다고. 그게 그렇게 정리되다니 재미있게 들렸지만 이제는 내 손을 떠난 일이었다. 자료를 모두 회사에 넘기라고 했으니까. 그 말은 곧 나가면 좋겠다는 얘기였다. 계약이 대온실 수리 보고서 기록 담당으로 되어 있는데 다른 일을 맡기겠다는 건 그냥 껄끄러운 상황을 피하기 위한 고육지책에 불과했다.

나는 아직 아무 자료도 넘기지 않고 있었다. 애써 파낸 그곳에서 유해가 잘 수습될 수 있는 방법이 무엇일지 고민할 시간을 벌고 싶어서였다. 내가 자료를 전하든 전하지 않든 소장은 동궐관리청이 원하는 대로 상황을 만들겠지만 그래도 한번 더 호소하고 싶었다.

"산아는 대온실이 왜 보고 싶어?"

"이모가 열심히 보고서를 썼으니까. 할까 말까 하다가 했으니까."

"맞아, 열심히 했어."

"나도 열심히 했지?"

산아는 약간 울 듯이 입꼬리를 내려뜨리며 물었다. 나는 산아에게 너는 정말 좋은 친구였다고, 그러니까 스미가 서울에 간 뒤에도 연락을 해 오는 것 아니겠느냐고 위로해주었다. 걔가 서울로 돌아갔다고 해서 네가 지거나 실패한 게 아니라고. 산아는 머리를 다시 묶으며 어깨를 으쓱하더니 마중 나온 은혜 차를 타고 집으로 돌아갔다.

다시 책상에 앉은 나는 이메일 창을 열어 '소장님께'라고 적고는 멍하니 시간을 보냈다. 그간 정리한 자료를 첨부하면 끝나는 일이지만 한번 더, 한번 더 매달려보는 방법은 없을까. 이윽고 나는 아무 말도 적지 않고 「목어와 새」 번역본 파일을 이메일에 첨부했다. 만약 읽어본다면 그곳에 아직 묻혀 있는 한 아이에게 관심을 가져줄지도 모르니까.

유진의 상태를 살펴본 이창충은 페니실린 몇알이면 낫는 열병이라고 장담했다. 마리코는 그 말이 반가웠지만 조금의 틈도 주지 않기 위해 몸을 완전히 벽 쪽으로 붙인 채였다. 주머니에는 메스가 들어 있었다. 그 작은 실험용 칼이 자신을 보호해주지 못하리라는 것을 알면서도 손으로 만지며 공포를 이겼다.

"그런데 너희들 아버지는 왜 오지 않는 거지? 자기 아이들을 이렇게 거지처럼 버려두고."

이창충은 아무도 없어서인지 아니면 마리코가 한국말

에 서툴다는 것을 알아서 그런지 일본어로 물었다.

"사정이 있을 겁니다. 돌아오고 계시는 중이에요."

마리코는 총을 맞고 쓰러진 박목주를 떠올리면서도 이를 악물고 모르는 체했다. 박목주가 죽었다는 사실만큼이나 자신을 괴롭게 하는 것은 한번도 그를 아버지라고 부르지 않았다는 사실이었다. 그가 아버지였음을, 트럭에 몸이 으스러지더라도 걸어올 정도로 책임감 있는 아버지였음을 뒤늦게 안 것이 서러웠다. 아무리 평정을 유지하고 싶어도 되지 않았고 눈물이 흘러내렸다.

"아가씨, 아가씨, 눈물이 아까워라."

이창충은 입고 있던 갈색 외투를 벗어 마리코를 감쌌다. 그런 이창충의 손은 아주 차고 거칠었다. 손톱 가장자리로 거스러미가 일어나고 손바닥 전체에 물방울 같은 건선이 퍼져 있었다. 얼마나 손을 씻어댔을까, 마리코는 터질 듯한 공포 속에 왜 눈물이 계속되는지 모르겠다고 스스로를 책망하면서 거칠게 몸을 떨며 울었다.

"나한테 페니실린이 있어. 울지 마, 괜찮아."

"그럼 페니실린을 가져와!"

마리코는 진정되지 않는 호흡으로 울면서 말했다.

"마리코, 네 눈동자는 마치 피가 나올 것처럼 빨갛구나.

목어와 새

그런데 아가씨, 내가 그런 은혜를 너에게 감히 베풀어도 되겠니? 그러면 아가씨는 내게 갚아야 하는 빚이 생기는데도?" 이창충이 상글거렸다.

"그럴 테니까 당장 가서 우리 동생 살릴 페니실린을 가져오라구!"

마리코가 소리치자 이창충은 마리코를 안고 입을 틀어막았다. 그리고 마리코의 입안으로 손가락을 집어넣어 잇몸과 앞니를 마디로 훑으며 매만졌다. 강제로 열린 마리코의 입술 사이로 침이 흘러내렸다. 마치 원치 않은 과일을 베어문 것처럼.

"페니실린이 급하구나. 마리코 아가씨, 전쟁 중 여자는 짚신값도 안 되지만 나는 그런 너를 원하지 않는다. 풍금은 왜 진작 치러 오지 않았니? 열쇠를 준다고 했잖아. 내 마음에는 그때 아무런 허위도 없었다."

거기까지 말한 이창충은 별안간 거칠어져 마리코를 밀치더니 외투를 챙겨 밖으로 나갔다. 페니실린을 주겠다는, 언제 다시 돌아오겠다는 말도 없이. 다만 계단을 다 걸어올라간 뒤 입구에 서서 조선어로 "지금 밖으로 나오면 온통 너를 강간할 남자들투성이다. 그러니까 나오지 않는 게 좋을 거야"라고 소리쳤다.

해가 얼마나 뜨고 달이 얼마나 얼굴을 내밀었을까. 수건을 적시기 위해 바가지를 들고 눈을 퍼온 마리코는 깜짝 놀랐다. 유진이 일어나 앉아 있었던 것이다. 마리코가 달려가 유진을 안았고 얼른 물을 먹였다. 그리고 어느 군인이 떨어뜨리고 간 건빵으로 죽을 끓였다.

"유진 어때? 기운이 나니?"

마리코가 다급하게 물었다. 근처에 딱따구리가 있는지 딱 딱 딱 하는 소리가 들렸다. 그 두드림은 일본에서 엄마와 함께 듣던 사찰의 목어 두드리는 소리와 닮아 있었다.

"아버지는 오지 않았지?"

유진은 파리한 얼굴에 어울리지 않는 형형한 눈빛으로 물었다. 마리코는 왔다고 해야 할지 오지 않았다고 해야 할지 몰라 불을 살피는 체했다. 마리코에게 한번 권하지도 않고 그 죽을 다 먹은 유진은 다시 누웠고 그 밤 내내 목에서 끓는 소리를 냈다. 그리고 갑자기 뭔가에 찔린 듯이 눈을 크게 뜨며 천장을 올려다본 것이 마리코가 기억하는 유진의 마지막 모습이었다.

전송 버튼을 누를까 하다가 나는 파일 하나를 더 첨부했다. 일본어를 읽지는 못하겠지만 그래도 할머니의 필체로 직접 보고 나면 그 비극이 먼 옛날의 이야기로만 느껴지지는 않을 것 같아서였다. 추신을 달아 마리코 할머니는 이렇게 자신의 죄를 고백했다.

 그 도깨비는 유진이 떠나자마자 저를 찾아왔습니다. 유진의 창백한 얼굴을 보더니 "이제야 당신은 완전히 혼자가 되었군"하고 무섭도록 천진하게 말했습니다. 예상대로 페니실린은 없었고 총을 가지고 있었지요. 그가 겁박하기 위해 덮쳤을 때 나는 잿물을 채운 주사기로 도깨비의 오른쪽, 아니 왼쪽, 아니 어딘가 있을 눈을 찔렀습니다. 엄지로 고무 피스톤을 눌러 잿물을 그의 눈 속으로 밀어넣었습니다. 그때의 비명은 내가 들은 창경원 어느 동물의 것보다도 크고 요란했지만 너무나 궁상맞고 하찮은 것이었습니다. 나는 원수를 갚은 탓에 엄마에게 죄를 지었습니다. 나를 죽은 것으로 생각하게 하는 죄였습니다. 평생 내 죄는 그것뿐이라고 여겼습니다. 마리코는 엄마에게 죄를 지었습니다. 다른 사람에게는 아닙니다.

8장

애들아 내 얘기를

 경주의 보육원은 역사유적지구 근처에 있었다. 관광객들이 북적대며 활기차고 붐비는 분위기였다. 첨성대, 동궁과 월지, 석빙고. 이제 이런 건축물을 볼 때마다 '감상'보다는 관리 담당이 누구이며 수리는 언제 했을까를 떠올리게 되었다. 건축사사무소 일이 남긴 장점이자 단점이었다. 일을 그만둔 뒤에도 은세창과 제갈도희는 하루가 멀다 하고 연락을 해왔다. 나중에는 그냥 내가 다시 맡아 수리 보고서를 완성하면 어떻겠느냐고 물을 정도였다. 물론 소장에게는 말하지 않고.

 "언니, 정말 고마워요."

 전화로 제갈도희가 그렇게 말할 때 귀엽고 자그맣게 입술이 모아질 것이 상상되었다.

 "하지만 더이상의 비밀은 만들 수가 없어요. 그랬다가

는 저 진짜 원치 않게 탈회사 하게 될 것 같거든요."

우리는 함께 웃었다. 이제 웃을 수 있었다. 내 이메일을 받은 소장은 답장을 쓰는 대신 유해 발굴 사실을 경찰서에 직접 신고하는 것으로 뜻을 전했다. 공사가 중지되더라도 끝까지 수습을 돕겠다는 거였다. 나는 소목에게 사직서를 제출했고 소장을 다시 만나지는 않았다. 소목은 일이 이렇게 된 것을 아쉬워했다. 모두에게 너무 중요해서 이렇게 되었으니까 최종적으로는 나쁘지 않을 거라고. 언젠가 쓰일 영두씨만의 수리 보고서를 기다리겠다고 했다.

"좋은 경험들이었으면 해요. 우리가 일했던 게. 소장도 이해해주고요."

첨성대에는 해바라기가 무더기로 피어 있었다. 꽃이라기보다는 나무에 가깝게 느껴지는 해바라기는 햇빛을 따라가는 굴광성으로 그런 이름이 붙었지만 막상 다 성장하고 나면 줄기의 방향을 트는 일이 없었다. 그때부터는 자기 위치를 고수하며 하루하루 영글어갔다. 칠월의 찬란한 햇살, 수천년 별의 기억을 간직한 천문대 그리고 그 풍경에 환한 기운을 불어넣는 해바라기는 이곳으로 내려올 때 느낀 착잡함을 몰아내주었다. 괜찮을 것 같았다, 괜찮아야 하고.

약속시간이 되어 보육원 사무실로 들어가자 커트머리에 안경을 쓴 원장이 나를 맞았다. 웃고 떠드는 아이들을 볼 수 있을 줄 알았는데 오늘은 모두 양로원으로 봉사활동을 갔다고 설명했다. 원장은 수정과를 내주면서 내내 웃는 얼굴이었다. 송사를 치른 이야기를 하면서도 "좋다 말았다 싶긴 했죠" 하며 넘어갔다.

"이거 전해드리려고 왔어요. 항소 안 하신다는 말은 들었지만."

나는 아직 매장을 운영하고 있거나 가족이 물려받아 영업하는 가게를 수소문해 할머니의 일수 장부를 손에 넣었다. 개중에는 늦은 밤 도매 손님이 몰려드는 그 혼란 속에서도 교복을 입고 돈을 받으러 왔던 나와, 한 잘생긴 남자애를 기억하는 사람도 있었다. 원장은 일수 장부를 들여다보면서 자기 엄마도 계주였는데 딱 이런 노트를 사용했다고 회상했다. 이렇게 정원 넝쿨 같은 표지의 공책이 두루 쓰였다고, 다들 약속한 것처럼.

"왜 그 형태 알죠? 뭔가 아치 모양의?"

"퍼걸러요."

"아, 이름이 그래요? 혹시 건축 하세요?"

"아니요. 관련 보고서를 썼어요."

애들아 내 얘기를

원장은 낡은 일수 장부들을 한장씩 넘겼다. 이렇게 오랫동안 보관한 걸 보면 돈에 철저하고 평생 만약을 대비해온 사람들일 것 같다고, 그런 성격을 가진 분들 덕분에 마리코 할머니의 진심을 알게 되어 다행이라 말했다.

"법정에서 증거로 인정될지 알 수 없긴 해요. 항소 안 하더라도 할머니와 관련된 기록물을 찾은 것에 의미를 두려고요." 나도 동의했다. 시미즈 마리코라는 도장은 할머니가 내린 승인, 승낙, 기꺼움, 확인의 표지였다. 유언장에도 그래서 이 도장을 찍은 것이었다.

"저희 항소하려고요."

나는 순간 잘못 들었나 싶었다. 어차피 할머니에게서 받은 도움이 크고 아이들 반년치 생활비도 넘는 변호사 수임료가 부담스러워서 재판은 더 안 하기로 했다고 삼우씨에게 들었기 때문이었다. 리사의 성격도 경험한 터라 더더욱 꺼린다고 했다. 할머니를 이용한 사람들로 몰고 가는 리사의 한마디 한마디에 원장이 크게 상처받았고 언론사에 제보를 해서 곤혹을 치르기도 했다고 전했다.

"생각이 바뀌신 거예요?"

"보내주신 글 받고 우리 마리코 할머니 생각이 얼마나 나던지. 사월 초파일이나 크리스마스가 되면 할머니가 꼭 봉헌을 하셨거든요. 다른 때는 가지도 않으면서 그런 날에는 저한테 봉헌금을 들려 보내요. 무슨 복을 얼마나 받으시려고 양다리를 걸쳐요? 내가 농담하니까 그게 아니라 자비를 구하는 거지 하셨어요. 자기는 죄인이라고. 그게 그냥 하시던 말이 아니었구나 싶으면서…… 근데 우리 할머니가 죄인이 아니잖아요."

원장의 눈시울이 붉어졌다.

"물론 아니죠."

지하에서 발굴한 인골은 어린아이의 뼈가 아니었다. 어깨뼈가 결정적인 단서였는데 스무살이 되어서야 붙는 뼈라고 했다. 그렇다면 마사시의 것일까. 동일인의 것으로 보이는 뼈를 수습한 뒤 수리공사는 재개되었다고 제갈도희가 알려왔다. 일을 그만두고도 대온실 소식은 기다려졌다. 지금까지와는 다른 의미로 내게 중요한 공간이 되었다.

앞에 앉은 원장은 50대 후반 정도로 보였지만 그 얼굴에서 자꾸 할머니가 겹쳐졌다. 십여년 넘게 할머니와 눈마주치고 대화하고 손 잡았을 사람이었으니까. 나는 이 소파에 할머니도 앉으셨냐고 물었다. 원장은 웃으며 아쉽게도 돌아가시고 난 뒤 지역업체에서 기증받은 소파라고 했다. 수정과는 차고 달았다.

"제가 할머니 글을 시민단체 쪽 친구들에게도 보여주었어요. 물론 믿을 만한 사람들이고요. 그런데 그중 하나가 소식을 전해왔어요. 자기 시설에서 돌보는 할아버지 얘기 같다고."

나는 그게 무슨 얘기인지를 몰라 순간 멍해졌다. 시설에 사는 할아버지라면 마사시를 말하는 건가. 하지만 지금도 살아 있다면 백살이 넘지 않는가.

"주민등록상 박유진님이 맞더라고요."

원장은 나와 눈을 마주치고 있다가 다시 코를 훌쩍거리며 고개를 옆으로 돌렸다.

"좋은 일인데 왜 이 얘기만 나오면 영 청승을 떨게 되는지."

우리는 잠시 침묵했다. 기적이 일어난 것이었다. 하지만 그 기적은 할머니에게 평생 전해지지 않고 이제야 내게 겨우 전달되었다. 원장은 낙원하숙을 되찾는 소송도 소송이지만 할머니의 호적 상태부터 정정해야겠다고 의욕을 냈다. 친가족의 호적에서 박진리는 실종으로 인해 말소 처리가 되어 있다고.

"보육원 아이들이 결혼하면 가장 기뻐하는 게 자기 서

류에 누군가 같이 있다는 거거든요. 결혼하면 꼭 서류 떼서 저에게 보내줘요. 이제 혼자가 아니라고. 사무적인 절차지만 그런 서류들이 누구에게는 정말 존재 증명이에요."

"필요하면 언제든 도울게요. 증언도 할 수 있고요."

나는 원장에게 말했다. 그 시절에 대해 무엇이든 말할 수 있다고. 말할 힘을 찾기 위해 보낸 시간은 길었지만 이제 별다른 상념 없이도 내가 입은 상처의 형태가 그려졌다. 그러니 그 상처에서 빠져나오는 길에서도 나는 아주 안전할 것 같았고 리사와 만나는 일도 더이상 꺼려지지 않았다.

돌아오는 KTX 안에서 나는 할머니 유품 중 하나인 스케이트를 안고 있었다. 사양했지만 할머니가 간직해주기를 바라는 사람일 거라는 원장의 설득에 받아들었다. 백년 가까이 된 스케이트는 가죽은 거의 해졌고 날도 녹슬어 갈색이 되었지만 칼날의 모양이나 저항을 줄이기 위해 스케이트 날에 뚫은 구멍, 날렵한 앞코의 실루엣은 여전했다. 춘당지 빙판을 날쌔게 달렸을 할머니를 상상해내기에 충분했다.

기차가 수원을 지날 때쯤 나는 사진으로만 만나본 박

목주를 생각했다. 그리고 그의 아들이 지낸다는 인천의 요양시설 주소를 다시 한번 떠올렸다. 석모도 역시 행정구역상으로는 인천에 속해 있지만 1990년대 행정상 목적으로 편입된 것이라 석모도 사람들은 스스로를 석모도 섬사람이라 여겼지 굳이 인천 사람이라 의식하지는 않았다. 하지만 같은 도시에 할머니 동생이 살고 있었다는 사실은 어떤 운명처럼 느껴졌다. 우연에 감사하는 순간 그건 신비가 되니까 더욱 특별했다.

　기차가 플랫폼에 도착할 때쯤 리사에게 전화가 걸려왔지만 받지 않았다. 상속 관계에 있어 친동생은 리사보다 앞설 테니 지금 개의 상태가 어떨지는 충분히 짐작됐다. 삼우씨와 다 같이 만나기로 한 날짜가 멀지 않은데도 리사는 하루에 한번은 전화를 걸었다. 마치 나와 평소에도 연락을 주고받았던 것처럼 아주 친한 친구라도 되는 것처럼 한국이 엄청나게 변했더라, 다들 돈이 어딨어서 그렇게 명품을 걸치고 다니니, 하는 수다를 늘어놓았다. 방송국 구경을 하고 싶다는 애를 달래느라 얼마나 고생했는지 알아? 너는 애가 없어서 좋겠다, 그런 한심한 짓거리 안 봐도 되고.

　이상한 건 리사가 그렇게 굴 때 나 역시 내 위치를 헷갈리게 된다는 것이었다. 이미 시간이 지났으니 그건 정말 애들 때 일어난 아무것도 아닌 일이라고 받아들여야 하나 싶기도 했다. 그렇게 힘들었는데 그걸 붙들고 있는 건 결국 나뿐이었던가 하고. 나는 부르르 떠는 전화기를 가방 안으로 넣었다.

서울에서 내린 나는 주차해둔 차를 찾아 원서동으로 갔다. 낙원하숙도 대온실도 들어갈 수 없는 시각이지만 오늘은 그 공간 곁에 있고 싶었다. 창경궁으로 걷는 내 옆에는 여전히 아무도 없고 발을 내밀면 잠시 아무것도 없는 공중인 것도 같았지만 허방을 짚는 듯한 실패감은 느껴지지 않았다. 나는 마치 팔짱을 끼듯 할머니의 스케이트를 옆구리에 끼고 고궁의 담장을 따라 걸었다.

*

박유진이 머무는 인천의 양로원은 독거노인들이 말년을 함께 보내는 시설이었다. 나를 맞은 보육원 원장의 친구는 자기를 이 시설의 사무처장이라고 소개했다. 식당에도 마당에도 세탁실에도 요양보호사들이 분주히 일하고 있었다. 나라의 지원 없이 기부로만 운영하는 곳이라 인력도 부족하고 예산은 더더욱 부족하지만 그래도 거동할 수 있는 노인들이 일손을 보태 한몫을 한다고 자랑스레 설명했다. 박유진 어르신처럼 아예 가족이 없는 경우는 드물고 대부분 가족이 있지만 버림받은 터라 이곳에 대한 애착이 크다고.

"드릴 책이 있다고 하셨죠?"

"네, 이거예요."

나는 '우리 집 할머니' 책자를 내밀었다. 보육원에서 만든 잔류 일본인 할머니들에 대한 책이었다. 열살 때 본 누나의 얼굴을 여든이 훌쩍 넘은 노인이 기억할까 싶었지만 그래도 보여주고 싶었다. 사무처장은 책자를 넘겨 마리코 할머니 얼굴을 확인하더니 우리 어르신이랑 너무 닮았다, 하며 감탄했다.

"어르신, 손님 오셨어요."

노인은 휠체어에 탄 채 면회실에서 텔레비전을 보고 있다가 고개를 돌렸다. 작은 체구와 갸르스름한 얼굴, 쌍꺼풀이 없는 눈과 순한 인상이 정말 할머니와 비슷했다. 나는 눈물이 어렸다. 노인은 리모컨을 눌러 텔레비전을 끄고는 나를 보며 "내가 기억을 잘 못해요. 누구시더라?" 하고 물었다. 내가 누군가? 할머니의 가족, 할머니의 손녀

비슷한 것, 할머니의 하숙생, 대체 할머니의 무엇일까.

"왜 우리 전번에 누님 소식 찾아서 같이 붙들고 울었잖아, 어르신. 그 얘기 들으러 오셨어. 누님 얼굴이 있는 책자도 주실 겸해서."

"우리 누님 마리코?"

그렇게 되묻는 노인의 눈시울이 붉어졌다. 두근거리는 마음으로 책자를 보여주었는데 노인은 얼굴이 하나도 변하지 않았다며 반겼다. 사무처장이 같이 울먹이면서 "헤어질 때 십대였다며 뭐가 안 변해요, 어르신 아무리 누이 자랑을 해도 그렇지" 하며 농담했다. 노인은 정말 딱 알아보겠다며 유난히 맑았던 눈과 어디를 가도 시선을 받았던 아름다운 얼굴을 추억해냈다.

"내가 똑똑하게 태어났는데 전쟁 때 열병 앓고 한 팔에 마비가 왔다고. 논일할 때도 왼손으로 해서 남들 두 팔 못을 하나에 하니까 나중에는 이 왼손도 병신이 됐지."

"어르신, 그때 얘기 좀 해주세요. 창경궁에서요." 내가 부탁했다.

"아…… 창경원에 가면 대온실이라고 있어요. 지금도 있을 거야."

"네, 있어요. 오래전에 동물원은 옮겨가고 창경궁이 됐는데 온실은 남았어요." 나는 휠체어 눈높이에 맞게 의자를 끌어다 앉았다.

"그럼 큰물새우리도 없겠네?"

"네, 없어요. 조선의 왕들이 살던 그때 그 집으로 돌아갔어요."

노인은 서운한지 당황스러운지 애매한 표정을 지었다.

"우리 아버지가 거기 공무원이셨지, 북한군이 쳐내려오니까 우리를 숨겨놓고 갔단 말이지. 누나랑 숨어서 꼭 붙어 있었는데 아프고 나니까 어느 틈엔가 없어, 없어. 날 버리고 도망을 갔나? 그럴 리는 없는 누님이거든. 나는 한 번도 그렇게는 생각 안 했어. 내가 그때 은인이 아니었으면 벌써 하느님 만났지."

"은인이 계셨어요?"

나는 노인의 얼굴에 스쳐 지나가는 어떤 감격스러움을 읽으며 물었다. 마리코 할머니를 끝까지 믿었다는 말에 위안이 몰려왔다. 아주 어려서 지낸 것이 다라고 해도 진심은 물리적 거리와 시간을 견뎌내는구나 싶었다.

"이창충 선생님, 황실재산사무청 사무국장 하다가 육이오 때 괴뢰군한테, 요즘 말로 하면 테러를 당하셔서 말이야. 한쪽 시력을 잃으시고 여기 뺨이 아주 문드러지셨지."

사무처장은 이미 할머니의 글을 읽어 그 이름을 알고 있었다. 항변하고 싶어 입을 떼는 내 손을 그가 조용히 잡았다.

"어르신 오늘 컨디션은 좋으시죠? 어제 병원 갔을 때도 약만 잘 먹으면 문제없다고 했잖아요."

노인은 그렇게 어르는 말에는 별 감흥이 없다는 듯 가만히 뭔가를 생각하다가 다시 한번 이창충 얘기를 꺼냈다. 미군 병원에서 치료받고 있을 때 그가 자기 호적에 오르라고 부탁했는데 강화에서 온 큰아버지가 데리고 와버렸다고. 자기가 입은 은혜에 비하면 그 당시 양자가 되는 건 그리 큰일이 아닌데도 절대 있을 수 없는 일이라며 잘랐다고. 나중에 들으니 이창충 선생은 자기 땅이 있는 충청도로 내려가 사학재단을 만들고 언론사 사장까지 역임했다고 흥분에 차 말했다. 신체는 성치 않으셔도 워낙 재산이 많으니 아무 불편 없이 살았다고. 마치 자기가 그 양자로 부유하게 살 수 있는 기회를 놓친 것 같은 말투여서 마음이 격해졌다.

"어르신, 아버님은 어떻게 돌아가셨다고 알고 계세요?" 내가 물었다.

"전쟁 때 폭격으로 가셨대지? 수원인가 출장을 다녀오

다가. 그것도 이창충 선생이 알아봐주셨지."

노인은 과거를 기억해내는 데 기력을 많이 쓰는 것 같았다. 목이 마른지 물을 좀 달라고 했다. 사무처장이 물을 가지러 간 사이 노인이 다시 "선생님은 우리 누님 손녀라고 했죠?" 하고 확인했다. 나는 그런 노인의 얼굴을 바라보다가 그렇다고 고개를 끄덕였다.

"손녀도 있고 우리 누님은 잘 살다 가셨구먼."

"어린 시절 일본 이름들 다 기억하세요?" 나는 화제를 바꿨다.

"하지 그럼, 창씨개명 하면 배신자 뭐 이랬다지만 안 하고는 못 배기게 하니까 다들 그랬대지. 자랑은 아니지만 이름을 불러보면 아버지는 기노시타 코주, 어머니는 시미즈 코하루, 누님은 마리코 나는 유마…… 이창충 선생님은 가마야마 마사시셨지. 얼굴이야 사고로 흉측해졌다지만 끝까지 국민을 위해 애쓰셨다고. 지금은 돌아가시고 그 재산이 다 어떻게 됐는지는 모르겠지만. 요즘 내가 죽을 때가 되니까 걱정하는 게 그거 하나야. 마사시 상 은혜를 원수로 갚은 게 아닐까 하느님한테 혼나는 거 아닌가."

"그런 일은 없을 거예요."

나는 나직하게 말했다. 노인이 내 얼굴을 멀거니 보며

그럴까? 하고 되물었다. 잿물에 안구를 잃고 촛농이 떨어진 것처럼 뺨이 일그러졌다는 마사시의 얼굴이 떠올랐다 사라졌다. 어쩌면 한번쯤 매체에서 들어보거나 거리에서 스쳤을지도 모를 일이었다. 자리를 정리할 때쯤 나는 선물로 가져온 모찌를 건넸다. 할머니가 좋아했으니 유진도 좋아할 것 같았다. 사무처장이 다른 노인들을 모셔왔고 유진은 모찌를 사람들과 나누어 먹었다. 죽은 줄 알았던 누님 얘기를 듣고 이제 조카손주까지 찾은 거냐며 다른 노인들이 부러워했다. 사무처장이 상황을 정정하려 했지만 이번에는 내가 손을 잡았다.

노인들은 동시에 얘기하고 다른 사람들 얘기에는 그다지 귀 기울이지 않는다는 공통점이 있었다. 하지만 그 와중에도 누가 곤란을 겪고 있다는 것에는 눈치가 빨라서 마른기침이 그치지 않는 사람에게는 사탕을 권하고 무른 잇몸으로 느슨한 틀니를 한 노인에게는 모찌를 가위로 잘라 먹으라고 참견했다.

보육원 원장은 할머니가 개명 신청을 알아보던 어느 날 절을 찾아 동생 유진의 위패를 올렸다고 했다. 일본 장례에서 그러듯 불교식 계명을 지었고 책자에 수록할 사진을 찍을 때는 동생의 위패를 들고 있었다. 그것이 할머니에게 가장 소중한 물건이었으니까. 동생이 극락에 가기를 바라는 마음, 죽은 뒤에도 그 아이가 평안하기를 빌었던 할머니 때문에라도 늙은 유진이 불행할 일은 없을 것 같았다.

양로원에서 나온 사무처장과 나는 주차장까지 함께 걸었다. 그는 적당한 때에, 재판 과정에 필요하다면 이창충과 아버지의 죽음에 대한 사실을 알리겠다고 여지를 두었다. 여러 제한을 두는 것으로 보아 말하지 않겠다는 뜻에 가까워 보였다.

인천에서 돌아와보니 소목의 이메일이 와 있었다. 보고서 작업에 차질이 생겼나 싶어 열었더니, 거기에는 안부 인사와 함께 유리창까지 다시 끼운 대온실의 내부 사진이 담겨 있었다. 창호 유리를 커팅하는 기술자 옆에 한껏 집중한 곤줄박이가 서 있었고 백색 창틀 너머로 푸르른 반송이 늦여름을 즐기고 있었다. 우리가 함께 복원해낸 육각형 모양의 타일도 문제없이 깔려 그 시절 운치를 구현했다.

그렇게 수리를 마쳐가는 대온실 사진을 한장 한장 넘겨보다가 나도 알려야 할 일이 있다는 걸 깨달았다. 지하 배양실에서 발견된 뼈는 유진의 것은 물론이고 이창충의 것도 아니라는 것. 그러면 다른 민간인이거나 전쟁 군인의 유해일 수도 있었다. 나는 지금까지의 일을 다 설명하지는 못하고 일부의 사연만 적은 뒤 이제 그 뼈는 내가 아는 그분과는 상관이 없다고 알렸다. 경찰과 의논해 국방부로 이관하는 편이 나을 것 같다고.

그리고 그동안 감사했다고 인사하려다 지우고 마마무 흰죽지수리의 사진을 첨부했다. 어쩌면 나를 대온실로 이끌어 인생을 수리할 기회를 준 것도 마마무였으니까. 다음 날 소목은 답신을 보내 그 둘 모두가 아니라는 것이 영두씨에게는 다행한 일인가요? 하고 물은 뒤 국군 전사자 유해를 담당하는 부서에 연락해보겠다고 했다.

9장

대온실 수리 보고서

리사는 우리가 제안한 원서동 카페에서 만나려 하지 않았다. 자기가 묵는 호텔 카페로 오라고 했다. 삼우씨와 나는 시청 앞에서 만나 호텔 로비에 있는 카페로 들어갔다. 출입구를 등지고 앉은 리사의 뒷모습을 나는 바로 알아보았다. 혼자가 아니라 10대로 보이는 남자애와 함께였다. 우리가 다가가자 리사는 오랜만이야, 하며 자리에 앉으라고 가리켰다. 음료를 정하고 간략한 안부를 묻는 동안 리사는 자꾸 자기 핸드백 손잡이를 잡아 뜯었다. 나이가 들어 얼굴의 전체적인 모습은 둥그스름해졌지만 여전히 눈빛은 차고 서늘했다.

"맘, 우리 오늘도 밖에 안 나가?"

아이는 영어를 했지만 외모는 동양계였다.

"너는 지금 나가고 싶니?" 리사는 자기 아들에게 되물었다. 이미 비난의 대문자를 달고 있는, 내게도 익숙한 말투였다.

"물론이지, 지금 며칠째 여기에만 있잖아."

남자애는 미합중국 독립기념일이 적힌 티셔츠를 입고 있었다. 우리를 앞에 두고도 소파에 널브러진다든가 티셔츠를 까올려 배를 보인다든가 하며 지겨움을 표출했다. 예의가 없어서 언짢아지기보다는 그 지겨움이 간절해 보여서 기분이 가라앉았다.

"혼자 나가지도 못하게 하고."

리사는 안 되겠다 싶은지 빠른 영어로 한국이 얼마나 위험한 나라인 줄 아느냐고, 여기는 교육받지 못해 무식하고 폭력적인 사람들이 돌아다니는 인종차별의 국가라고 혼냈다. 게다가 휴전 중이라서 언제 미사일이 날아와 널 공격해도 이상할 게 없다고. 그런 말을 하며 약간씩 체머리를 흔드는 리사는 전쟁 걱정을 하는 마리코 할머니를 냉소하던 시절과는 다르게 정말 불안을 느끼는 듯 보였다. 그래도 아이는 답답하다며 몸을 뒤틀었고 할 수 없이 리사는 신용카드를 들려주며 창밖으로 보이는 드러그스토어에 다녀오라고 했다. 갖고 싶은 걸 사 오라고.

"담배 사 와도 돼?"

아이가 히죽 웃자 리사는 "지금 한계에 다다르는 인내를 세번쯤 불러일으켰어. 객실에서 보자" 하고 쏘아붙였다. 마치 삼우씨와 나는 없는 사람처럼 그렇게 자기들 싸움을 하던 리사가 드디어 우리를 마주 보았다. 검은 블라우스를 입은 리사는 너무 말라서 마치 옷 안으로 말려들어갈 것 같았다.

삼우씨는 리사와 아이가 먹다 남긴 빙수를 내려다보다가 여름이면 우리 식탁이 아주 낙원이었지, 하고 얘기를 꺼냈다. 그 순간 잠깐 리사 얼굴에서 성마름이 가셨다. 삼우씨는 심지어 그 비싼 장어가 올라오지 않았느냐며 입맛을 다셨다.

낙원하숙의 칠팔월은 여름 맛으로 가득 찬 계절이었다. 이때만은 딩 아주머니도 자기 솜씨를 부렸던 것으로 기억한다. 아무리 여름이라도 찬 음료나 찬 음식을 먹으면 안 된다고 잔소리하면서도 중국식 식초인 샹추(香醋)와 고수, 마늘을 넣은 오이냉채를 매일 상에 올렸다. 누구보다 자기가 먹어야 했기 때문이다. 처음으로 그걸 먹던 날 이국적인 향과 고수 맛에 뭔가 내가 색다른 사람이 된 것 같은 기분을 느낀 게 떠올랐다. 내 말을 들은 삼우씨와 리사가 같이 웃었다.

"기억력이 아직도 좋구나, 우리 할머니 음식 기억하는 거 있어?" 리사가 물었다.

"일본식 팥빙수는 정말 인상적이었지, 가키고리라고 딸기 시럽이나 말차 가루 얹은 것."

"할머니가 너를 아주 예뻐하셨지, 그치? 나랑 자매처럼 대하셨고. 근데 왜 이렇게까지 해, 영두야."

나는 갑자기 무릎으로 다가와 앉는 듯한 리사의 말투에 당황했다. 원망과 투정 그리고 어떤 어리광이 뒤섞인 어조였다.

"뭘?"

"원서동 집 문제에 왜 갑자기 나타나서 훼방을 놓느냐는 거야, 영두, 지금 난……"

그렇게 말하고 리사는 오른손으로 이마를 짚었다. 마치 소파 위에서 모노드라마를 하는 연극배우처럼 과장되고 부자연스러웠다. 그러면서 자기의 곤란을 한참 떠들어댔다. 대학을 마친 리사가 직장동료였던 남편과 결혼해 정착한 곳은 동양인이 거의 없는 워싱턴주의 한 작은 마을이었다. 극우주의자들이 보수 정당에 몰표를 던지기로 유명한 그곳에서 리사는 자신과 아이가 받은 상처에 대해 흥분해 이야기했다. 이혼한 뒤의 경제적 곤란에 대해서도. 나는 대학을 졸업해 직장생활까지 하다가 출산한 것치고는 아이가 너무 조숙해 보였다고 생각했다.

"우리는 몇년째 치과 치료도 못 받고 있어."

리사는 아이 앞니가 벌어져 있는 건 그 때문이라고 했다.

"영두야, 그리고 화 풀어, 걔 죽었으니까."

나는 리사의 말들에 거리를 두려 애쓰며 누가 죽었느냐고 물었다.

"너 괴롭히던 전교 일등, 유민이."

나는 아연해졌다. 죽었다는 소식 때문이 아니라 모든 잘못을 타인에게 전가하는 리사의 태도 때문이었다. 리사는 걔가 실연으로 스스로 세상을 떠났다며 정말 알 수 없는 일이지 않니? 하고 되물었다.

"뭐가?"

"사랑이 그렇게 중요한 애였다는 게 말이야."

나는 이상할 게 없다고 생각했다. 한번 욕심나는 것이 있으면 어떻게든 손에 넣어야 했던 그 아이가 그대로 나이를 먹었다면 이별도 받아들일 수 없었을 테니까. 내 것이라고 여겼던 상대가 자신을 거부하고 좌절시키며 자기 인생에서 밀어내려고 한다면 무슨 수를 써서라도 부인하고 싶었을 거였다. 마치 손안에 든 물고기인 양 나를 요리

조리 모욕하던 얼굴을 생각했다. 자기 손아귀에 쥐어지지 않는 것들 모두를 헝클어뜨리고 싶어하는 악의가 결국 자기 자신을 향했음을.

"세상 떠난 사람에 대해서는 얘기하지 말자."

"어떻게 얘기를 안 해? 그 일 때문에 네가 나를 망치려고 하는 거잖아. 나도 어쩔 수 없이 걔가 조종하는 대로 했을 뿐이야."

"너를 망치려고 한 적 없어."

"그럼, 지금의 이 행동은 뭔데? 내 재산을 왜 빼앗으려고 하는데?"

"빼앗다니? 낙원하숙이 내 집이 되는 일은 결코 없어. 그냥 할머니에 관한 진실을 밝히고 있을 뿐이야."

내가 거기까지 말했을 때 리사는 웃기 시작했다. 몸을 폭 꺾어서 소파에 거의 눕다시피 해 머리카락을 매만져가며 웃었다. 나중에는 너무 웃어서 숨이 차는지 물을 한모금 마신 뒤 다시 웃었다. 말없이 앉아 있던 삼우씨가 "리사야, 흥분하지 말고" 하고 말을 꺼냈지만 소용없었다. 자기가 웃고 싶을 때까지 웃는 리사를 나는 잠자코 바라보았다. 동요하지는 않았다. 그건 웃음이라기보다는 울음에 가깝다고 내 안에서 누군가 속삭였다. 스케이트를 타던 창경궁의 밤, 여전히 나를 모욕하는 리사를 앞질러 아슬아슬한 불행을 촉감하며 질주해가던 열네살 나였다. 하지만 이제 나는 그 밤의 춘당지 위에 혼자 서 있고 싶었다.

"나 진짜 어려워, 영두야."

리사가 또 태도를 바꿔 내게 호소했다. 어쩌면 나는 리사가 내 친구가 되었으면 하고 늘 바랐는지도 모르겠다. 가끔씩 보이는 친절, 길을 알려준다든가 내가 미처 놓치고 있던 우리의 생활수칙, 위장전입으로 이 학교에 계속 다니기 위한 노하우들을 알려줄 때 자매처럼 지낼 수 있다고 기대했는지도. 하지만 사람이 사람에게 기대와 희망을 갖는 것이 잘못일까.

"너 사과 잘하니?"

리사는 아까와는 다른 결로 설핏 웃었다. 소리가 나지 않지만 안면을 꽉 채우는 미소였다. 비로소 내가 보이기 시작한 감정적 반응을 환영하는 듯한 얼굴이었다.

"그래, 선 긋지 말고 터놓고 얘기하자. 사과 잘하지, 아니, 사실 잘하지는 않는데 너한테는 할 수 있지. 영두야, 미안해. 그때 상처 줬다면 내가 정말 미안해."

나는 내 손을 덮는 리사의 손을 맞잡았다.

"그래, 법률적인 건 법률적인 거고 일단 우리 화해하자.

그러면 할머니가 하늘에서 얼마나 좋아하시겠니? 할머니가 바란 게 우리가 서로 돕고 사는 거 아니겠어?"

삼우씨는 좋은 게 좋은 거라는 평소 태도로 다시 돌아갔다.

"그렇죠, 오빠. 그러니까 사무소에서 잘 좀 준비해줘요. 그 고아원에서 항소하면 대응해야지 뭐. 영두가 도와주는데 질 리가 있겠어요?"

생각해보면 리사의 손을 잡은 건 처음이었다. 리사는 언제나 낙원하숙에서 혼자이기를 원했고 들끓는 자기 상념의 세계에 갇혀 있었다. 타인은 오로지 자기를 세상에서 분리해내기 위해서만 필요했다. 자신과 다르게 가난하고 무지하고 너무 많이 웃으며 돈 문제에 허술하고 수준이 떨어지는 인간들, 리사의 마음속에 들끓고 있는 미움이 그 당시에 늘 느껴졌다. 열이 오른 차량의 보닛처럼 항상 뜨거웠다.

"그러면 할머니께 가서 사과해."

나는 가족임을 증명해야 들어갈 수 있는, 할머니가 잠들어 계신 잔류 일본인 묘지 주소를 적어주었다. 날이 맑을 때면 대마도가 보이는 자리라고도 설명했다. 내 의도가 파악되지 않아 의아해하던 리사는 알았어, 하며 메모지를 받아들었다. 그리고 이런 행동들이 할머니에 대한 러브, 메모리, 패밀리십을 증명할 수 있지 않겠느냐고 삼우씨를 향해 물었다.

"리사야, 그런 건 소송 그런 차원은 아닌 것 같다."

삼우씨는 내 쪽을 살짝 살피더니 여태껏 들어본 적 없는 진지함을 담아 답했다. 그리고 가방에서 서류를 꺼내 이번에는 도울 수 없을 것 같다며 회사 차원의 변호인 사임서를 전달했다.

*

처음으로 만나본 스미는 또래치고 체구가 아주 작은 애였다. 흐릿하게 쌍꺼풀이 있고 얼굴은 까무잡잡했으며 뺨에는 어렸을 적 앓았다는 옅은 수두 자국이 남아 있었다. 내가 가장 좋아하는 새는 벌새였다. 호박벌보다 조금 더 큰 크기에 불과하기 때문이었다. 어쩌면 한번도 본 적이 없는 새라서 좋아하는지도 몰랐다. 주로 쿠바에 사는 벌새는 커피콩만 한 크기의 알을 낳고 하루에 1800송이의 꿀을 먹으며 때에 따라 남미 대륙과 알래스카를 횡단하기도 한다. 나는 스미에게 마음속으로 벌새, 허밍버드라는 별명을 붙여주었다.

 오랜만에 만나 서먹해하는 스미 손을 잡으며 산아는 "너 이번 블랙핑크 신곡 들어봤어?" 하고 물었다. 스미는 가만히 고개를 끄덕였다. 스미를 데려다준 할머니는 점심 이후에 데리러 오겠다 하고 돌아갔다. 산아를 위한 선물도 준비해 온 할머니는 고맙다고, 강화에서도 고맙고 지금도 고맙다며 인사했다. 둘은 재잘거리며 먼저 홍화문 안으로 뛰어들어갔다. 초대장이 있으면 대온실 개관식에도 참석할 수 있었지만 가지 않았다. 다만 초대장을 보내준 소장에게는 문자로 인사했는데 소장은 아주 쿨하게 당케 쇤, 하고 보내왔다.

 옥천교 앞에는 이제 아랑씨가 아닌 다른 해설사가 서 있었다. 관련 공부를 더 하고 싶다며 영국으로 떠난 아랑씨는 대온실 설계를 도왔다고 알려진 프랑스 조경학자 앙리 마르티네에 대한 정보를 어느 날 보내왔다. 그가 스물한살에 큐가든 실습생으로 영국에서 공부했다는 내용이었다. 그 시절 창경궁 대온실은 어찌 보면 세계의 가든이었다고 아랑씨는 적었다.

 그 화려한 식물들이 때에 따라 얼고 마르고 죽어가는 가운데에서도 여전히 투명하게 빛나는 이 유리 온실은 어쩌면 자연 그 자체일지도 모른다고 생각했다. 그렇다면 그것을 없앨 수 없는 이유도 자명해지는 것이었다. 아주 오랜만에 다른 일을 하지 않고 내가 겪은 시간들에 대해 글을 써본 내가 내린 결론이었다. 나는 그 글에 어떤 제목을 붙일까 며칠을 고민하다가 결국 '대온실 수리 보고서'라는 아주 건조하고 사무적인 제목을 달았다. 일단은 아무에게도 보내지 않고 혼자만 가지고 있었다. 언제 보고가 될지는 알 수 없었지만 나름 한단계를 마무리했다는 안도감이 들었다.

아이들을 명정전 품계석 앞에 세우고 사진을 찍어주었다. 건물 쪽으로 갈수록 높은 관직이라고 가르쳐줬는데도 벌새는 이동하지 않고 그 자리에 가만히 서 있었다. 하지만 공중에 멈춰 있기 위해 최대한 날갯짓을 하는 벌새처럼 스미도 순간순간의 긴장을 이겨내고 있을 거였다. 산아는 먼 곳까지 뛰어가서 "여기쯤이면 영의정이야?" 하고 소리쳤다. 나는 렌즈 가까이에 있는 스미와 작은 점처럼 멀어진 산아를 사진으로 담았다. 둘의 그 선호에는 아무런 차이가 없었다.

"스미 너 그때 포도뿌리혹벌레 기억하지? 그 과학자가 저기 보이는 온실을 지었대. 그리고 우리 이모가 다 허물어져가는 걸 다시 고쳐낸 거야."

"멋진데?"

스미는 발을 조금 내놓듯 감정을 드러냈다. 나는 그게 아니라고 다시 한번 말했지만 한번 그렇게 생각하기로 한 애들을 설득할 수는 없었다. 그새 개관식이 끝났는지 사람들이 대온실을 둘러보고 있었다. 나는 정원에 서서 반짝이는 수백개의 창을 올려다보았다. 늦가을의 햇살을 되비추는 눈부신 빛을. 주변 단풍나무들에서 까치 떼가 울었다. 대온실 안 사람들은 계속해서 카메라를 들었다.

'언니 왔어요?' 제갈도희가 보낸 문자가 도착했다. 답을 하려는데 누군가 우다다 달려와 등을 쳤다. 제갈도희였다.

"안 오는 줄 알았잖아요. 어, 네가 산아구나."

산아는 자기 이름을 아는 낯선 사람을 약간 궁금해하면서 자기를 어떻게 아느냐고 물었다. 제갈도희는 석모도 천재 소녀를 왜 모르겠냐고 너스레를 떨더니 스미에게도 만나서 반갑다고 했다.

"제가 안내할게요. 배양실이요."

설계 수리서에 없던 그곳은 어떻게 되었을까. 나는 긴장하며 제갈도희를 따랐다. 대온실 창으로 동궐관리청 사람들과 내빈들이 보여서 안 가도 괜찮으냐고 하자 제갈도희는 제가 있는지 없는지 아무도 모를걸요? 하며 웃었다. 은세창 선배도 지금 죽을 맛일 거라고. 배양실 자리에는 관람객이 아무도 없었고 어떤 시설도 없었다. 전과 다르다면 국화꽃밭이 조성되었다는 점이었다. 작은 소국들은 마치 얼굴들처럼 우리를 바라보며 바람에 흔들렸다.

"이게 최선이었어요. 아시잖아요. 장과장, 그분."

나는 이해한다는 듯이 고개를 끄덕였다. 기념도 추모도 없는 이 상태가 가장 진실에 가까워 보였다. 무언가 들어서 있다면 오히려 그 긴 이야기를 지우는 듯했을 거였다.

산아와 벌새는 꽃밭 위를 날아다니는 벌들을 피하느라 난리였다. 작은 꿀벌들을 피해 꽥꽥 소리 지르는 둘에게 적어도 지난 시절의 상처는 없어 보였다. 두 아이는 아이들처럼 무서워했고 그러면서도 자꾸 꽃에 접근해 벌들을 자극했다. 아슬아슬한 공포와 그것에서 벗어났을 때의 안도감을 잘 즐기고 있었다. 제갈도희는 연말 송년회에 꼭 오라고 얘기했다. 모두들 기다리고 있다고. 나는 그러겠다고 약속했다. 산아와 스미를 데리고 화려한 태피스트리처럼 단풍잎들을 짜올린 나무들을 지났고 춘당지 앞에 잠시 서서 나는 오래전 겨울 이곳에서 스케이트를 탔던 일을 이야기했다.

"여기서 그런 거 해도 돼요?" 벌새가 처음으로 나를 향해 윙윙댔다.

"아니 안 돼. 하지만 안 되는 일도 가끔 해보고 싶을 때가 있잖아."

산아는 자기도 겨울에 와서 스케이트를 타보겠다고 의지를 보였다. 아마 지금은 월근문이 열려 있지 않으리라 생각하면서도 나는 한번 시도해볼까? 하며 여운을 남겼다. 한참 걷느라 다리가 아파진 우리는 궁을 나가 원서동으로 향했다. 그리고 깡통만두로 들어가 앉았다. 그사이 유명해졌는지 대기 줄이 길었다. 동네 분식점에 불과했던 가게에 다양한 국적의 외국인 관광객들까지 와서 줄을 섰다. 그리고 어린 연인들도.

"맛있니?"

자기 주먹보다 큰 만두를 먹으며 스미가 천진하게 고개를 끄덕였다. 스미 엄마는 중학교에 갈 때까지 다시 강화로 돌아가고 싶으면 보내주겠다 약속했다고 했다. 그러면 같이 학교 다니면 되겠다고 산아는 반겼다.

"여기 이모가 첫사랑이랑 헤어진 데야."

"오오……" 둘은 그렇게 외치고는 서로 마주 보며 키득

키득 웃었다.

"이모 왜 헤어졌는데?"

무서워서, 부끄러워서, 힘이 없어서, 슬퍼서, 화가 나서, 도망가고 싶어서, 모든 이유들이 생각났지만 나는 "글쎄? 걔가 단무지를 싫어해서?"라고만 말했다. 애들은 "단무지?" 하더니 또 웃어댔다.

다 먹고 자리에서 일어서는데 이제 막 들어오는 한무리의 사람들 속에서 나를 바라보는 누군가와 눈이 마주쳤다. 근처에 사는 사람처럼 편한 복장이었다. 삼만 칠천원을 계산하고 아이들을 데리고 골목으로 나왔다. 성당 구경을 하자며 가회동 쪽으로 가는데 저기, 하고 아까 그 사람이 말을 걸었다. 뒤돌아 다시 본 순간 나는 그가 환상이 아닌 현실의 순신이라는 것을 알았다.

"뭐야," 나는 엉뚱하게 그렇게 말했다.

"그러게 뭘까. 너가 소송을 하고 있다는 얘기는 들었어. 동네 어른들한테. 아니 사실 카페 사장님한테도 들었어, 너가 왔다 갔다는. 조만간 마주치겠다 생각했지만 정말 이렇게 됐네."

순신은 두 팔을 펼쳐 들어올리며 뭔가 어쩔 수 없다는, 투항하는 듯한 제스처를 했다. 나는 내가 소송을 하는 것이 아니라고 정정하면서 서서히 퍼지는 복잡한 감정을 추슬렀다. 이제 완전히 나이가 들어 서 있는데도 순신만은 이상하게 하나도 변하지 않은 것 같았다. 마리코 할머니의 사진을 보면서 얼굴이 그대로라고 흐느꼈던 박유진의 마음을 알 것 같았다.

"딸내미들? 너 닮아서 예쁘네."

순신은 그렇게 말하며 아저씨가 용돈 좀 줄까? 하고 주머니를 뒤졌다. 무슨 재회가 이렇게 세속적인가 하는 생각에 나는 웃었다. 격렬하게 눈물을 흘리거나 서로를 원망하거나 회한을 토로하는 과정도 없이 용돈 줄까는 뭘까. 하지만 데면데면하고 제갈도희 말처럼 하나도 안 멋진 재회라서 다행스러웠다.

"용돈은 주셔도 되는데 우리 이모 결혼 안 했어요." 산아가 말했다.

"저는 안 주셔도 돼요. 그런 거 받으면 안 되니까." 아직 지갑을 꺼내지도 않았는데 벌새는 발을 뺐다. 그때나 지금이나 순신은 11월인데도 슬리퍼를 신고 다니는 건 그대로였다. 순신이 머리를 긁적이며 이제 무슨 말을 이어야 하나 고민하는 게 느껴졌다.

"이메일 주소 좀 가르쳐줘." 내가 먼저 말했다. 그리고 휴대전화를 내밀었다.

"어 그래." 순신은 약간 허둥대면서도 다행이다 싶은 얼굴로 주소를 찍었다.

"연락할 거지?"

"연락은 내 코트에 기름 튀기고는 네가 안 했지. 나는 하지."

나는 순신의 얼굴, 슬프도록 그전과 변한 게 없는 얼굴을 바라보면서 "들려주고 싶은 얘기가 있어"라고 말했다.

*

후쿠다가 관직에서 내려온 뒤 아주 오랫동안 그는 잊힌 사람이었다. 그의 행적이 새롭게 조명된 건 2000년대가 되어서였다. 창경궁 대온실을 이야기할 때마다 한국에서 결코 지워낼 수 없었던 그 이름은 정작 식민지배 당사자의 나라에서는 무명에 가까웠다. 그의 회고록은 꽤 드라마틱한 과정을 통해 세상에 드러났다. 신주쿠교엔의 국화 전시회장에서 그의 후손들이 나누는 대화를 우연히 관계자가 들은 것이었다. 그렇게 해서 발굴된 그의 신념, 투지, 문명개화에 대한 실천적 의지는 곧 많은 이들의 표양이 되었고 지금도 교엔에서는 그에 관한 갖가지 행사를 열었다.

하지만 내가 주목하는 것은 자랑스러운 후쿠다적 면면이 아니라 이런 장면이었다. 회고록에 따르면 후쿠다는 열살 때부터 국화에 관심을 보이며 사랑했다. 이웃이 매년 자기 집에 화려하게 핀 국화를 구경시켜주고 소년 후쿠다에게 재배법을 친절히 알려줬다고 추억했다. 하지만 일본 황실의 상징이기도 한 국화를 향한 관심은 국학자였던 양부의 뒤를 잇지 않고 전혀 다른 길을 가기로 결정한 즈음에 시들해졌다.

여름이라 해는 일찍 떴고 이웃에게 수업을 받기 위해서는 새벽 네시에는 일어나 나가야 했다. 아직 해가 다 뜨지 않은 시간, 꽃들을 하나하나 깨워가며 일하는 걸 이웃이 철칙으로 삼았기 때문이었다. 그렇게 해서 이웃의 정원에서 이식용 삽을 들고 일하다보면 목덜미가 뜨거워졌고 이내 해가 떠올랐다. 이웃은 목판에 국화 뿌리를 내리는 방법과 묘목을 같은 방향으로 심는 법, 순 지르기를 해 가지를 고르게 키워내는 기술을 가르쳐주었다. 처음 국화가 전해진 것은 원과 백제이지만 그것을 개량해낸 건 일본이라는 사실도 알려주었다. 몇계절 동안 계속된 그 수업에서 후쿠다는 손가락을 베이기도 했지만 입술을 꼭 깨물며 절대 울지 않았다.

이웃은 국화 교습에 필요한 말 이외에는 하지 않는 과묵한 노인이었는데 어느 날 그에게 「우라시마 타로(浦島太郞)」, 낚시꾼 청년이라는 설화를 들려준다. 그 부분이 내게 인상적으로 남은 건 할머니가 강화로 찾아왔던 날 들려준 바로 그 이야기였기 때문이다. 한 가난한 낚시꾼이 거북이 한마리를 구해주었다. 알고 보니 그가 용왕의 딸이어서 용궁에 초대받아 공주와 사랑을 나누며 며칠을 행복하게 보내지만 이내 육지로 되돌아가고 싶어진다. 공주는 하는 수 없이 그를 돌려보내기로 하고 비단 끈과 장식술이 달린 상자를 사랑의 증표로 건넨다. 이게 뭐냐고 묻자 공주는 보석 상자라고 대답한다.

육지로 돌아온 우라시마의 삶은 여느 설화와 유사하다. 용궁에서는 단 며칠이었지만 육지에서는 이미 300년이 흘러가버렸다는 식의 이야기. 아는 이들은 모두 죽고 홀로 남은 우라시마는 좌절감에 빠져 해변에 앉아 있다. 그때 공주가 건네준 상자가 떠올랐고 그가 다급하게 그것을 열었을 때 흰 연기가 피어오르더니 우라시마는 순식간에 늙었다.

"후쿠다, 이게 뭘 얘기하는 거라고 생각하니?"

하쿠센(白扇) 국화를 다듬으며 이웃이 물었다. 그는 검은 모자를 쓰고 큼지막한 호주머니가 여러개 달린 작업복을 입고 있다.

"욕심이 지나치면 안 된다는 교훈입니다."

"정말 그렇게 생각하나?"

"그럼 아니에요?"

시간은 후쿠다가 전정가위를 들어 그 백색 대국의 잎눈을 제거하는 여름에서 추운 겨울로 흘러간다. 마리코 할머니와 내가 강화의 방죽 위를 걷고 있다. 그 얘기를 들은 나도 같은 대답을 했었다.

"아니란다, 영두야. 그건 인간의 시간과는 다른 시간들이 언제나 흐르고 있다는 얘기지."

할머니는 딩 아주머니네를 다녀오던 어느 날처럼 나를 말간 눈으로 바라본다. 마치 그렇게 보는 것만으로도 마음을 돌릴 수 있다는 듯이. 그때는 할머니의 진심을 받아들이지 못했지만 이제 나는 이해할 수 있다. 세상 어딘가에는 지금이 아닌 시간이 흐르고 있다는 것을. 스미와 산아가 서로 손을 흔들며 버스 정류장에서 헤어질 때 나는 완성이라고 여겼던 보고서를 다시 이어 써야겠다고 생각했다. 그리고 산아와 함께 원서동을 천천히 걸어 낙원하숙 앞에 섰다.

"이모, 나무 좀 봐!"

한때는 떠올리는 것만으로도 마음이 서늘해지던 곳이지만 이제는 많은 이들의 각자 다른 시간을 거느리고 있는, 우주에서 가장 중요한 별처럼 느껴지는 집. 나는 잎을 다 떨구고 가지를 층층이 올려 나무로서 강건함을 띠는 벚나무를 올려다보다가 기쁘게 뒤돌아 다시 섬으로 향했다.

| 일러두기 |

- 소설은 역사적 사실을 배경으로 하고 있으나 완전한 허구이다.
- 작품 속 인물은 실제 인물을 모델로 했더라도 소설적 가공을 통해 재창조했으며 사건이 일어난 시기 역시 현실과 다른 부분을 포함하고 있다. 일례로 이창충은 실존 인물이 아니며 그가 횡령을 위해 건물에 방화한 사건은 1960년에 일어난 '구황실재산사무총국 화재 사건'을 모티프로 하고 있다.
- 소설에서 대온실 수리 공사는 2023년에 준공한 것으로 가정했다.
- 사건의 주배경이 되는 대온실 지하 배양실은 허구의 공간이나 최초 건설 당시 설계도에 지하 보일러실이 표시되었다가 이후 기록이 없는 것은 사실과 같다.
- 창경궁 대온실 공사의 총책임자인 후쿠바 하야토(福羽逸人)와 그의 회고록을 상황 전개의 축으로 삼고 있으나 소설적으로 만들어낸 장면을 상당 부분 품고 있으며 후쿠다 노보루는 후쿠바 하야토가 아니다.
- 자료에 따르면 앙리 마르티네가 후쿠바 하야토와 온실 건설을 의논한 시기는 1890년 파리 만국박람회라고 알려져 있으나 소설에서는

한해 전에 만남이 있었으리라 상정했다.

- 소설은 잔류 일본인 여성들의 삶을 역사적으로 발굴해내고 인터뷰한 김종욱의 논문 「근대기 조선이주 일본인 여성의 삶에 대한 연구: 경주 나자레원 할머니를 중심으로」(경주대 박사학위논문 2014)가 주요 자료가 되었다. 하지만 시미즈 마리코는 허구적으로 구성한 인물이다.

- 동궐관리청은 가상의 기관이며 이창충이 방화하는 장서각 건물은 한국전쟁 이후까지 남아 있다가 1992년 창경궁 복원계획에 따라 철거되었다.

- 실재하지 않은 가상의 문헌도 등장하는데, 『경성 원예』와 『주간소국민』이 그 예다.

- 창경원 시절에 대한 진술은 『한국동물원 80년사: 창경원 편』(오창영 엮음, 서울특별시 1993)을 참고했으며 특히 전쟁 시기 동물들에 대한 살처분은 자료에서 진술하는 조선과 일본의 사례를 혼합해 각색했다.

- '생선 잇몸이 시릴 정도의 추위'는 바쇼의 하이쿠를 변용한 표현이다.

- 이승만 정권의 창경궁 폐쇄와 관련해서는 하시모토 세리 「한국 근대 공원의 형성: 공공성의 관점에서 본 식민과 탈식민의 맥락」(성균관대 박사학위논문 2016)을 참고했으며, 주인공이 바닷가에서 산아에게 하는 충고는 구로카와 쇼코 『생일을 모르는 아이』(양지연 옮김, 사계절 2022) 속 사례를 참고했다.

| 작가의 말 |

이해하는, 다만 이해하는

 소설을 구상하기 시작한 첫 장면을 기억하는 것은 드문 일이다. 섬광처럼 떠오른 장면을 붙드느라 주위 풍경들은 지워지도록 놔두기 때문이다. 모든 것을 기억할 수는 없다. 하나가 남는다면 그보다 더 많은 것을 망각하게 된다. 무심히 살아가면서도 무언가, 어쩌면 내게 더 중요했을지 모를 무언가를 잃어버린 듯한 당혹감에 휩싸이는 건 그래서일 것이다.
 20대 시절에 나는 편집자로 일하며 창덕궁과 창경궁에 관한 책을 만들었다. 조선 후기 두 궁의 상세 모습과 후원의 일부를 포함한 「동궐도(東闕圖)」를 바탕으로 각 전각의 역사와 쓰임을 살피는 전문서였다. 가늘고 섬세한 필선으로 담장의 돌벽과 지붕의 기왓장, 우물과 장독대 그리고 나무와 화초까지 하나하나 그려 넣은 「동궐도」를 들여다보며 나는 궁궐 또한 누군가의 '집'이라는 사실에 대해 생각했다.

『대온실 수리 보고서』의 주인공 영두처럼 창덕궁과 창경궁을 직접 오갈 일도 있었는데, 궁을 돌아보기 시작한 첫날 갑자기 내리는 소나기를 피해 처마 밑에 오래오래 머물렀던 기억이 선명하다. 그때 개인적으로 우리 집은 붕괴되어 있었다. 빚쟁이들을 피해 거주지를 옮겨야 한다는 말을 들은 날, 소파에 앉아 가만히 울고 있던 엄마가 떠오른다. 다음 날 도저히 회사 회식에 갈 자신이 없어서 상사에게 엄마가 화장실에서 낙상했다는 거짓말을 (따지고 보면 아주 거짓은 아니었다) 했던 것도.

그후로 동궐에 관한 책 작업을 하면서 나는 조금씩 일어설 수 있었던 것 같다. 적막하게 불행을 받아들이고 있는 가족들에게 창경궁에 한번 가보지 않겠느냐고 제안하기까지 했으니까. 그러자, 말자 대답도 않을 만큼 가족들은 내 말을 흘려들었다. 하지만 나는 궐내에 흙구덩이를 내며 기세 좋게 쏟아지던 비와 비가 그치면 별안간 폭우의 에너지가 모든 공간에 스며들어 오후의 말간 풍경을 만들어냈던 순간을 기억했다. 다른 건 지우고 그것만을 기억했다. 20여 년 가까이 그 순간은 지워지지 않았다.

『대온실 수리 보고서』는 내가 소설로 가본 가장 폭넓고 긴 시간대이다. 당연히 많은 자료의 도움을 받아야 했다. 긴 참고자료 목록을 남겨둔 건 이야기를 다층적으로 만들기 위한 작가의 추적이 어떤 식으로 뻗어나가는가를 밝히고 싶었기 때문이다. 인물의 동작과 옷차림, 말씨, 표정, 거리의 활기와 적막, 집 안 마루의 감촉과 대온실의 유리창과 대나무발, 긴 잎의 바나나와 맹수사의 동물들, 풍랑에 흔들리는 상선과 눈 쌓인 피난길에 서로의 안전을 당부하는 불안한 얼굴들, 패전의 무게를 지고 남하하는 이들의 걸음걸이. 이 모든 것들을 이해하기 위해 어떤 모색을 했는가를. 그래서일까. 작업을 하는 동안 어떤 소설보다 '이해한다'라는 표현을 자주 썼다는 걸 깨달았다. 도서관과 공유 오피스와 카페를 전전하며 자료들을 읽다가 마침내 이해에 다다르면 슬픔이 차올라 자리를 박차고 나와 걷던 시간들이 이 건조한 목록에 담겨 있다. 내가 한 이해는 깨진 유리 파편처럼 그 시절을 자그맣게 비출 뿐이겠지만 적어도 내게는 한참을 걸어야 감정이 식을 만큼 너무나 생생한 것이었다. 나는 자주 기도했다.

한때는 근대의 가장 화려한 건축물로, 제국주의의 상징으로, 대중적 야영의 배경지로, 역사 청산의 대상으로 여러번 의의를 달리한 끝에 잔존한 창경궁 대온실은 어쩌면 '생존자'에 비유될 수 있을 것이다. 나는 이 건축물과 함께 그 시절 존재들이 모두 정당히 기억되기를 바란다. 그리고 더 나아가 당신에게도 이해되기를.

연재 지면을 마련해준 계간 『창작과비평』과 박지영 팀장을 비롯한 창비 편집부 식구들에게 감사드린다. 소설을 가장 먼저 읽고 첫 격려를 들려준 정서경 작가님. 소설 속 인물이 얼음장처럼 차디찬 일본어로 말하는 장면을 구상할 때 나는 영화 「아가씨」를 참고했다. 문화재 보존에 힘쓰는 사람들을 그려낼 때 생생한 얼굴이 되어주셨던 유홍준 선생님께도 감사드린다. 책에 보태주신 추천사 덕분에 이 이야기는 조금 더 힘 있게 세상으로 나갈 수 있을 것 같다.

개항 시기부터 오늘까지 이르는 긴 이야기를 읽어주신 독자분들에게도 고마움을 전한다. 어쩌면 각자가 자기 인생에 하나쯤 품고 있을지 모를 이 "조그마한 이야기"들을 당신들과 나누기 위해 나는 지금까지 글을 썼는지도 모르겠다.

                     가을이 오래고 길게 번지기를 바라며
                               2024년 10월
                                   김금희

| 참고자료 |

1. 단행본

강동진 『일제의 한국침략정책사』, 한길사 1980.
구로카와 쇼코 『생일을 모르는 아이』, 양지연 옮김, 사계절 2022.
구메 구니타케 『특명전권대사 미구회람실기 제1권: 미국』, 정애영 옮김, 소명출판 2011.
구메 구니타케 『특명전권대사 미구회람실기 제5권: 유럽대륙(하) 및 귀항일정』, 정선태 옮김, 소명출판 2011.
김태현 편역 『일본어잡지로 보는 식민지 영화 1』, 문 2012.
김계자 편역 『일본어잡지로 보는 식민지 영화 2』, 문 2012.
도널드 리치 『도널드 리치의 일본 미학』, 박경환·윤영수 옮김, 글항아리 2022.
마쓰오 바쇼 『바쇼의 하이쿠』, 유옥희 옮김, 민음사 2020.
문화재관리국 『창경궁: 발굴조사보고서』, 1985.
문화재청 근대문화재과 『창경궁 대온실: 기록화 조사 보고서』, 2007.
문화재청 창경궁관리소 『2017 창경궁 대온실 보수공사 수리보고서』,

2018.

박정미 『0원으로 사는 삶』, 들녘 2022.

오창영 엮음 『한국동물원80년사: 창경원편(1907~1983)』, 서울특별시 1993.

소어 핸슨 『깃털』, 하윤숙 옮김, 에이도스 2013.

아리미츠 교이치 『조선고고학 75년』, 주홍규 옮김, 주류성 2022.

유현준 『어디서 살 것인가』, 을유문화사 2018.

유홍준 『나의 문화유산답사기 11: 서울편 3』, 창비 2022.

이건무·배기동 『천 번의 붓질 한 번의 입맞춤』, 진인진 2017.

예이 테오도라 오자키 『일본 단편 동화집』, 임아랑 옮김, 미니책방 2021.

장석신 『동궐의 우리 새』, 눌와 2009.

정지용 『정지용 시집』, 열린책들 2023.

조민제·최동기·최성호·심미영·지용주·이웅 편저 『한국 식물 이름의 유래』, 심플라이프 2021.

진주현 『뼈가 들려준 이야기』, 푸른숲 2015.

한영우 『창덕궁과 창경궁』, 열화당·효형출판 2003.

福羽逸人 『回顧録』, 国民公園協会新宿御苑 2006.

2. 논문

역사

김동명 「벚꽃의 문화접변: 창경원 벚꽃놀이에서 여의도 벚꽃축제로」, 『한일관계사연구』 66집, 2019.

김성환 「동아시아 근대성의 환상: 근대 민족국가와 동아시아공동체라는 환상을 넘어서야 할 이유」, 『동양사회사상』 25권 4호, 2022.

김정은 「일제강점기 창경원의 이미지와 유원지 문화」, 『한국조경학회지』 172호, 2015.

김지원 「미국의 일본인 배척운동과 한인 사진신부의 이주, 1910~1924」, 『미국사연구』 44권, 2016.

김찬송 「창경궁 박물관의 변천과정 연구」, 『고궁문화』 11호, 2018.

김태윤 「해방 직후 재북일본인 법적 상황과 성격(1945~1948): 북한의 차별적 대우를 중심으로」, 『현대북한연구』 22권 1호, 2019.

나호주 「창덕궁 궁궐 내 조경수목 식재 변화 연구」, 서울시립대 석사학위논문 2015.

박찬승 「1920년대 보통학교 학생들의 교원 배척 동맹휴학」, 『역사와현실』 104호, 2017.

박혜인·김현섭 「조선총독부청사 철거문제를 통해 본 한국건축계의 의식변화에 관한 연구」, 『대한건축학회논문집(계획계)』 26권 10호, 2010.

송기형 「'창경궁박물관' 또는 '李王家박물관'의 연대기」, 『역사교육』 72집, 1999.

신명호 「일제강점기 李王職의 문서관리」, 『역사와 경계』 105집, 2017.

오영인 「미국 1870년 민권법(Civil Rights Act of 1870)과 이민자들: 19세기 중국인 쿨리(Coolie)를 중심으로」, 『역사와 세계』 56집, 2019.

이민용 「횡태평양 증기선 항로와 미국-동아시아 관계망 형성」, 『서양사론』 149호, 2021.

이왕무 「이왕직의 유래와 장서각 소장 이왕직 자료의 연혁」, 『장서각』 31집, 2014.

이정 「식민지 과학 협력을 위한 중립성의 정치: 일제강점기 조선의 향토적 식물 연구」, 『한국과학사학회지』 37권 1호, 2015.

이지선·야마모토 하나코 「『직원록(職員錄)』을 통해서 본 이왕직(李王職)의 직제(職制) 연구」, 『동양음악』 26권, 2004.

정욱재 「국가기록원 소장 '이왕직 관련 자료'의 현황과 가치」, 『장서각』 31집, 2014.

조세현 「개항 시기 미국 파견 조선 사절단이 경험한 태평양 항로와 세계 일주: 보빙사 일행과 주미공사 박정양을 중심으로」, 『탐라문화』 70호, 2022.

최아신 「창경궁 대온실의 재료 및 구축방식에 관한 연구」, 서울시립대 석사학위논문 2008.

하시모토 세리 「한국 근대공원의 형성: 공공성의 관점에서 본 식민과 탈식민의 맥락」, 성균관대 박사학위논문 2016.

홍순민 「조선후기 동궐 궐내각사의 구성과 직장(職掌)」, 『서울학연구』 46호, 2012.

洪郁如·田原開起 「朝鮮引揚者のライフ·ヒストリー：成原明の植民地·引揚げ·戦後」, 『人文·自然研究』 10号, 2016.

高木博志 『近代天皇制の文化史的研究 ——天皇 就任儀礼·年中行事·文化財(第三章)』, 校倉書房 2007.

Roger Daniels, "No Lamps Were Lit for Them: Angel Island and the Historiography of Asian American Immigration," *Journal of American Ethnic History* Vol. 17, No. 1, 1997.

인물

김종욱「근대기 조선이주 일본인 여성의 삶에 대한 연구: 경주 나자레원 할머니를 중심으로」, 경주대 박사학위논문 2014.

명수정「전후 일본의 공적 기억과 재조일본인 2세: 방어진회의 사례를 중심으로」, 서울대 석사학위논문 2020.

송지용·이희숙「전통시장 자영업자의 재무관리와 사금융 이용」, 『Financial Planning Review』 7권 4호, 2014.

오미경「부산 거주 결혼이주여성의 언어적 접촉·갈등과 비언어적 의사소통 구조에 관한 연구: 일본인 결혼이주여성의 제스처 산출 양식을 통해 본 타자적 표상」, 『일본어교육』 60집, 2012.

윤숙희·정진원「창덕궁 담에 접한 자생주거지에 관한 연구: 원서동 무허가 94번지의 실측 및 개선안 기초연구」, 『한국주거학회논문집』 14권 1호, 2003.

이영애「모래상자치료 사례에 나타난 영웅의 여정」, 원광대 석사학위논문 2018.

이토 히로코·박신규「잊혀진 재한일본인처의 재현과 디아스포라적 삶의 특성 고찰: 경주 나자레원 사례를 중심으로」, 『일본근대학연구』 51집, 2016.

주은선「평화시장 근처의 의류 생산 네트워크와 지역 노동자의 경제생활 변천에 관한 연구: 1970년대부터 1998년까지」, 『서울학연구』 13호, 1999.

황성훈「해리 경향을 보이는 사람들의 자기 구조 특성」, 한국심리학회지: 임상』 29권 3호, 2010.

若泉悠·鈴木誠「福羽逸人が園芸·造園界に与えた影響」, 『ランドスケー

ブ研究』71(5), 2008.

기타

강소영 외 4인 「FTIR과 XRD를 이용한 출토 동물뼈의 화학적 평가 적용」, 『분석과학』 27권 6호, 2014.

김지수 외 6인 「광양 폐광산의 산성광산배수의 유동경로 및 폐광석 탐지를 위한 지구물리탐사」, 『자원환경지질』 159호, 2003.

김창렬 「유류오염물질의 GPR 반응에 대한 모델 실험 연구」, 『자원환경지질』 165호, 2004.

문두열 외 2인 「GPR의 매설물 검출능력 측정에 관한 연구」, 『한국측량학회지』 20권 1호, 2002.

박항섭 외 2인 「의사표현 도구로서 건축모형에 관한 연구: 설계과정에서의 건축모형을 중심으로」, 『디자인융복합연구』 37호, 2012.

서동제 외 2인 「近代化過程에 나타난 과도기적 성격을 띤 二層韓屋의 간잡이 및 木構造 方式: 「근대문화유산 조사 및 목록화보고서」에 나타난 사례를 중심으로」, 『대한건축학회 논문집: 계획계』 23권 4호, 2007.

서준원 「주민 일상사 분석을 통한 마을 아카이브 연구 내용과 의미: 서울 북촌 계동, 재동, 원서동 일대를 중심으로」, 『한국도시설계학회지』 105호, 2021.

오현덕 「고해상도 GPR 탐사를 이용한 경주 신라왕경에서의 대규모 고고학적 탐사」, 부산대 박사학위논문 2021.

유희은 외 3명 「GPR 자료 해석에 유용한 속성들 소개 및 적용 사례 분석」, 『지구물리와 물리탐사』 24권 3호, 2021.

장호식 외 3인 「GPR를 이용한 매장문화재의 위치 해석」, 대한공간정보학회 학술대회 2003.

정지형·한억수 「전사자 유해발굴 사업의 디지털 전환을 위한 ICT 기술 개발 이슈」, 한국전자통신연구원 지능화융합연구소 기술정책연구본부 2020.

3. 언론 보도 기사

강지남 「땅 한 평 안 남기고 공중분해」, 『주간동아』 2006.10.24.

길윤형 「"황족의 품위가 말이 아니오"」, 『한겨레21』 2006.8.29.

김윤희 「고종 황제는 왜 황실재산을 만들었나」, 『내일을 여는 역사』 9호, 2002.

오상도 「문화재 관리 현주소: "스타 대접 받는 중요무형문화재 제어할 공무원 없어"」, 『서울신문』 2014.4.1.

오상도 「문화재 관리 현주소: 전·현 문화재청장이 본 문제점·제언」, 『서울신문』 2014.4.15.

윤순영 「굵은 목, 묵직한 다리… 교동도 터줏대감 흰죽지수리의 무기」, 『한겨레신문』 2022.12.29.

장정구 「우리 주변의 수많은 보물들 가치 찾아줄 때」, 『인천일보』 2022.1.13.

황경상 「2월 16일 눈물의 재일조선인 북송」, 『경향신문』 2019.2.16.

實際園芸 「明治における本邦園芸の開祖 福羽逸人博士の業績を語る会 昭和11年5月18日御命日の日に」, 『誠文堂新光社』 1937(좌담).

4. 기타 자료

김민철 「조선총독부 직원록 해제」, 국사편찬위원회 한국사데이터베이스 2001.

김석순 강의자료 「설계와 현장 시공 관계(실제 차이 파악)」, (주)아름터건축사사무소 2020.

문화재청 『문화재수리 설계도서 작성기준 등에 관한 연구』, 2012.

문화재청 『문화재수리 업무 편람』, 2023.

문화재청 『문화재수리 표준시방서』, 2005.

정태현 회고록 「야책(野冊)을 메고 50년」, 『숲과 문화』 11권 3호, 2002.

한국산업개발연구원 「문화재 발굴조사 매뉴얼 및 표준품셈(안) 연구: 발굴조사 매뉴얼」, 2008.

대온실 수리 보고서

초판 1쇄 발행 • 2024년 10월 4일
초판 15쇄 발행 • 2025년 11월 14일

지은이 / 김금희
펴낸이 / 염종선
책임편집 / 박지영
조판 / 박지현
펴낸곳 / (주)창비
등록 / 1986년 8월 5일 제85호
주소 / 10881 경기도 파주시 회동길 184
전화 / 031-955-3333
팩시밀리 / 영업 031-955-3399 · 편집 031-955-3400
홈페이지 / www.changbi.com
전자우편 / lit@changbi.com

ⓒ 김금희 2024
ISBN 978-89-364-3965-1 03810

* KOMCA 승인필
* 이 책 내용의 전부 또는 일부를 재사용하려면
  반드시 저작권자와 창비 양측의 동의를 받아야 합니다.
* 책값은 뒤표지에 표시되어 있습니다.